J. H. GELERNTER

JAGD NACH VERGELTUNG

EIN CAPTAIN-GREY-ROMAN

AUS DEM ENGLISCHEN
VON SUSANNE JUST

dtv

MIX
Papier aus verantwortungsvollen Quellen
FSC® C019821

Deutsche Erstausgabe 2022
2022 dtv Verlagsgesellschaft mbH & Co. KG, München

Titel der amerikanischen Originalausgabe:
›Hold Fast‹ (W. W. Norton & Company, New York 2021)

Karte: Katharina Netolitzky, www.katharina-netolitzky.com
Umschlaggestaltung: Lisa Höfner | buxdesign, München
Umschlagmotive: Lee Avison/Arcangel Images; Bridgeman
Satz: C.H.Beck.Media.Solutions, Nördlingen
Gesetzt aus der Stempel Garamond
Druck und Bindung: Druckerei C.H.Beck, Nördlingen
Printed in Germany · ISBN 978-3-423-22033-0

Ohne den Rat und die Ermutigung meiner Eltern hätte ich dieses Buch vielleicht niemals geschrieben, weil ich nach der Schule vielleicht meinem Bauchgefühl gefolgt und zur See gefahren wäre, und, da ich im Geiste manchmal etwas abwesend bin, wäre ich vermutlich jetzt schon über Bord gegangen.

Daher ist dieses Buch mit Liebe ihnen gewidmet.

Da das nun gesagt ist – schließlich hat man nur einmal die Chance, jemandem sein erstes Buch zu widmen –, würde ich gerne noch eine Widmung für Elon »die Muskete« Musk hinzufügen, denn wenn wir mal ehrlich sind, ist der Weltraum auch nur ein sehr großer, weniger welliger Ozean, und jeder Ozean braucht einen Schriftsteller auf der Durchreise. Kann ihm bitte jemand ausrichten, dass ich ihm zur Verfügung stehe, wie Darwin damals seiner HMS Beagle?

I

13. Mai 1803
London

In einem dunklen, mit Eichenholz vertäfelten Raum im zweiten Stock des Admiralitätsgebäudes trommelte Sir Edward Banks mit den Fingern auf den Tisch und wartete darauf, zum Sprechen aufgefordert zu werden. Er musste einer unerfreulichen Pflicht nachkommen und wollte es endlich hinter sich bringen.

Man hatte es für angebracht gehalten, nahm er an, dass der Amtssitz der Admiralitäts- und Marineangelegenheiten Seiner Majestät mit demselben Eichenholz ausgestattet sein sollte, aus dem auch die Schiffe Seiner Majestät gebaut wurden. Da bald wieder Krieg ausbrechen würde – Sir Edward zweifelte nicht daran, dass der in Amiens ausgehandelte Frieden nur von kurzer Dauer sein würde –, fragte er sich, ob es England nicht vielleicht bald bereuen würde, Eichenholz für irgendetwas anderes als für

Schiffsrümpfe und Planken verwendet zu haben. Er ließ seinen Blick zum Fenster und nach draußen über Whitehall wandern. Über solche Fragen musste er sich nicht den Kopf zerbrechen. Er saß nicht im Marinerat; sein Name stand nicht auf der Kapitänsliste; er war nie öffentlich genannt worden, noch würde das je passieren. Er war der Vorsitzende des Marinegeheimdienstes und stand damit außerhalb der regulären Hierarchie.

»Sir Edward«, sagte der Marineminister, »Sie hatten eine Angelegenheit bezüglich Malta vorzubringen?«

»Ja, Lord St. Vincent«, sagte Banks, »aber nur, um Sie davon zu unterrichten, dass wir unseren dortigen Mann abziehen mussten und uns deshalb auf die herkömmlichen Kanäle verlassen müssen.«

»War das nicht Captain Thomas Grey?«, bemerkte ein Vizeadmiral der Blauen, der für das Mittelmeergeschwader sprach.

»Ja.«

»Es gibt keinen Thomas Grey auf der Kapitänsliste, Sir«, sagte der Lord Marinekommissar.

»Captain Grey war nur formal ein Kapitän der Marineinfanterie, Sir«, antwortete der Admiral, »und ein sehr zuverlässiger Mann, wie ich fand.«

»In der Tat, Admiral – in letzter Zeit hatte er allerdings mit einigen Schwierigkeiten persönlicher Natur zu kämpfen. Die Ehefrau des Gentleman wurde letztes Jahr im März getötet.«

Es entstand eine kurze Pause, während der Sir Edward hoffte – vergebens, wie er wusste –, dass seine Kollegen ihm gestatten würden, die Angelegenheit damit auf sich beruhen zu lassen; er zog es deutlich vor, zu Captain Greys Problemen nicht auch noch beizusteuern, indem er zu weit in dessen Privatsphäre eindrang.

Allerdings: Obwohl es (überflüssig zu erwähnen) für einen englischen Gentleman nicht ungewöhnlich war, verwitwet zu sein, war es doch in der Tat höchst ungewöhnlich, dass seine Frau getötet worden war. Da die Angelegenheit mit der Arbeit des Geheimdienstes Seiner Majestät in Zusammenhang stand, würde der Admiralitätsausschuss weitere Details verlangen. Weitere Nachfragen wurden dem Marineminister überlassen.

»Getötet, Sir Edward?«, fragte John Jervis, Earl of St. Vincent.

»Ja, Mylord … Irgendwann im frühen Winter des Jahres eins lief ein amerikanisches Schiff namens *Agnes* an der Westküste Nordafrikas auf Grund. Die amerikanische Mannschaft wurde von Männern des Sahwari-Stammes gefangen genommen, die sie bis zum Umfallen schuften ließen und beinahe zu Tode prügelten, bis sie schließlich die drei überlebenden Männer – von ursprünglich 14 – auf den Sklavenmarkt nach Mogador brachten. Sie wurden von einem lokalen Machthaber erworben, der sie für Engländer hielt und versuchte, sie für uns freizukaufen.

Er übermittelte eine Nachricht an unsere Dienststelle auf Malta, woraufhin Admiral Godfrey Captain Grey entsandte, um die Freilassung der Geiseln zu überwachen.

Captain Grey war bereits seit drei Jahren auf Malta stationiert gewesen und organisierte – wie Sie wissen – unser Geheimdienst-Netzwerk an den Küsten der Adria und Dalmatiens höchst erfolgreich. Wegen seiner Erfahrung in der Arbeit mit den Türken und den türkischen Vasallen in den Gebieten schlussfolgerte Godfrey – zurecht, bin ich sicher –, dass Grey der beste Mann für den Auftrag war, sich mit den barbarischen Paschas auseinanderzusetzen.

Seine Frau war eine eifrige Naturforscherin – eine ihrer Abhandlungen wurde 99 in der Royal Society verlesen – und rang Grey die Erlaubnis ab, ihr zu erlauben, die Fahrt mit ihm zu unternehmen, in der Hoffnung, das Atlasgebirge besuchen zu können. In der Tat begab sie sich mit auf die Reise und er stellte sowohl die Freilassung der Amerikaner als auch die Einladung einer englischen Botschaft nach Mogador sicher. Die Einladung werden Sie, Gentlemen, zweifellos noch in Erinnerung haben.«

Einige Mitglieder murmelten zustimmend.

»Während seiner Rückreise nach Malta traf die Brigg mit 14 Geschützen, auf der sich Grey und seine Frau mit den Amerikanern befanden – *Constance*, glaube ich, war der Name des Gefährts – auf die französische Fregatte *Fidèle* mit 32 Geschützen und wurde von ihr verfolgt … Das war vor Amiens, natürlich. Eine erbitterte Hetzjagd begann. Bevor ein frischer Wind die Fregatte zurückwarf, konnten die Franzosen die Brigg durch die extreme Reichweite ihrer Buggeschütze einholen. Bei einem Vorstoß wurde die *Constance* an ihrer Wasserlinie getroffen. Zu der Zeit befand sich Mrs Grey in der Plicht und kümmerte sich um die ausgezehrten und fiebernden Matrosen, die ihr Mann gerettet hatte. Die Splitter haben sie getötet. Es war ein schlimmer Tod. Sie war das einzige Opfer der Brigg.

In den darauffolgenden Monaten versuchte Captain Grey, seine Pflichten wieder aufzunehmen, Admiral Godfrey erklärte ihn allerdings für ungeeignet, oder zumindest für nicht verlässlich geeignet aufgrund –«

Sir Edward bezog sich jetzt auf einen Brief vor ihm auf dem Tisch,

»– von ›tiefgründiger und unerschütterlicher Melancholie‹. Godfrey verlieh seiner Hoffnung Ausdruck, dass man sich in England um Greys Verfassung kümmern würde. Ich leitete alles in die Wege, um ihn in der Harley Street einer Untersuchung unterziehen zu lassen, aber er schrieb gestern aus Portsmouth, um mitzuteilen, dass er stattdessen in sein Haus in Kent bei Sheerness zurückgekehrt sei. Ich beabsichtige, ihm morgen einen Besuch abzustatten.«

Admiral Lord St. Vincent nickte Sir Edward zu,

der am Tisch in die Runde blickte, um zu sehen, ob sonst noch jemand irgendwelche Fragen hatte.

Der Admiral der Blauen räusperte sich.

»Wie lange wird es dauern, bis wir einen Ersatz in Malta haben?«

»Ende des Monats werden wir einen neuen Mann dort haben. Meinen Informationen nach hat er gestern die Sandbank Nore an der Mündung der Themse passiert«, antwortete Sir Edward.

Aber er fügte hinzu: »Die Frage ›Werden wir in der Lage sein, Thomas Grey zu ersetzen?‹ bleibt allerdings trotzdem weiterhin sehr ungewiss.«

2

Thomas Grey saß im Garten seines Anwesens Marsh Downs, umgeben von verschiedenen Arten blühender Rhododendren, deren spezifische Namen er sich nie die Mühe gemacht hatte zu lernen. Jetzt würde er dies natürlich auch nie mehr tun; sie waren von seiner Frau gepflanzt worden. In ungefähr 100 Yards Entfernung kam langsam die Flut. Die Wellen, die sich am schilfigen Ende der Feuchtwiese auf seinem Grundstück brachen, kamen langsam immer höher, und bald schon würden die Vögel, die auf der Suche nach Würmern und Schnecken durch den Schlick staksten, gen Landesinnere fliegen. Einen oder zwei hatte er für sein Abendessen vorgesehen. Auf seinem Schoß ruhte ein Jagdgewehr und zu seinen Füßen sein Irish Setter Fred. Grey war froh, und ehrlich gesagt etwas überrascht, dass sich der Hund an ihn erinnerte, da Fred die letzten Jahre über – die meiste Zeit seines Erwachsenenlebens – als Gefährte des Wildhüters der Downs, Canfield, verbracht hatte. Fred schien zu spüren, dass etwas nicht stimmte.

Hunde tun das immer. Ab und zu schnüffelte er an Greys Fuß, woraufhin Grey sich vorbeugte, um ihn am Kopf und im Nacken zu kraulen.

Die Sache war allerdings die, dass Grey keine besondere Lust dazu verspürte, irgendetwas zu schießen. Fred würde enttäuscht sein, aber dagegen konnte man nichts tun. Vielleicht könnte ein Spaziergang als akzeptabler Ersatz herhalten. Wie dem auch sei, seine Haushälterin Mrs Hubble – von der Grey glaubte, dass sie sich nun von ihrem Schock über seine unerwartete Rückkehr erholt hatte – würde sich zweifelsohne bereits Gedanken über seine Mahlzeit gemacht haben. Es wäre nicht gut, sie mit einem frisch erlegten Tier zu beleidigen.

Er stand auf; Fred ebenso, der gespannt wie ein Flitzebogen auf den Schuss wartete.

»Tut mir leid, mein Junge. Heute nicht. Vielleicht morgen.«

Grey atmete ein letztes Mal tief den Blumenduft ein und ging langsam zurück zum Haus, darüber nachsinnend, wie Canfield den Willen dazu aufgebracht hatte, den Garten, der ein leeres Haus umgab, so ordentlich zu halten, ohne jegliche Hoffnung, dass irgendwer anderes außer ihm und Mrs Hubble ihn sehen würde. Bevor er nach Malta aufgebrochen war, dachte Grey, hätte er den Garten für die Gegend zugänglich machen sollen. Drei Jahre toter Blütezeiten, in denen sich niemand daran erfreut hatte – was für eine Verschwendung.

Während er Richtung Süden ging, kam das Haus zum Vorschein, das sich über den Garten erhob. Es war nicht besonders groß, aber es war – wie Grey immer gefunden hatte – ungewöhnlich eindrucksvoll; die beinahe pinken Außenwände aus Ziegelsteinen wurden von einem Kupferdach bedeckt, das sich zu einem schönen Blaugrün verfärbt hatte und von dem wuchernden, dunklen, gelb-grünen Efeu noch zusätzlich betont wurde. Er hatte das Haus von seinem Anteil des Prisengeldes einer kleinen französischen Flotte gekauft, die von seinem Geheimdienst 98 gekapert worden war.

98 war das Jahr, in dem er geheiratet hatte – seine Ehe war der Grund gewesen, warum er sein Haus in der Stadt aufgegeben hatte und auf einen Landsitz gezogen war. Er hatte befürchtet, es würde sich herausstellen, dass er unfähig wäre, das Leben auf den Downs wieder aufzunehmen, alleine. Tatsächlich aber war seine Rückkehr das Einzige, das ihn irgendwie tröstete. Er und Paulette hatten keine Kinder gehabt. Gott sei Dank gab es keine Kinder, um die er sich Sorgen machen musste.

Grey stampfte leicht auf, damit der Sand von seinen Schuhsohlen rieselte, und betrat den kleinen, mit Steinen gefliesten Vorraum, wo er seinen Mantel an einen Haken hängte und seine Pistole auf einem Tisch ablegte. Er öffnete die Tür zur Speisekammer und hielt inne, als er drei Stimmen im Flur dahinter vernahm. Eine Frau und zwei Männer. Er trat ein paar Schritte zurück in den Vorraum und nahm das Jagdgewehr wieder zur Hand.

Grey durchquerte die Speisekammer, ging in das Foyer, das Gewehr in seiner Rechten, und setzte einen möglichst beiläufigen Gesichtsausdruck auf. Fred folgte ihm auf dem Fuß und schien sich zu freuen, dass das Schießen vielleicht doch noch nicht ganz von der Tagesordnung gestrichen worden war.

Mrs Hubble stand im Eingang und sprach mit Canfield und einem anderen Mann, der gerade so außer Greys Sichtweite war. Die Stimme war ein kleines bisschen tiefer, als er sie in Erinnerung hatte – zu viele Zigarren, ohne Zweifel. Gleichermaßen, allerdings, gab es keinen Zweifel daran, dass sie zu Edward Banks gehörte. Nun *Sir* Edward Banks; als Grey seine Stellung im Mittelmeer angetreten hatte, war er zum Ritter geschlagen worden. Grey lehnte die Jagdflinte an die Standuhr und unterbrach die Unterhaltung, die sich augenscheinlich darum drehte, herauszufinden, wo er wohl sein könnte.

»Sir Edward, bitte treten Sie doch ein«, sagte er und fügte hinzu, »danke, Canfield«, und, »Mrs Hubble, würden Sie etwas Kaffee für uns zubereiten – oder«, – zu Banks –, »ziehen Sie Tee vor?«

»Gegen Kaffee hätte ich nichts einzuwenden, danke«, sagte Banks und trat über die Türschwelle. Grey nickte.

»Mrs Hubble, wenn Sie ihn uns bitte in mein Arbeitszimmer bringen könnten.«

Banks folgte Grey den Flur entlang und in einen mittelgroßen Raum, an dessen Wänden auf allen Seiten verglaste Bücherschränke standen. Banks war schon mehrmals zuvor in diesem Raum gewesen. Er fragte sich, ob die Regale zum Schutz vor der schweren, salzigen Luft verglast waren, die seine Lungen erfüllte und ihm unwillkürlich das Gefühl gab, zehn Jahre jünger zu sein.

Seine Gedanken wanderten weiter; er überlegte, ob er nicht wie Grey an die Küste ziehen sollte. Natürlich war Grey 25 Jahre jünger als er. Und verheiratet gewesen, was Banks jetzt und auch früher nie gewesen war. Der Gedanke an eine Ehe brachte ihn auf einmal schlagartig zurück zur gegenwärtigen Angelegenheit. Grey war vor einem schwarzen Globus stehen geblieben, der die Weltmeere abbildete. Er gab ihm sachte Schwung, drehte sich um und deutete auf einen Ledersessel mit Knopfpolsterung.

»Nehmen Sie bitte Platz, Sir Edward. Ich gestehe, dass ich Sie nicht erwartet habe.«

»Haben Sie nicht?«, sagte Banks. »Ich hätte gedacht, dass eine Beorderung nach London und die Tatsache, dass Sie sich 40 Meilen vor der Stadt niederlassen, sowohl zu einer Bemerkung als auch zu einem Besuch einladen.«

»Ich habe es so verstanden«, sagte Grey, »dass ich nach Hause geschickt wurde. Haben Sie es denn nicht gehört? Ich leide unter Melancholie.«

Es klopfte an der Tür. »Herein, Mrs Hubble«, sagte

Grey. Die Haushälterin betrat den Raum, spürte die darin herrschende Beklemmung, stellte den Kaffee auf Greys Schreibtisch ab, ging ohne ein Wort wieder hinaus und machte die Tür hinter sich zu.

Diese kurze Unterbrechung gab Grey gerade genug Zeit, sich seiner Unverfrorenheit einem Mann gegenüber zu schämen, dem er so viel zu verdanken hatte; den er so tief bewunderte.

»Ich bitte um Entschuldigung, Sir Edward. Bitte, setzen Sie sich. Wie wünschen Sie ihren Kaffee?«

»Schwarz«, sagte Banks, blieb aber stehen. Er nahm eine Tasse entgegen, trank einen Schluck und ließ sich schließlich doch auf dem Sessel nieder. Sein Gesicht zeigte keine Spur von Ärger; wenn überhaupt, dachte Grey, dann suggerierten die glatte Stirn und Banks' leicht verengte, blau-graue Augen, dass die Konversation mehr oder weniger so voranschritt, wie er erwartet hatte.

»Ich habe eine Nachricht in Portsmouth hinterlassen, dass Dr. Welsh Sie diesen Nachmittag in seiner Praxis in der Harley Street erwartet. Haben Sie die Nachricht erhalten?«

»Das habe ich, Sir.«

»Ich werde Sie nicht damit in Verlegenheit bringen, Ihnen erneut mein Mitgefühl auszusprechen. Der Geheimdienst muss wissen, in welcher Verfassung Sie sind, wenn Sie von irgendeinem Nutzen für uns sein sollen.«

Grey nickte.

»Admiral Godfrey hat mir zu verstehen gegeben, dass Sie beabsichtigen, im Geheimdienst zu bleiben.«

Dieses Mal gab Grey keine Antwort.

»Ist dem so?«

»Das hatte ich geglaubt, Sir«, sagte Grey.

»Nun aber nicht mehr.«

»Um Ihnen die Wahrheit zu sagen, Sir«, erwiderte Grey, »bin ich mir nicht sehr im Klaren darüber, wie tauglich ich sein werde.«

»Genau um das festzustellen, wie tauglich Sie sind, habe ich einen Besuch bei Welsh für Sie arrangiert.« Banks stellte seine leere Tasse ab. »Ich erwarte Meldung zu erhalten, dass er Sie bis spätestens Freitag einmal gründlich untersucht haben wird. Nun muss ich weiter nach Chatham und zu den Marinewerften. Meine Pferde sind immer noch angeschirrt.«

Er erhob sich und fuhr fort: »Wie ich schon sagte, Ende der Woche werde ich wieder zurück im Admiralitätsgebäude sein. Wenn Sie mich nun entschuldigen würden, ich finde selbst nach draußen.«

Grey wartete mit seiner Antwort zwei lange Ticks der Standuhr im Foyer ab.

»Jawohl, Sir.«

An der Tür verharrte Banks, drehte sich um und sprach kurz mit väterlicher Stimme. »Schau, Tom –«, sagte er, »es ist nicht gut, die Wolken für immer über deinem Kopf hängen zu lassen. Gottlosen Starrsinn hat Shakespeare das genannt.« Dann nahm er den offiziellen Tonfall wieder auf: »Es gibt Arbeit. Krieg zeichnet sich am Horizont ab. Ich erwarte Sie am Freitag.«

Banks öffnete die Tür und ließ sie offen stehen; er holte seinen Hut und Mantel, ohne darauf zu warten, dass ihm diese gebracht wurden, und einen Augenblick später hörte Grey, wie Banks' Mann die Pferde antrieb.

Als Sir Edwards Kutsche davonfuhr, goss sich Grey noch eine Tasse Kaffee ein und nahm hinter seinem Schreibtisch Platz.

3

Früh am nächsten Morgen – Mittwoch – wurde Grey in der Praxis von Dr. Welsh vorstellig, nur um zu erfahren, dass der Arzt noch gar nicht da war; er käme nie vor neun Uhr ins Büro und ob der Gentleman denn die Freundlichkeit besäße, zu warten? Grey lehnte ab und sagte, er käme später wieder. Vielleicht, dachte er, nach einer Runde im Regent's Park, der ein paar hundert Yards weiter nördlich lag. Als Grey aus der Praxis trat, fand er es verwunderlich, dass er vor dem geschätzten Arzt auf den Beinen sein sollte; seine Vorstellung eines Arztes – im Gegensatz zu den Schiffsärzten, mit denen er viel besser vertraut war – entsprach einem enthaltsamen Gentleman der Wissenschaften, der geneigt war, mit den Hühnern ins Bett zu gehen und wieder aufzustehen. Ehrlicherweise schlief Grey dieser Tage natürlich kaum, was es einfacher gemacht hatte, noch vor dem Morgengrauen in Kent aufzubrechen.

Es war das erste Mal seit drei Jahren, dass Grey

wieder in London war; er hatte sich inzwischen an das maltesische Wetter gewöhnt und empfand den frischen Frühlingsmorgen als kühl. Er sah dem Anhänger eines Bauern beim Vorbeirattern zu, Gemüse mit blättrigen Köpfen hing über die Holzkisten; ein Bediensteter auf einem frühmorgendlichen Botengang hielt ihn an. Weitere Dienerschaft ging auf dem Gehweg an Grey vorbei, widmete sich zeitigen Erledigungen, ehe ihre Herrschaften erwachten, und mischte sich auf ihrem Weg zur Arbeit unter Geschäftsmänner und Ladenbesitzer. Eine Katze hatte sich auf dem von der Sonne erwärmten Pflaster neben dem Rinnstein niedergelassen; Grey hob sie hoch, bevor ihr jemand einen Tritt verpassen konnte, und trug sie die letzten paar Meter zum Regent's Park hinüber, wo sie prompt einschlief, an das warme Eisen des Parkzauns gelehnt.

Gleich hinter dem südwestlichen Eingang des Regent's Parks gab es eine hüfthohe Sonnenuhr aus Granit und Messing. Grey besah sie sich und kniff dann die Augen zusammen, um zur Sonne hochzublicken – und zog unbewusst sein eigenes Urteil über den Sonnenstand vor; eine Präferenz, die unter Männern, die lange Zeit auf hoher See verbracht haben, nicht ungewöhnlich ist. Es würde mindestens anderthalb Stunden dauern, bis der Doktor erschiene. Da er merkte, dass er gerade erstaunlich wenig Geduld aufbringen konnte, ging Grey wieder zur Harley Street zurück und weiter in Richtung

Mayfair zu seinem Geschäftspartner. Der andere Mann, mit dem Grey heute sprechen wollte.

Aber hier war ein Weiterer, der noch nicht bei der Arbeit war. Schlief denn die ganze Stadt noch? Um ihn herum herrschte jedenfalls schon genug Geschäftigkeit. Nach dem Landleben und ein paar Jahren im Mittelmeer fand Grey London störend laut. Vielleicht war das ja die Quelle seiner Ungeduld, die er nicht abschütteln konnte. In Mr Paters Büro wurde Grey darüber informiert, dass dieser noch nicht da war – aber, sagte ein Juniorangestellter, er wäre vermutlich in seinem Club anzutreffen, wo er Greys Wissen nach oft schlief.

Pater, dieser faule Hurensohn, zum Teufel mit ihm, dachte Grey bei sich, während er sich höflich bei dem Angestellten bedankte. Ob er dem Gentleman denn einen Einspänner rufen solle? Nein, sagte Grey, er würde laufen. Es wäre nicht weit.

Egal – fügte er nicht hinzu –, es hatte keinen Sinn, einen alten Freund zu besuchen, während man in der Laune war, ihm den Kopf abzureißen. Ein Spaziergang würde ihm die Gelegenheit dazu geben, über Paters Tugenden nachzudenken. Sofern es denn welche waren.

Buttle's, ziemlich in der Mitte der St. James's Street gelegen, war gerade weit genug entfernt, damit Grey sich erinnern konnte, was eine oder zwei dieser Tugenden waren. Obwohl Pater in der Tat ein fauler Hurensohn war, den mehr als ein paar wenige

Bekannte schon zum Teufel gejagt hatten, hatte er niemals das Geld seiner Kunden veruntreut und durch ziemlich gerissene Investments die bescheidene Summe eines Prisengeldes, das Grey als Marinekapitän gewonnen hatte, in ein respektables, aber keineswegs immenses Privatvermögen verwandelt. Was einen Geschäftsmann betraf, nahm Grey an, waren es wohl diese Tugenden, die von größter Bedeutung waren.

Paters Gelegenheitswohnsitz Buttle's war einer der mehreren Dutzend älteren Herrenclubs, die sich nun im West End Londons aneinanderreihten. Seine Ziegelfassade, gestützt von zwei Pfeilern im Stile Michelangelos, war von der Straße weg leicht nach hinten versetzt, hinter einer Steinbrüstung und einer niedrigen Hecke. Als Grey durch die Tür des Clubs trat – in einen marineblauen Raum mit cremefarbenen Zierleisten –, fragte er sich, wie Buttle's sich darauf verstand, immer derart sauber und einladend zu riechen, wo es sich doch so nahe am Schlamm und Dreck der Straße befand. Gab es da etwa einen ergebenen Parfümeur, der hinter einem Schreibtisch lauerte? War da vielleicht die junge Besatzung eines Schiffes, die frische Luft von irgendeinem geheimen Säulengang aus hineinfächelte?

»Guten Morgen, Mr Grey, was für eine Freude, Sie wieder bei uns begrüßen zu dürfen«, sagte Mathers, der Portier. Grey verbarg seine Überraschung darüber, dass Mathers sein Gesicht erkannt hatte;

sein letzter Besuch in diesem Club lag Jahre zurück, und selbst als er in London gelebt hatte, war er kein häufiger Gast gewesen. Er war kein Mitglied.

»Mathers«, sagte Grey, »die Freude ist ganz meinerseits, seien Sie versichert. Ist Mr Pater hier?«

»Das ist er, Sir«, sagte Mathers und gab einem Pagen ein Zeichen, der im Seitenflügel wartete, und der nun ein paar kleine Orientteppiche überquerte, um sich neben Mathers aufzustellen. »Parslow«, sagte Mathers, »führen Sie Mr Grey in den Salon.«

Der Salon war ein dunkler, mit Holz vertäfelter und von Kerzen erhellter Raum, in dem braune Vorhänge die Fenster verdeckten, die schon vor langer Zeit zugemauert und ebenfalls vertäfelt worden waren, um von der Straße aus für Privatsphäre zu sorgen. Grey hatte erwartet, Pater beim Frühstück anzutreffen; tatsächlich steckte dieser aber gerade tief in einer Partie Whist, mit Kaffee zu seiner Rechten und einem Schlückchen Whiskey zu seiner Linken. Die Bartstoppeln auf seinem Kinn wiesen darauf hin, dass dies kein frühmorgendliches, sondern ein noch nicht zu Ende gebrachtes Spiel der Nacht zuvor war.

Pater bemerkte nichts, bis Parslow sich zu ihm hinunterbeugte und ihm ein paar Worte ins Ohr flüsterte. Als er aufblickte und Grey sah, klappte ihm der Mund auf; er warf seine Karten hin und stand auf, was von seinen Partnern mit einem ärgerlichen Grunzen kommentiert wurde.

»Grey, du liebe Güte, was für eine verdammte Überraschung, dich zu sehen!«, sagte Pater mit einem offenen, herzlichen Gesichtsausdruck. Sein Verhalten veränderte sich jedoch schnell, als seine Erinnerung mit der Überraschung aufholte.

»Tom, es tat mir so verdammt leid, von Paulette zu hören. Diese verfluchten französischen Bastarde.« Er hielt ihm seine Hand hin – die Grey schüttelte –, nahm dann Greys Ellenbogen und zog ihn mit zum Tisch, wo er nacheinander auf jeden der drei anderen Männer deutete.

»Langley, Slayton, Brummel: Grey.« Höfliches Nicken von jedem und auch von Grey. »Hast du schon gefrühstückt?«, fragte Pater, fuhr sich mit der Hand über die unrasierte Wange und unterdrückte ein Gähnen. »Wenn du mich fragst, ist es verdammt früh, um auf den Beinen zu sein. Ist die Sonne denn überhaupt schon aufgegangen?«

»Das ist sie«, sagte Grey, der gegen seinen Willen lächeln musste, »und zwar schon vor einer ganzen Weile.«

»Aber du hast noch nichts gegessen?«

»Noch nicht.«

»Wunderbar; geh doch bitte schon einmal vor in den Speisesaal und bestell dir für den Anfang etwas – Parslow wird dich hinführen – und nach ein paar schnellen Spielzügen bin ich bei dir. Im Handumdrehen sozusagen, haha.«

Tatsächlich dauerte es etwas länger als das – Grey nippte an seinem Kaffee, hatte keinen Hunger; starrte geistesabwesend den Kupferstich einer römischen Ruine an, der an der waldgrünen Wand des Speisesaals hing –, die Verzögerung gab ihm allerdings Zeit, sich über eine Sache Gedanken zu machen, die ihn seit Kent nicht mehr losgelassen hatte. Seit Malta eigentlich. Und Pater war der Mann, mit dem er darüber sprechen musste. Vielleicht war die Abwesenheit des Arztes ja ein Wink des Schicksals. Nicht, dass Grey an solche Dinge glaubte, rief er sich selbst zur Ordnung.

Als sich der Geschäftsmann endlich setzte, bemerkte er die Abwesenheit jeglichen Frühstücksgeschirrs in Greys Nähe, sah verlegen aus und winkte den Kellner heran. »Hast du noch nicht angefangen? Du wirst doch nicht wegen mir gewartet haben. Ich hoffe, du verzeihst mir, Tom – während so einer heißen Partie konnte ich meinen Posten nicht verlassen. Ah, hier«, sagte er, als der Kellner zu Paters Linken eilte, »bestell dir alles, was du möchtest. Ich meine – du erinnerst dich bestimmt, wie das hier funktioniert, würde ich behaupten – nenn dem Kellner, was auch immer dir einfällt, und wenn es in London zu bekommen ist, wird die Küche es besorgen lassen und dir im Nu zubereiten, bevor die Vorspeisen und vielleicht ein Schlückchen Rum – haha – verschwunden sind.«

»Nur ein Brötchen mit Butter und noch etwas Kaffee, Danke.«

»Na gut, obwohl ich deinen Mangel an Fantasie besorgniserregend finde. Oscars, bringen Sie mir ein paar Scheiben Speck, Scones, ein bisschen von dieser Johannisbeermarmelade – und einige von diesen Pfirsichen, falls die immer noch zu bekommen sind. Bringen Sie Mr Grey auch einen, vielleicht überlegt er es sich ja noch anders. Das ist wirklich sehr gutes Obst, Tom, weißt du. Und Oscars, ein Kännchen des stärksten Tees, der je diesseits des Tibers gebraut wurde.«

Der Kellner nickte und trat zurück, und Pater setzte ein ernsteres Gesicht auf.

»Nun, Thomas, wem oder was verdanke ich dieses Treffen? Sosehr ich mich über einen rein freundschaftlichen Besuch freuen würde, befürchte ich, dass du wohl etwas Wichtigeres auf dem Herzen haben musst.«

»Ja, das habe ich. Ich beabsichtige, Marsh Downs zu verkaufen. Oder besser gesagt, ich beabsichtige, es an dich zu verkaufen.«

Pater nickte. »Hübsches Plätzchen, die Downs – bedauerlich, sie verschwinden zu sehen – aber ich verstehe durchaus. Der Verkauf sollte nicht sehr lange dauern – weißt du, in den letzten Jahren gingen einige ziemlich aufdringliche, ungebetene Nachfragen bei mir danach ein; solch ein perfekter Ort zwischen dem Meer und London. Sollte einen guten Preis dafür bekommen; ja, einen stattlichen Preis. Ich nehme an, du wirst dich nach einem neuen Haus in der Stadt umsehen? Zum Kauf oder zur Miete? Natürlich kann ich dich hier im Club unterkommen lassen, während ich mich etwas umsehe – in letzter Zeit ist der Markt zu einer wahren Goldgrube für schöne Häuser geworden, jetzt, wo der Frieden ausgerufen ist und die Mitläufer wieder zurück in die Grafschaften ziehen. Wird Mrs Hubble mit dir gehen? Ich nehme an, Canfield wird auf dem Anwesen bleiben – eine Schande allerdings, mir werden seine Ratschläge zur Jagd fehlen. Aber so sag mir doch, welche Art von Gebäude dir vorschwebt.«

»Nein, nicht London«, sagte Grey und ließ Pater Luft holen. »Wie du vielleicht noch weißt: Meine Mutter kam aus Boston.«

»In Lincolnshire?«

»Nein«, sagte Grey, »das andere, in den Vereinigten Staaten. Ein Verwandter in Amerika hat beachtliche Beteiligungen an der Holzbranche. Ich hatte schon lange ein festes Angebot von ihm, dorthin zurückzukehren und eine Position in seiner Firma zu bekleiden. Ich habe mich dazu entschlossen, es anzunehmen.«

»Zurückkehren? Thomas, wurdest du etwa in Amerika geboren? Verzeih die persönliche Frage.«

Grey schüttelte einmal kurz den Kopf, um Pater zu signalisieren, dass keine Entschuldigung von Nöten war. »Das war tatsächlich der Gegenstand einiger Diskussionen zwischen meinen Eltern. Meine Mutter behauptet, dass ich in Boston geboren wurde;

mein Vater besteht darauf, dass ich von Anfang an auf englischem Territorium war, da ich an Bord eines königlichen Schiffes im Hafen von Boston auf die Welt kam. Das war allerdings vor dem Krieg.«

Das Essen kam und die zwei Männer schwiegen, während der Kellner es auftrug.

»Aber Tom, verdammt noch eins, das kannst du doch nicht ernst meinen«, sagte Pater. »Du beabsichtigst, in den Ruhestand zu gehen als – ich weiß nicht, wie der Fachbegriff lautet – ein Waldarbeiter? Holzhändler? In deinem Alter? Aber natürlich«, fügte er rasch hinzu, allerdings ohne Überzeugung, »geht mich das nichts an.«

»Ein Holzhändler«, sagte Grey. »Der Klang gefällt dir nicht? Nein, aber ich meine es durchaus ernst. Eine Veränderung ist genauso gut wie eine Auszeit, und, ich nehme an, je drastischer die Veränderung, desto besser. Ich hätte gerne einen Dispositionskredit auf das Haus; ich sehe keinen Grund, bis auf den Verkauf zu warten. Du arrangierst ein Gehalt für Canfield und Mrs Hubble, damit sie angestellt bleiben, bis sie neue Arbeitsplätze gefunden haben, und auf den Rest kann ich in einem Brief von Boston aus Anspruch erheben.«

Pater nahm sich einen Moment, um Tee einzuschenken und seine Antwort zu formulieren.

»Ich werde es genau so machen, wie du sagst, Tom, keine Angst – aber solltest du wirklich eine so große Veränderung nach einem so großen Verlust vornehmen? Kannst du denn überhaupt klar denken? Es ist schrecklich gottverdammt heiß dort im Sommer, wie du vermutlich weißt, und im Winter so kalt wie in Lappland. Und das Geschäftsleben ist überhaupt nicht mit einer Position im Außenministerium zu vergleichen.« Das Außenministerium war die Anstellung, die Grey in der Öffentlichkeit vorgab innezuhaben. »Und nachdem du ja schon im Ausland warst, sollten da London und England nicht bereits die ganze Veränderung sein, die du brauchst? Ich betone nochmals, dass dies gänzlich deine Angelegenheit ist, aber wenn es in meiner Macht stünde, dich zum Warten zu beschwören, würde ich sagen, nimm dir eine Woche Zeit, hol ein paar Ratschläge ein und sprich mit jemand Vertrautem.«

Grey aß sein Brötchen und nickte höflich. Aber am Donnerstagmorgen, als Sir Edward Banks in seinem Büro ankam, sich an seinen Schreibtisch setzte und begann, die Korrespondenz der Nacht durchzusehen, war da ein Brief von Thomas Grey. Er besah ihn sich und rief seinen Stabschef zu sich.

»Willys, dieser Brief von Grey …«

»Ich habe ihn nicht angesehen, Sir; er war als vertraulich gekennzeichnet, nur für Ihre Augen.«

Banks schob den Brief über den Schreibtisch: »Lesen Sie ihn.«

»An den ehrenwerten Sir Edward Banks, et cetera …« las der Stabschef laut vor, »was unser Treffen vom letzten Dienstag betrifft … reiche ich hiermit, wie Sie hoffentlich akzeptieren werden, meinen sofortigen Rücktritt vom Geheimdienst Seiner Majestät ein.«

4

War Fred Canfields oder Greys Hund? Grey musste sich eingestehen, dass es grausam wäre, den Hund seiner Heimat Sheerness zu entreißen und ihn mit aufs Schiff in die Neue Welt zu nehmen – besonders, nachdem er ihn nach einer Abwesenheit von drei Jahren nur für wenige Tage bei sich gehabt hatte –, kraulte ihn jedoch höchst widerwillig, wie er annahm, zum letzten Mal hinter den Ohren. Es gab einen festen Händedruck mit Canfield selbst, eine tränenreiche Umarmung von Mrs Hubble, die Grey das Versprechen abnahm, zu schreiben, und dann nahm Grey seinen Platz in einem Vierspänner nach Portsmouth ein – mit genug Gepäck, um die Reise zu überbrücken; den Rest würde Pater später verschiffen, sobald Grey eine dauerhafte Adresse in Massachusetts hatte.

Die Kutschfahrt Richtung Südwesten dauerte fast den ganzen Morgen, auf abgesunkenen Straßen mit tiefen Spurrillen, die von zweitausend Jahren Verkehr in die Erde gegraben worden waren und wegen des Baldachins aus dicken Frühlingsblättern wie Tunnel anmuteten. Am Nachmittag befand sich Grey auf einem Versorgungsboot, das durch den Hafen in Portsmouth ruderte; auf einem von Dutzenden, die Offiziere, Matrosen und Passagiere unter den großen Handels- und Kriegsschiffen hindurchbeförderten, die vor Anker lagen und auf die Gezeiten, Fahrpläne oder Befehle warteten, um abzulegen.

Er folgte seinem Gepäck an Bord des Westindienfahrers *Ruby* – nicht so geschmeidig und anmutig wie ein modernes Kriegsschiff, aber auf seine eigene Art und Weise sehr schön. Die *Ruby* war ein robustes, solides Schiff, das vielleicht 600 Tonnen transportieren konnte; mit simplen schwarz-weißen Lackierungen unter den drei Masten und dem circa 100 Quadratmeter großen, noch aufgerollten Segel. Das meiste ihrer Ladung schien schon an Bord zu sein und der Großteil ihrer Mannschaft musste gerade dafür sorgen, dass alles passgenau verstaut wurde. Die Männer, die an Deck blieben, schienen hauptsächlich mit Fragen beschäftigt zu sein, die den Bugspriet und die Takelage des Vormasts betrafen; zwei andere scheuchten Hühner nach unten, die mit auf die Reise gen Westen kommen würden. Auf dem Achterdeck – beim Kompasshäuschen – redeten zwei Offiziere miteinander und gestikulierten abwechselnd hinunter zu dem Kompass und hinauf zu den Rahen; keiner von ihnen war der Kapitän. Grey stellte sich beiden vor, schüttelte Hände und wurde unter Deck geführt.

Seine Kabine war ein kleiner, aber nicht ungemütlicher Raum in der Mitte des Schiffes, direkt unter dem Mitteldeck, mit einer Geschützpforte als Fenster – ein Luxus, den er vom Geheimdienst nicht kannte, wo alle Geschützpforten, außer den in den vorderen und hintersten Schottwänden des Kanonendecks, permanent belegt waren. Seine Truhen kamen einen Moment nach ihm an und nachdem er rasch ausgepackt hatte – nur ein Fässchen Tinte, da er sichergehen wollte, dass dieses nicht ausgelaufen war, und ein Buch, in das er sich bald vertiefen wollte –, streckte Grey seinen Kopf aus der Geschützpforte und beobachtete das Geschehen.

Obwohl er die Königliche Marineinfanterie nach seiner Rekrutierung für den Geheimdienst vor ein paar Jahren offiziell verlassen hatte – genau genommen, bevor Earl St. Vincent sie »Königliche Marineinfanterie« getauft hatte; als rot-gewandete, seetüchtige Soldaten noch Teil einer halbformellen Abteilung der Armee waren, ein Teil der Marinetruppen Seiner Majestät ... Greys Gedanken schweiften ab ... obwohl er vor Jahren den uniformierten Dienst verlassen hatte, hatte er heute in Erwägung gezogen, seine Uniform anzuziehen. Denn trotz des Friedens war eine offensive Rekrutierung im Gange – so offensiv wie schon seit Jahren nicht mehr; im Land herrschte zwar Frieden, aber die Admiralität weigerte sich, daran zu glauben. Männer, die normalerweise von der Bedrohung ausgenommen waren, von der Marine zwangsverpflichtet zu werden – Handelsseefahrer auf auslaufenden Schiffen, Männer ohne Erfahrung in einem seegängigen Beruf, sogar Männer mit offizieller Freistellung von Whitehall –, wurden von Zwangsrekrutierern aufgegriffen und kurzum in eine Besatzung gesteckt. Schiffe, die nach Java und New Holland fuhren, legten mit minimalen Notmannschaften ab, von denen die Rekrutierer hofften, dass sie es an einem Stück bis nach Portugal, Madeira oder Gibraltar schaffen würden, um dort die Besatzung zu erweitern. Grey wusste, dass er nur aufgrund seiner gebuchten Schiffsreise auf einem Westindienfahrer entkommen war, und weil er die Vorsichtsmaßnahme getroffen hatte, sich in seinem besten Sonntagsstaat zu kleiden – eine Aufmachung, die er mit dem ungewohnten Prozess, seine Perücke zu pudern, perfektioniert hatte. Die Kleidung und die Kabine wiesen ihn als Gentleman aus, und es herrschte noch keine solch offensive Rekrutierung, welche die bitter notwendige und dünne Unterstützung der Marine im Parlament riskieren würde, indem versehentlich jemand von echter Bedeutung zum Kap verschleppt wurde.

Von seiner Geschützpforte aus konnte Grey das Boot der Rekrutierer einen Ostindienfahrer erreichen sehen, der gerade nach seiner Rückreise von Ceylon oder Sumatra aus einlief. Alle, die entbehrt werden konnten, waren ohne Zweifel heimlich auf den Scilly-Inseln von Bord getürmt, in der Hoffnung, dem zu entgehen. Andere würden in unendlich raffinierten Verstecken zusammengepfercht ausharren. Und ein paar Wenige – ah, da war schon der Erste, der über die Reling sprang – ein paar der wenigen Männer, die schwimmen konnten, würden es riskieren, ans Ufer zu kraulen, und dann bis zum Einbruch der Dunkelheit in einer Kirche oder einem Bordell Schutz suchen. Wer konnte es ihnen schon verdenken? Sie waren wahrscheinlich fast zwei Jahre auf hoher See gewesen. Wie konnte es ein Mann beim Anblick seiner Heimat ertragen, für weitere zwei Jahre fortgeschleppt zu werden, unter der strikten, peitschenknallenden Autorität der Admiralität? Grey seufzte. Die echte Frage war allerdings, warum nur so wenige Matrosen Schwimmen lernten. »Wenn der liebe Gott gewollt hätte, dass wir schwimmen können, hätte er uns Flossen und Schuppen gegeben.« »Na ja«, wollte er die Vormastmatrosen dann immer zurückfragen, »wächst dir vielleicht ein Großsegel aus dem Rücken?« Aber es nützte nichts, wenn ein Marinesoldat mit einem Seemann stritt. Für einen Blaumantel waren die Roten unheilbare Landratten.

Es klopfte an der Kabinentür. »Herein«, sagte Grey und zog seinen Kopf zurück ins Innere.

»Der Kapitän lässt fragen, ob Sie ihn zum Abendessen mit ihrer Gesellschaft beehren würden«, sagte ein Schiffsjunge.

»Richte dem Kapitän bitte aus, dass es mir ein Vergnügen wäre«, sagte Grey und dachte darüber nach, dass diese Art von Einladung eine der Gefahren war, wenn man mit einer gepuderten Perücke herumlief.

»Das werde ich, Sir. Er nimmt das Abendessen um acht ein.«

*

Diener standen hinter jedem Gast in der großen Kapitänskajüte hinter dem Achterdeck, die als Speisesaal fungierte. Die Kabine selbst war schön – auf Hochglanz poliert, erleuchtet von der breiten Reihe sanft nach außen geneigter Fenster am Heck des Schiffes und von Kerzen in silbernen Ständern (ihr Licht spiegelte sich in den glanzgeschliffenen Eichenwänden und den silbernen Tellern wider, auf denen das Abendessen serviert werden würde). Alles war sehr im Marinestil gehalten, so auch die Besessenheit von penibler Sauberkeit – eine Besessenheit, die Grey freudig guthieß. Ebenso die Diener hinter den Stühlen der Gäste – also was den Marinestil anging – und ebenfalls der Schnitt und die Farbe des Mantels des Kapitäns und die Garderobe seiner Offiziere. Grey hatte nicht direkt etwas dagegen, wenn Handelsschiffe die Marine imitierten, konnte aber nicht anders, als es trotzdem ein bisschen lächerlich zu finden. Die meisten Handelsschiffskapitäne waren

Männer, die entweder durch mangelnde Leistung oder Familienverpflichtungen nicht in der Lage gewesen waren, sich eine Position auf der Kapitänsliste zu sichern. Warum alle daran erinnern? Es war keine Schande, ein Schiff erfolgreich um die Welt zu segeln, und das mit viel weniger Einsatzmitteln und höchstens einem Drittel der Mannschaft, die ein vergleichbar schweres Kriegsschiff zur Verfügung hätte. Während sie außerdem die ganze Zeit über denselben Gefahren von Wind und Wetter und feindlichen Schiffen ausgesetzt waren, für die ein großes Handelsschiff nicht nur leichte Beute, sondern die willkommenste Beute überhaupt war.

»Captain Grey«, sagte der Kommandant und Kapitän, ein gewisser Captain Bavinger, »ich glaube nicht, dass ich Ihren Namen auf der Liste gesehen habe. Haben Sie Ihren Posten erst kürzlich bezogen?« Eine Schiffspassage unter seinem alten Dienstgrad zu buchen war noch eine Vorsichtsmaßahme dagegen gewesen, zwangsrekrutiert zu werden; Grey war normalerweise nur ein »Mr«, aber manchmal musste man eben improvisieren.

»Ich war früher ein Kapitän der Marineinfanterie, Sir.«

»Ah, ich verstehe«, sagte Bavinger. Grey führte das nicht weiter aus und Bavinger wandte sich an die anderen Passagiere, einen Pfarrer und seine junge Frau, und einen Botaniker, der eine pflaumenfarbene Jacke trug.

»Mr Kefauver, Sir«, sagte Bavinger, »haben Sie die Neue Welt bereits vorher botanisiert?«

»Das habe ich tatsächlich noch nicht, Captain«, sagte der Botaniker, stellte sein Weinglas ab und schüttelte enthusiastisch den Kopf. »Nein, bisher waren meine Studien eine Nachahmung – oder, wenn ich mir selbst schmeicheln möchte, eine Weiterführung – von Linnaeus und konzentrierten sich auf die nördlichen Regionen Europas. Nein, ich bin überaus gespannt darauf, ihre Brüder in Amerika, im Norden Amerikas, zu sehen, Sir. Tatsächlich überaus gespannt.«

»Untersuchen Sie Blumen, Mr Kefauver?«, fragte die Frau des Pfarrcrs.

»In der Tat, Ma'am, aber auch die Wirtspflanzen, und insbesondere den Boden, in dem sie wachsen. Ich fürchte, dass mehrere Botaniker das Medium, dem die Subjekte ihres Interesses entsprießen, vernachlässigt haben, den *petrus*, sozusagen, auf dem die Kirche der Botanik gebaut ist! Ja, vor allem fasziniert mich die Vielfalt der Böden, die man von Ort zu Ort vorfindet – von denen sich jeder so stark von einem nur 100 Yards entfernten Boden unterscheiden kann wie eine Rose von einer Lilie.«

»Und hat Amerika denn einen guten Boden, Mr Kefauver?«

»Das frage ich mich auch!«, sagte der Botaniker. »Das frage ich mich auch. Die Pflanzenvielfalt soll sehr groß sein, aber doch soll der Boden bekanntermaßen unter einem hohen Steinanteil leiden, der seiner gesamten Fruchtbarkeit sicherlich abträglich ist. Landwirtschaft, wie Sie wissen, ist in den südlichen amerikanischen Staaten seit jeher viel erfolgreicher – aber ist der Boden selbst der Übeltäter? Oder behindern lediglich die Steine beim Pflügen? Sicherlich gibt es nur einen Weg, um das herauszufinden, Ma'am. Mein Bestreben ist es, dank meiner Arbeit in der Neuen Welt ein Sammelwerk über Böden verfassen zu können, um der Entwicklung unserer Wissenschaft als *Systema Naturae* von Nutzen zu sein.«

»Aufregende Sache«, bemerkte Captain Bavinger.

»Haben Sie viel Zeit entlang der amerikanischen Küste verbracht, Sir?«, fragte der Botaniker.

»Oh, ja«, sagte Bavinger. »Ziemlich viel. Und in der Karibik, entlang der Küste Brasiliens; so weit südlich wie der Fluss Río de la Plata. Obwohl ich fürchte, dass die einzige Pflanze in der ganzen Hemisphäre, mit der ich viel Erfahrung habe, das Zuckerrohr ist.«

»Ist Zuckerrohr denn eine besonders interessante Blume, Sir?«, fragte die Pfarrersfrau.

»Ich meinte als Quelle des Rums, Ma'am. Es war ein schlechter Scherz, Verzeihung.«

»Ach so«, sagte die Pfarrersfrau. »Ist Rum denn der Saft des Zuckerrohrs?«

»Das ist destillierter Zucker, Ma'am«, sagte der Captain.

»Wobei Zuckerrohr wirklich eine schöne Blüte

hat«, sagte der Botaniker. »Eine Ansammlung filigraner Stängel – zarte Flaumbüschel, sehr weich, die auf der Farbskala von braun über weiß und rosa bis hin zu fliederfarben reichen. In Südspanien habe ich ganze Felder davon in Blüte stehen sehen, genauer gesagt in Andalusien. Ausgesprochen hübsch, wirklich ausgesprochen hübsch.«

»Wie schön«, sagte die Pfarrersfrau. »Ich bin froh, dass diese armen Seelen, die die Zuckerrohrfelder bestellen, etwas Hübsches zum Anschauen haben.«

»Ja, ohne Zweifel erleichtert das die Arbeit ungemein, Ma'am«, sagte Bavinger, um höflich zu sein.

»Darf ich fragen, was Sie in New England tun werden, Herr Pfarrer?«, fragte der Botaniker.

»In New Haven wartet eine Kanzel auf mich, Mr Kefauver.«

Damit ließ er es auf sich beruhen. »Wie angenehm«, entgegnete der Botaniker.

Grey ließ seine Gedanken von der Unterhaltung abschweifen. Das Hammelfleisch des Kapitäns war annehmbar. Sein Wein mittelmäßig. Sein Steuermann war ziemlich gut. Dank eines sehr günstigen Windes hatte das Schiff bereits Ouessant passiert, die kleine Insel vor der Westspitze Großbritanniens, und befand sich nun schon draußen im Atlantik. Die Wellen waren stetig höher geworden und die *Ruby* warf sich ihnen entgegen, ohne erkennbar an Geschwindigkeit einzubüßen, welche Grey – vom Kielwasser aus – auf acht, vielleicht neun Knoten schätzte. Was für ein feiner Segler Bavingers Schiff doch im Backstagswind war. Nicht einer dieser hochbordigen Klötze, die man sich sonst immer unter Handelsschiffen vorstellte.

Grey blickte weiterhin auf das Kielwasser. Die Sonne war nun unter den Horizont gesunken, irgendwo jenseits des Schiffbugs, und ließ einen wolkenlosen, pfirsichrosa Himmel zurück. Für einen heißen Sommer in Boston wäre er dankbar; in Valletta hatte er sich daran gewöhnt. Und egal wie kalt die Winter wären, die Feuchtigkeit wäre niemals mit der in London vergleichbar. Doppelt so viele Sonnentage im Jahr, hatten seine amerikanischen Verwandten behauptet. Sicherlich, die Liste der Dinge, die Grey an England nicht vermissen würde, wurde vom Wetter angeführt. Auf Nimmerwiedersehen, verdammt. Und wo er schon dabei war, Dinge zu verfluchen: Auf Nimmerwiedersehen, verdammt, auch zu allem anderen, was er zurückließ. Zur Hölle mit London und dem Geheimdienst und der Admiralität und dem wahnsinnigen König. Zur Hölle mit versiegelten Befehlen und Chiffren und der Pflicht. Sollten die Männer und die Codebücher und das ganze stinkende Königreich doch in der Nordsee versinken. Was hatten sie jemals für ihn getan?

Gott sei Dank hatte er es endlich einmal selbst ausgesprochen – wenn auch nur in seinem Kopf. Er errötete leicht ob seiner rebellischen Gedanken, leerte sein Glas in einem Zug und genoss den entspannten Augenblick.

Es klopfte an der Tür und Bavingers zweiter Leutnant zur See – oder was auch immer sein Titel bei der Handelsflotte war – steckte seinen Kopf ins Zimmer.

»Ein Segel über der Kimm, Sir, es kommt von Brest.«

Der Kapitän nickte. »Danke, Mr Goff«, sagte er unbekümmert. »Mr – entschuldigen Sie, Captain – Grey: Der Wein steht neben Ihnen.«

Grey gab die Karaffe zu seiner Linken weiter, suchte den Horizont jenseits der Fenster der großen Kabine mit den Augen ab und fragte sich, ob er einen Blick auf das Segel über den sanften Wogen des Ozeans erhaschen würde.

»Verzeihen Sie mir bitte meine Unwissenheit«, sagte der Botaniker, Mr Kefauver, »aber was bedeutet ›über der Kimm‹?«

»Das bedeutet, dass über dem Horizont das Segel eines Schiffes aufgetaucht ist – wenn dann der Rest des Schiffes erscheint, ist es ›in Sicht‹.«

»Ich verstehe«, sagte Kefauver. »Müssen wir uns Sorgen machen? Könnten das nicht Piraten sein?«

»Nein, Sir, wenn es von Brest kommt, ist es sicherlich ein französisches Handelsschiff – vielleicht auf derselben Route wie wir. Auf jeden Fall gibt es zurzeit keine Piraten in diesen Gewässern. Für die Berber sind wir immer noch zu weit im Norden und mit dem Frieden haben die französischen und niederländischen Freibeuter ihre Segel einholen müssen. Sozusagen.«

Das Mahl zog sich über vier Gänge hin; Koteletts und Käse und Kaffee kamen und gingen zusammen mit dem letzten Tageslicht. Nun stand ein zunehmender Dreiviertelmond über ihnen und schien auf das Kielwasser, beinahe hell genug zum Lesen. Kurz bevor der Portwein die Runde am Tisch gemacht hatte – gerade als der Himmel von dunkelblau zu schwarz überging –, hatte Grey einen flüchtigen Blick auf das von Brest kommende Segelschiff erhascht. Jetzt war es natürlich zu dunkel, um etwas zu sehen, aber er warf trotzdem immer wieder Blicke aus den Fenstern. Es war Gewohnheit, ein Zwang. Ein kleines, intuitives Prickeln an seinem Hinterkopf. Damit das Segelschiff in weniger als einer Stunde so nah an sie herankommen konnte, sodass er es auf Höhe des Decks hatte sehen können, musste es an die zwölf Knoten fahren. Dann wahrscheinlich doch kein Handelsschiff. Vielleicht eines von diesen Freibeuterschiffen mit eingeholten Fahnen, von denen der Kapitän gesprochen hatte; vielleicht versuchte es die Ausbezahlung seiner Mannschaft zu vermeiden, indem es Post zustellte. Da wäre es nicht das erste. Auf jeden Fall war es nicht seine Angelegenheit. Grey schwenkte sein Glas und lenkte seine Gedanken auf das Buch, das er in seiner Kabine gelassen hatte – *Eine Vollständige & Wissenschaftliche Geschichte der Ägyptischen Königreiche von dem*

Eminenten Geologen Mr John Folsom. Es sprach ihn an.

»Ein bisschen Portwein, Captain Grey?«, fragte Captain Bavinger und schob ihm die Karaffe zu.

»Danke Ihnen, Captain – ich fürchte, ich muss passen – ich bin ziemlich überwältigt von dem Ausmaß Ihres köstlichen Abendmahls; ich hoffe, Sie werden mich entschuldigen. Mir fallen schon die Augen zu.« Grey schob die Karaffe weiter zu Kefauver und stand auf.

»Natürlich, Captain Grey«, sagte Bavinger, stand ebenfalls auf, zusammen mit Kefauver und dem Pfarrer, der sich seinen Kopf ziemlich fest an der Decke anstieß.

»Guten Abend, Gentlemen.«

In seiner Kabine, mit offener Geschützpforte, durch die eine himmlische Brise hereinwehte, schlief Grey schon bald ein.

*

»Thomas, Liebster? Wo bist du?« Paulette Grey ging am Arm ihres Mannes, als sie aus dem Grandmaster's Palace, in dem die einzige anglikanische Messe auf Malta abgehalten wurde, auf den St. George's Square hinaustraten.

»Hmm?«, sagte Grey und wandte sich zu ihr um. »Ach, entschuldige – ich war in Gedanken vertieft.«

»Bekümmert dich etwas?«, fragte Paulette, ließ

Greys Arm für einen Moment los und zupfte an einem ihrer Kirchenhandschuhe.

»Nein, nein, nur Tagträumereien, Paul, keine Angst.« Tatsächlich dachte Grey gerade über einen Papierfetzen nach, den eine fremde Hand ein paar Augenblicke zuvor, während die Kirchgänger sich gegenseitig ihr Wohlwollen bekundeten, in seine Tasche hatte gleiten lassen.

Erst vor weniger als zwei Monaten hatte Grey seinen Posten als Chef des Geheimdienstes auf Malta angetreten, aber – da Malta das Herz englischer Präsenz im zentralen Mittelmeer und ein Zwischenstopp für so viele alliierte und neutrale Schiffe war – hatte es nicht lange gedauert, bis seine Identität ans Licht gekommen war. Das hatte ihn natürlich zur Zielscheibe gemacht, sowohl für die Franzosen als auch für Spinner – aber alles in allem hielt Grey das für etwas Gutes. Es bedeutete, dass Leute, die mit den Briten geheime Geschäfte machen wollten, ihn finden konnten. Das, so glaubte er, war eine mehr als angebrachte Kompensation für die Nachteile. Vor allem, falls der mysteriöse Zettel in seiner Tasche zu etwas von Wert führte.

Es war ein ungefähr 40-minütiger Fußweg von Valletta um den Marsamxett Harbour herum zurück zum Haus der Greys auf der benachbarten Halbinsel Sliema – währenddessen Paulette ihre erste Begegnung mit einem echten afrikanischen Säugetier erläuterte: Dem nordafrikanischen Igel, der in grauer

Vorzeit von Libyen bis nach Malta und Gozo gekommen war. Paulette hatte fasziniert herausgefunden, dass der *Atelerix algirus*, obwohl nur durch 100 Seemeilen von seinem europäischen Cousin auf Sizilien getrennt, einige einzigartige Eigenschaften aufwies. Er war kleiner, aber flinker, eher weiß als braun und ihm fehlte die Kühnheit des *Erinaceus europaeus* – oder, eigentlich, entweder des *Erinaceus roumanicus* oder des *concolor*, den nördlichen und südlichen Weißbrustigeln –, aber in ihren Augen war er bedeutend freundlicher. (Allerdings wies Paulette ihren Mann ehrlicherweise darauf hin, dass ein bösartiger Igel, egal welcher Spezies, schwer zu finden wäre.) Sie widmete sich gerade seiner angeblichen Immunität selbst gegenüber den giftigsten afrikanischen Schlangen und der offensichtlichen Schwierigkeit, eine Stülpnasenotter und einen Igel dazu zu bringen, sich neutral gegenüberzutreten, als sie und Grey vor ihrer Haustür ankamen und Grey sich entschuldigte, um sich in sein Arbeitszimmer zurückzuziehen.

Nachdem er die Tür hinter sich zugezogen und abgeschlossen hatte, konnte er endlich das mysteriöse Stück Papier aus seiner Tasche holen – ein eng zusammengerollter Zylinder von der Größe und Form einer einzigen getrockneten Nelke, den Grey auf seiner Schreibtischplatte entrollte.

Dort stand in winziger, verschnörkelter italienischer Handschrift: »*Montag: acht: Ghajn Tuffieha:*

Palazzo Parisio.« Die Bedeutung erschien ihm nur allzu klar – jemand erbat ein Treffen am Ghajn Tuffieha Strand in zwanzig Stunden, am Montag um acht. »Palazzo Parisio« war nicht der beabsichtigte Treffpunkt, sondern ein Hinweis auf die Identität des Absenders – es war die Villa, die Napoleons Heim und Hauptquartier während seines kurzen Maltaaufenthalts im Juni 98 gewesen war, als er die Insel auf seinem Weg nach Ägypten eroberte.

Nach Napoleons Eroberung hatten die Franzosen zwei Jahre über Malta geherrscht; zu Anfang sehr erfolgreich. Sie hatten die Sklaverei und den Adel abgeschafft, Meinungs-, Presse- und Religionsfreiheit etabliert – zum ersten Mal war es maltesischen Juden gestattet worden, eine Synagoge zu bauen –, die Inquisition aufgehoben und den letzten Inquisitor verbannt, ein semi-demokratisches System der Inselregierung erlassen und verkündet, dass Frankreich in jeder Stadt und jedem Dorf eine Schule bauen würde, mit Lehrern, die von Frankreich bezahlt werden würden. Zusätzlichen 60 maltesischen Studenten würden Stipendien verliehen werden, um in Paris zu studieren. Und auf einmal waren die Franzosen sehr beliebt.

Leider waren Napoleons Augen größer als Frankreichs Geldbeutel. Nach nur sechs revolutionsreichen Tagen segelte er dem Ruhm nach Ägypten entgegen und die Leutnants, die er in der Verantwortung zurückließ, fanden keinen anderen Weg, für seine

Reformen zu bezahlen, als Maltas Kirchen zu plündern und den katholischen Militärorden der Malteserritter zu berauben – die unter Führung ihres Großmeisters Malta nahezu 300 Jahre lang bis zur französischen Invasion regiert hatten. Der Tropfen, der das Fass für den gewöhnlichen Malteser zum Überlaufen gebracht hatte, waren die Kirchenplünderungen, welche zuerst die Ausbezahlung von maltesischen Staatsdienern finanzierten, die durch das neue französische System ins Leben gerufen worden waren, dann aber Napoleons verzögerter Kampagne im Nahen Osten umgewidmet wurden. Proteste wurden zu Aufständen und Aufstände zu einer Revolution – einer Revolution, dic schnell die Unterstützung der Briten fand, die schließlich die Kapitulation der französischen Garnison am 5. September 1800 akzeptierten.

Die maltesische Zivilregierung lud die Briten zum Bleiben ein und erklärte Malta schließlich in der *Declaration of Rights of the Inhabitants of the Islands Malta and Gozo* von 1802, unter dem Protektorat von George III, den sie als ihren König anerkannten, als autonom. Damit waren die Engländer wunschlos glücklich und machten die Inselnation schnell zu einem wesentlichen Teil des Empire – aber viele Malteser, wenn auch in hartnäckiger Minderheit, trauerten still und ergeben den glorreichen, französischen Idealen Napoleons hinterher und unterhielten weiterhin enge, persönliche Verbindungen nach Frankreich und zu der Regierung des Ersten Konsuls. Dies, gepaart mit seiner zentralen Lage im Mittelmeer, machte Malta so zu einem wertvollen Rädchen in der Maschinerie des britischen Geheimdienstes. Und war der Grund, warum Thomas Grey so gewillt war, eine anonyme Einladung zu einem geheimen Treffen bei Sonnenaufgang am Strand anzunehmen.

Am nächsten Morgen – Montagmorgen – erwachte Grey, klopfte ein paar winzige Malta-Eidechsen aus seinen Stiefeln und verließ das Haus noch vor Sonnenaufgang. Er beabsichtigte, als Erster am Ghajn Tuffieha zu sein, sich einen guten Aussichtspunkt zu suchen und sicherzugehen, dass ihm keine Falle gestellt worden war.

Es war ein dreistündiger Fußmarsch zu der ländlichen Seite der Insel, der Nordwestküste Maltas, wo es wenig außer Schafställen und Weberhütten gab. Beim Gehen beobachtete Grey den Himmel, wie er vor ihm von Tintenschwarz zu Violett, Rot und Pink und schließlich zu einem frischen Blau überging, ohne auch nur eine einzige Wolke. Bei Tageslicht kauerte Grey unter einem Gebüsch 50 Yards hinter dem Strand und wartete.

Um vielleicht zwei Minuten vor acht näherte sich ein Mann, alleine, und hinterließ eine Spur von Fußabdrücken im Sand. Er blieb ungefähr einen Meter vor den sich sanft brechenden Wellen stehen, die Hände hinter dem Rücken verschränkt und schaute hinaus aufs Meer.

Grey beobachtete ihn zehn Minuten lang. Es gab kein Anzeichen auf eine versteckte dritte Partei und der Mann blickte auch kein einziges Mal zu irgendeinem Versteck hinter sich, in dem sich jemand hätte verbergen können. Auch kein nervöses Zucken. Grey stand auf und ging den Strand hinunter auf ihn zu.

»Guten Morgen«, sagte Grey auf Italienisch. Der Mann drehte sich um und Grey konnte zum ersten Mal sein Gesicht sehen – das gewöhnlichem Durchschnitt entsprach; glattrasiert, ziemlich gebräunt. Ein Grübchen im Kinn. Die Andeutung eines Überbisses.

»Guten Morgen«, sagte der Mann. »Sie sind Thomas Grey. Der Chef von Georges Spionen auf Malta.«

»Nein«, sagte Grey, »ich fürchte, Sie müssen mich mit jemandem verwechseln; ich war äußerst verwirrt von Ihrer Nachricht. Warum haben Sie mich hierher geladen?«

»Nein«, sagte der Mann, »ich irre mich nicht. Ich habe etwas für Sie« – der Mann griff in seine Jackentasche, zog ein Rasiermesser heraus, ließ es aufschnappen und stach damit nach Greys Gesicht.

Grey hatte so etwas in der Art schon fast erwartet – er zog seinen Kopf zurück, das Messer verfehlte ihn. Grey schnappte sich den Arm des Mannes, als dieser lediglich durch die Luft fuhr, drehte ihn ihm auf den Rücken und warf den Mann zu Boden.

Dieser schlug hart auf, ließ die Klinge aber nicht fallen; er drehte sich auf alle viere, sprang Grey an und bekam ihn um die Körpermitte zu fassen.

Beide Männer fielen zu Boden; Grey unter seinen Attentäter, der versuchte, sein Messer zu benutzen und es schaffte, Greys Brust einen Schnitt zu verpassen, der einen leichten Kratzer hinterließ, während Grey den Mann von sich herunterstieß und in die Gischt warf.

Grey sprang erneut auf die Beine, als der Angreifer schon wieder in der Hocke war – er trat nach der Hand des Mannes und ließ die Klinge durch die Luft segeln; nun war es an ihm, mit vollem Körpergewicht auf den anderen zu springen, wodurch sie beide in knietiefes Wasser rollten.

Der Mann hatte sich in ein wütendes Tier mit wilden Augen verwandelt. Er verpasste Grey einen Faustschlag in den Magen; Grey versenkte seinerseits eine Faust im Gesicht des Mannes, umfasste seinen Nacken und drückte ihn unter Wasser. Der Mann schlug wild um sich. Aber nicht wild genug, um sich Greys Griff zu entwinden.

Es dauerte fast eine Minute, bis er tot war. Eine halbe Minute, bis ihm die Luft ausging, und noch eine halbe, bis der rasende Blick einem angsterfüllten wich. Er starb mit weit aufgerissenen Augen und Mund. Grey zerrte seine Leiche hoch an den Strand, wo das Wasser sie nicht mehr erreichen konnte. Alle Taschen des Mannes waren leer; auch auf der Klinge selbst fand er keinen Anhaltspunkt zu dessen Identität, also steckte er sie in seine eigene Tasche. Er würde die lokalen Schutzmänner verständigen, damit diese den Leichnam bargen und feststellen konnten, wer er war. Wer er gewesen war.

Der Schnitt auf Greys Brust brannte, aber er hatte aufgehört zu bluten und schien nicht zu ernst zu sein – nur ungefähr zehn Zentimeter lang, gleich unter seiner linken Brustwarze. Erst nach zwei Stunden, als Grey auf seinem Nachhauseweg an dem Dorf San Gwann vorbeikam, bemerkte er, dass etwas nicht stimmte. Seine Sicht verschwamm langsam. Seine Zunge fühlte sich dick an. Er konnte nicht richtig atmen. Sein Herz raste.

Seine Gedanken wurden immer verworrener – aber nicht verworren genug, um nicht mehr zu erkennen, dass er vergiftet worden war; dass da etwas auf dieser Klinge gewesen war.

Er brach in der Tür der Kapelle Santa Margarita zusammen, nachdem er ein paar Mal schwach an den Türpfosten geklopft hatte. Dann verlor er das Bewusstsein.

Später fand er heraus, dass das Rasiermesser in Schwarzem Hexenkraut getränkt gewesen war – stinkendem Nachtschatten, genug, um ein Pferd zu töten. Glücklicherweise war der Schnitt nur oberflächlich. Der Mann war ein Schulmeister gewesen, der die Schuld dafür, dass er keine Arbeit finden konnte, der annullierten französischen Bildungsreform und somit den Engländern zuschrieb. Er hatte das Hexenkraut in seinem Vorgarten angebaut.

Dies teilten die Klosterbrüder des Krankenhauses Grey zwei Wochen später nach seiner Genesung mit. Die einzige Erinnerung, die er an diese Zeit selbst hatte, war an Paulette – die seine Hand hielt, ihm kein einziges Mal von der Seite wich und ihm immer und immer wieder ins Ohr flüsterte: »Ich bin hier, ich bin hier bei dir; solange ich da bin, kann nichts Schlimmes geschehen, dir wird nichts geschehen, du wirst wieder gesund werden, du wirst wieder gesund werden.«

*

Als Grey aus seinem Traum erwachte, dachte er für einen Moment, dass er wieder zurück auf Malta wäre und aus seinem Delirium aufwachte, mit Paulette an seiner Seite. Nur das Geräusch von Matrosen, die das Deck der *Ruby* scheuerten, holte ihn wieder zurück in die Gegenwart, erinnerte ihn daran, wo er war – es war das unverkennbare *schrubb-schrubb, schrubb-schrubb* von knienden Männern, die das Schiff mit Sandsteinklötzen von der Größe und Form einer Bibel reinigten. Grey konnte nicht umhin zu bemerken, dass das Tempo des Scheuerns bedeutend langsamer war als es in der Marine der Fall gewesen war. Auf diesem Schiff gab es keinen Bootsmann, der den Männern mit einem Arschtritt Dampf machte. Nichtsdestotrotz war das Schiff penibel sauber. Vielleicht konnte man sich davon eine Scheibe abschneiden.

Mit diesem Gedanken wollte Grey gerade wieder in den Schlaf zurücksinken – er hatte nichts Besonderes mehr mit diesem Tag vor –, aber ein plötzlicher warmer Luftzug erinnerte ihn an das französische Schiff, das hinter der *Ruby* gewesen war. Danach kam Schlafen nicht mehr infrage. Er beschloss, einmal nachzusehen, einen Kaffee zu trinken und sich dann einen gemütlichen Platz zum Lesen zu suchen. Vielleicht wieder hier, im Bett, wo ein kleines Nickerchen dann eventuell erneut in Betracht gezogen werden konnte.

Er betrat das Deck in Kniehosen und einem gemütlichen, etwas abgetragenen, braunen Mantel; keine Perücke heute und auch kein Hut. Der Steward des Kapitäns kam Grey auf dem Niedergang von oben entgegen und bot an, ihm einen Kaffee auf das Achterdeck zu bringen. Grey dankte ihm und trat hinaus in die Morgenluft.

»Captain Grey«, sagte Bavinger, »guten Tag wünsche ich Ihnen.«

»Captain Bavinger«, sagte Grey, schüttelte die Hand seines Gastgebers und blickte dann hinaus über die Heckreling. »Wie ich sehe, hat uns unser französischer Freund heute Nacht eingeholt.«

»Ja, es ist ein stolzes Segelschiff«, sagte Bavinger

mit nur einem Hauch von Besorgnis in seiner Stimme. Mit vertraulichem Blick wandte er sich an Grey: »Nach so vielen Jahren des Krieges ist es, fürchte ich, nicht leicht, eine französische Korvette so nahe hinter sich zu haben, ohne die Bramsegel zu setzen, sich bereitzuhalten und klar Schiff zum Gefecht zu machen …«

Noch mehr Marine-Überheblichkeit, dachte Grey. Oder hatte der Kapitän mehr Kampferfahrung als man ihm auf den ersten Blick ansah? Bavinger fuhr fort:

»Aber ich will keinen unbegründeten Sorgen nachgeben. Gewohnheiten kann man vielleicht nicht so leicht ablegen, aber nach und nach, nehme ich an, werden wir uns alle wieder auf den Frieden einstellen.«

Grey nickte und betrachtete das französische Schiff. Es war leicht und schnell; zwei Masten und dahinter ein kurzer Kreuzmast mit gehisstem Lateinsegel. Zwanzig Kanonen … 4-Pfünder, wahrscheinlich. So präzise, wie seine Segel immer wieder neu getrimmt wurden, mit der größten Kampfgenauigkeit und Effizienz, musste es ohne Zweifel ein ehemaliges Freibeuterschiff sein. Kein mittelmäßiges Handelsschiff fuhr so wie dieses. Oder war es gar kein Freibeuterschiff, sondern ein reguläres, französisches Schiff? Ja … ja … dort, an der windseitigen Reling … hing ein Mann in Uniform, Grey war sich sicher. Nicht nur ein Militärverschnitt, sondern eine

Uniform. Eine Rosette auf seiner Brust? Vielleicht. Und der Hut quer getragen, so wie die Franzosen es bevorzugten. Aber warum sollte die *Ruby* von einem französischen Kriegsschiff verfolgt werden? Warum hatte diese Korvette bis auf eine Viertelmeile aufgeholt?

Warum hatten sie es zugelassen? Es gab ein griechisches Wort, nachdem Grey suchte ... *paranoia*. Wurde er gerade davon heimgesucht? Das alles kam ihm allzu bekannt vor.

Er wünschte, er hätte seine Schusswaffen nicht mitsamt seinem Grundstück verkauft.

Bavingers Offiziere, wachhabend oder nicht, hatten sich hinter ihrem Kapitän versammelt. Als ob der Navigator Greys Gedanken gelesen hätte, ergriff er das Wort:

»Könnten sie vielleicht versuchen, uns einen Brief zu überstellen? Nach Montreal vielleicht oder Louisiana?«

Die Franzosen ließen nicht lange auf eine Antwort warten: Ein grelles Licht blitzte an ihrem Bug auf, gefolgt von einem Knall aus Rauch und Donner, und eine vier Pfund schwere Kanonenkugel schoss an der Steuerbordreling der *Ruby* vorbei, krachte durch eine Welle und verschwand im Ozean.

Auf einen Schlag täuschte die *Ruby* Marine-Überlegenheit nicht mehr bloß vor; ein Kapitän, zwei Leutnants und ein Navigator – von denen jeder, da war sich Grey bald sicher, Erfahrungen in der Königlichen Marine gesammelt hatte – fielen entschieden in ihre Kriegsrollen zurück.

Bavinger zögerte keine Sekunde, drehte sich zu seinem ersten Leutnant um und erteilte Befehl: »Kanonendeck klar zum Gefecht machen, Mr Peters; treffen Sie unten nichts, was Sie nicht unbedingt müssen. Und fahren Sie die Steuerbordkanonen aus.« Zu seinem zweiten Leutnant: »Mr Goff, hängen Sie die Netze auf, dann versammeln Sie alle Männer auf dem Schiff, die keine Segel trimmen oder keine Kanone bedienen, am hinteren Ende des Achterdecks. Bewaffnet zum Entern!«

»Mr Kavanaugh« – jetzt wandte er sich an den Navigator – »sorgen Sie dafür, dass die *Ruby* so schnell fährt, wie sie nur kann, mit den aktuell ausgebreiteten Segeln – wir haben keine Zeit mehr, andere zu hissen. Sobald die Kanonen ausgefahren sind, luven wir unsere Segel an, schneiden das andere Schiff scharf vor seinem Bug, nehmen es einmal seitlich unter Beschuss und nähern ihm uns dann zum Entern.«

Die »Jawohl, Sir« – Rufe hallten hinter allen Offizieren her, als diese schnell ihren Pflichten nachkamen. Eine zweite Warnung kam knallend aus dem französischen Schiff geschossen und teilte die Wellen entlang der Steuerbordreling.

Bavinger wandte sich an den Pfarrer: »Herr ... Pfarrer, führen Sie Ihre Frau bitte unter Deck; suchen Sie ihr im Laderaum einen Platz zum Hinsetzen. Wenn Sie möchten, bleiben Sie bei ihr. Auch Sie, Mr Kefauver, ganz wie Sie wünschen.«

»Das ist nicht nötig, Sir«, sagte der Botaniker, welcher der einzige Mann an Deck war, der lächelte. »Ich bin immer für einen guten Kampf zu haben.«

»Ihre Bereitschaft wird schon in Kürze auf die Probe gestellt werden, fürchte ich«, sagte Bavinger. »Aber ich danke Ihnen.«

Schließlich wandte sich der Kapitän an Grey.

»Captain Grey, wir haben vier 12-Pfünder auf jeder Seite und eine Geschützbedienung, die noch nicht ganz aus der Übung ist, aber natürlich ist unsere einzige Chance die direkte Nähe. Unsere Besatzung ist doppelt so groß wie deren Mannschaft – auch wenn die Franzosen Kämpfer haben und wir nicht –, aber selbstverständlich haben wir keine Marinesoldaten an Bord. Ich habe kein Recht, Sie darum zu bitten, aber falls Sie sich dazu entschließen würden, in die Marse nach oben zu klettern, liegt in einer Truhe in meiner Schlafkabine eine Baker Rifle.«

Mehr sagte Bavinger nicht zu Grey, sondern wandte sich jetzt dem Zustand seiner Segel zu und brüllte etwas zu seinen Matrosen in den Masten hinauf.

Grey zögerte nur einen Augenblick – gerade lange genug, um zu entscheiden, nicht die Kabine des Kapitäns aufzusuchen, sondern seine eigene.

Er zerrte die größere seiner Seekisten unter der Koje hervor, öffnete sie, leerte ihren Inhalt auf den

Boden aus und schnallte sein Schwert unten vom Kistenboden los, immer noch in seiner Scheide, aber, wie er wusste, mit einer feinen Klinge. Seit er es am Cape St. Vincent getragen hatte, hatte die Schneide nichts von ihrem Schliff eingebüßt.

Als er den Gürtel um seine Hüfte zurechtrückte, verschwanden um ihn herum die Wände – außer die mit der Geschützpforte: Der Beschuss auf die Stirnwand hatte seine Kabine erreicht. So schnell er konnte stopfte er seine Besitztümer zurück in die Kiste und gab einem der Schiffsjungen eine Sixpence-Münze, damit er seine Sachen zum Laderaum schaffte.

Umgeben von dem Chaos auf einem Schiff, das sich für einen unerwarteten Kampf rüstete, bahnte sich Grey einen Weg nach hinten, und kam dann – nach einer kurzen Rauferei mit dem Steward des Kapitäns – mit dessen Baker Rifle auf das Deck hinaus; er trug ebenfalls die dazugehörige Ladungstasche, die er hastig mit Patronen, Schießpulver und einem übrigen Feuerstein gefüllt und schräg über seine rechte Schulter geworfen hatte.

Noch mehr Gerangel, diesmal wegen der Männer, die um Goff und die Waffentruhe herumstanden, aus der sie Schwerter, Piken und Äxte hervorzogen, deren Klingen prüften und sich auf einen Nahkampf vorbereiteten. Ein Mann, ohne Zweifel ein ehemaliger Walfänger, schraubte den Kopf auf eine knapp zwei Meter lange Harpune. Grey griff einen Jungen am Kragen und zog ihn aus dem Weg zweier Männer, die einen Kugelkasten für die Drehbrassen trugen, erinnerte ihn daran, den Kopf zu behalten und es zu vermeiden, totgetrampelt zu werden, griff dann nach dem Großmastsegeltuch, zog sich über die Backbordreling nach oben und begann, flink die Webleinen hochzuklettern.

Wie lange war es her, dass er das zuletzt getan hatte? Aber es fühlte sich so vertraut an wie nach einer langen, erholsamen Nacht im Bett aufzustehen – immer höher den Mast hoch, Hand über Hand, Fuß über Fuß, von der Brise hin und her geblasen. Über den Hauptmars – die Plattform oben am ersten Drittel des Großmasts – hinaus und ganz nach oben an die Spitze der Marsstenge, wo er, sich an der Saling abstützend, über den Besanmast zu der Korvette hinüberblicken konnte, die jetzt nur noch ein paar hundert Yards von der hinteren Steuerbordseite der *Ruby* entfernt war.

Grey löste das Steinschloss der Baker und betätigte den Abzug, da er sichergehen wollte, dass bei einer guten Flinte auch die Federn und der Zündfunke gut funktionierten. Er öffnete die Ladungstasche, um eine Papierpatrone mit Kugel und Kugelpflaster aus Watte herauszunehmen, die er mit den Zähnen aufriss, in die Gewährmündung steckte und mit dem Ladestock tief nach hinten drückte. Eine Handvoll Schießpulver in das Schloss und fertig war er – alles in allem eine Sache von 15 Sekunden, womit er das Lebensende irgendeines französischen Soldaten in Händen hielt. Hatte er in einer Schlacht jemals so nach Blut gelechzt? Auf einmal hatte er das sehr starke Verlangen, jemanden auf der anderen Seite seines Laufs zu töten. Dass sie den Frieden derartig brachen, machte sie zu Piraten. Mehr noch, jeder von ihnen hätte an Bord der *Fidèle* sein können – hätte den Befehl geben oder die Kanone abfeuern können, die Paulette getötet hatte.

Greys Adleraugen erspähten zwei Trupps französischer Marinesoldaten – drei von ihnen im Fockmast, drei im Großmast. Ihr Augenmerk würde gerade auf den Offizieren auf dem Achterdeck der *Ruby* liegen und sie würden darauf warten, in die effektive Reichweite ihrer Musketen zu kommen. Von seiner Position im Masttopp aus hatte Grey ein stark abfallendes Schussfeld, das ungefähr 50 Yards zu seiner effektiven Reichweite hinzufügen würde (und bereits durch den Drall im Lauf der Baker verlängert wurde). Dass der Mast auf dieser Höhe stärker schwankte, war nur ein kleiner Preis, den er für den ersten Schritt zahlte. Dies war sowieso immer Greys Position gewesen.

Er drückte ein Auge zu, entsicherte sein Gewehr und zielte auf einen Punkt im Leeren ungefähr einen Meter über dem Kopf eines der republikanischen Marinesoldaten mit der größten Rosette. Sanft drückte Grey den Abzug der Baker.

Länger als zwei Sekunden segelte die Bleikugel

200 Yards vom Großmast des britischen Schiffes zum Fockmast des französischen. Grey konnte den Mann nicht schreien hören, sah aber seine Muskete aufs Deck fallen, einen Augenblick später gefolgt von seinem zuckenden Körper. Als der französische Marinesoldat in das Vorderdeck der Korvette krachte, hatte Grey schon nachgeladen und bereitete seinen zweiten Schuss vor.

Der zweite Marinesoldat, den Grey tötete, verhedderte sich während des Falls in der Takelage und blieb dort hängen wie eine groteske Marionette. Der dritte zielte auf Grey, als er starb, und hatte sich ohne Zweifel gerade gefragt, ob er schon nahe genug dran wäre, um das Feuer zu erwidern. Das war nicht sehr sportlich, überlegte Grey beim Nachladen. Aber die Franzosen hatten Wind gesät und sein Gewissen war rein.

Greys vierter Schuss ging ins Leere – gerade als er den Abzug betätigte, krängte die *Ruby* scharf nach Steuerbord und feuerte ihre eine Breitseite, vier Kanonenschüsse, ab, um die Korvette der ganzen Länge nach unter Beschuss zu nehmen. Hier zeigten sich der mangelnde Einsatz und die Unerfahrenheit der Handelsschiff-Kanoniere, als nur eine der vier zwölf Pfund schweren Kanonenkugeln sein Ziel traf. Sie würde ohne Zweifel immensen Schaden anrichten, so wie sie die schätzungsweise ganzen 30 Meter des Schiffes entlang durchschlagen würde. Aber jetzt war die Korvette am Zug.

Grey hatte richtig gelegen, was die Größe ihrer Kanonen anging: 4-Pfünder-Bolzenkanonen. Aber jetzt, wo die *Ruby* anluvte, verringerte sich der Abstand schnell auf gerade noch 20 Yards – bei dem die Korvette scharf wendete, ihre Backbord-Breitseite zeigte und damit begann, die Takelage der *Ruby* mit Kartätschen wegzuschießen. Nur ihre Takelage – die Franzosen wollten das Beutegut unter Deck nicht beschädigen –, aber die Auswirkungen auf die Männer, die auf das Entern warteten, waren verheerend. Aus seiner Vogelperspektive konnte Grey sehen, wie sich die Seite des Schiffes mit Blut tränkte. Ein halbes Dutzend Leichen fiel über Bord. Und dann – mit gerefften Segeln, aber durch den Schwung, der es weitertrug – berührten sich die zwei Schiffe.

Grey war jetzt bloß noch gut zehn Meter von den französischen Marinesoldaten im Großmast der Korvette entfernt (und fünf Meter über ihnen); dem zweiten Trupp bestehend aus drei Männern. Er hatte einen Schuss geladen und feuerte durch einen Dschungel aus zerrissenen Seilen auf den Nächsten der drei – er schwang seinen Körper schnell hinter den Mast zurück, um nachzuladen, spürte, wie zwei Kugeln den Mast hinter ihm trafen, schwang seinen Körper wieder nach vorne und feuerte erneut. Jetzt war er nahe genug, um einen Mann schreien zu hören, als der unten auf seine Mannschaftskameraden fiel.

Die Rahen der beiden Schiffe stießen zusammen;

der Wind trieb sie näher zueinander und ließ Greys Mast tief in die französische Takelage kippen – er war jetzt beinahe genau über dem letzten französischen Soldaten. Grey schoss und verfehlte, das Holz zu Füßen des Franzosen zerbarst. Der Franzose schoss zurück auf Grey, fast gerade nach oben, und zersplitterte das Holz anderthalb Meter über Greys Kopf. Greys Sitzplatz war zu unsicher, um ein Wettladen zu riskieren. Stattdessen warf er sich das Gewehr über die Schulter, zog sein Schwert und trat über den Rand des Masttopps hinaus.

Er fiel auf den Franzosen, der einen angsterfüllten Schrei ausstieß, als Greys Schwert seine Brust durchstieß – er schrie, immer noch lebendig, als Grey versuchte, das Schwert wieder herauszuziehen, mit einem Fuß auf dem Becken des Mannes – ein Tritt und ein Ruck, der Mann taumelte ins Meer und hinterließ mehrere Blutflecken an Greys Klinge und auf seinen Hosen.

Grey blickte nach unten. Das Vorderdeck der Korvette war nun mit dem Achterdeck der *Ruby* vertäut und es wurde gekämpft. Die Engländer waren in der Überzahl, wie erwartet, aber die Franzosen hatten Disziplin und waren der Mannschaft der *Ruby* auf den Fersen. Im Moment hatte die Korvette die Übermacht. Wenn er die Hoffnung nicht aufgeben wollte, wusste Grey, dass er sie wieder zurückgewinnen musste.

Da nun alle französischen Marinesoldaten tot waren und jeder Franzose im Enterkommando kämpfte, war Grey inzwischen alleine in der Takelage und stand auf dem französischen Großmars. Die Großrah war genau unter ihm, breitete sich vor ihm bis zum Back- und Steuerbord aus, und das Großsegel war vollständig darunter eingerollt. Grey steckte sein blutiges Schwert in die Scheide, trat an den Rand des Mars' heran und ließ sich den halben Meter nach unten auf die Rah des Großsegels fallen; dann, indem er den Mast benutzte, um das Gleichgewicht zu halten, ließ er sich von der Rah auf das Fußpferd – das Grundtau – darunter fallen.

Nun schob sich Grey über das Pferd, hinaus in Richtung der Steuerbordspitze der Rah, und fragte sich, wie lange er wohl hatte, bis jemandem der Mann oben in den Marsen auffiel, der zur falschen Mannschaft gehörte. An der Spitze der Stange griff er mit dem linken Arm um die Spiere selbst und mit dem rechten zog er sein Schwert heraus und durchtrennte die Geitaue; die äußersten Taue, welche das Segel unter der Stange und aus dem Wind heraus gerefft hielten.

Nun schob sich Grey wieder zum Mast zurück und durchschnitt währenddessen Refftaue – und sah und hörte, wie das Segel sich selbst hinter ihm entrollte. Als er die Mitte der Stange beim Mast erreichte, kletterte er zurück zum Hauptmars und bereitete sich darauf vor, die Refftaue auf der entgegengesetzten Seite der Rah ebenfalls zu durchtrennen – aber das war gar nicht mehr nötig. Das Großsegel blähte sich langsam im Wind; es riss von selbst den Rest der Strecke frei aus, entrollte sich im Fall ganz und zerrte am Mast. Ohne überhaupt dichtgeholt zu werden, fing sich die steife Brise im Segel, die Korvette entfernte sich langsam wieder von der *Ruby* und zerrte an den Verbindungstauen, welche die zwei Schiffe zusammenhielten.

Das Geschehen an Deck veränderte sich – die Franzosen waren jetzt zwischen ihrem eigenen Vorderdeck und dem englischen Achterdeck aufgeteilt. Die Franzosen, die immer noch auf der Korvette waren, fingen an, nach oben auf Grey zu schießen; einige kamen schnell die Webleinen hinaufgeklettert, um ihr Großsegel wieder anzubringen. Die Franzosen auf der *Ruby* versuchten, ihre Rettungsleinen zur Korvette an Ort und Stelle zu halten, während das Augenmerk der Engländer nun schlagartig darauf lag, diese zu durchtrennen. Die zwei Schiffe drifteten weiter auseinander. Auch für Grey war es an der Zeit, sich zu verabschieden.

Er nahm eine Papierpatrone aus seiner Schachtel und stopfte sie in das Ende seines Pulverhorns. Durch das Schnappen des Steinschlosses entstand ein Funke und das Papier fing an zu brennen wie ein Docht, in Richtung des explosiven Pulvers im Inneren. Grey ließ die provisorische Granate hinunter zu den Franzosen auf das Deck fallen und trat hinaus auf die Rah, im letzten Moment, bevor die hinaufkletternden französischen Mannschaftsmitglieder ihn erreichten. Er sprang hinunter ins Wasser und tauchte ein, gerade als das Pulverhorn explodierte.

Aus der Fischaugen-Perspektive konnte Grey nur einen pazifikblauen Himmel über sich sehen. Er trat mit den Beinen nach unten aus – versuchte, sich hochzustoßen –, doch das Tauchen hatte ihn etwas aus der Puste gebracht und nun zerrte ihn die schwere Baker Rifle auf dem Rücken nach unten, hinunter ins Meer. Seine Lungen schrien. Er hatte keine Wahl. Er ließ das Gewehr und die Ladungstasche von seiner Schulter gleiten, sie unter sich in die schwarze Tiefe sinken, fühlte, wie er Auftrieb bekam, und mit ein paar kräftigen Zügen seiner Arme schaffte er es, seinen Kopf wieder über Wasser zu bekommen. Er blickte direkt auf die französische Korvette – die lichterloh brannte. Flammen leckten am Besanmast nach oben. Alle Männer standen an den Pumpen.

Grey drehte sich um und schwamm auf die *Ruby* zu: Sie war 20 Yards weit weg und setzte – Gott sei Dank – keine Segel. Jemand über dem Aufgang warf Grey ein Tau zu und hievte ihn hoch. Die Hälfte der französischen Mannschaft, die auf dem Achterdeck der *Ruby* in der Falle saß, als sich die Schiffe getrennt hatten, wurde nun mit Waffengewalt im Mittelschiff zusammengehalten. Unter ihnen waren einige Offiziere, von denen einer in eine Unterhaltung mit Captain Bavinger vertieft war.

Bavinger wandte sich von dem französischen Offizier ab, sah Grey und ging schnell auf ihn zu. »Napoleon wird seine Truppen nicht aus der Schweiz zurückziehen und das Parlament hat den Vertrag von Amiens aufgelöst. Es herrscht Krieg.«

5

Nachdem die halbe Mannschaft nun fort war und ein Feuer an Deck gewütet hatte, konnte die Korvette – *Diligente* war ihr Name – nicht mehr damit drohen, die *Ruby* einzunehmen, aber sie war immer noch fähig, eine beachtliche Verteidigung aufzubauen. Da auch Bavingers eigene Mannschaft dezimiert war, ließ er lieber Vorsicht als Nachsicht walten und zog sich diskret zurück, mit dem Ziel, über den Horizont und bei einem guten Fahrtwind unterwegs zu sein, bevor es sich die *Diligente* abermals überlegen konnte, den Kampf wieder aufzunehmen. Mit ein bisschen Glück würde die verwundete Korvette nach Brest zurückhinken, gegen den Wind, und sich auf der falschen Seite der britischen Blockade wiederfinden, die zweifelsohne schon errichtet wurde.

Nachdem man Kurs genommen und die Segel notdürftig gesetzt hatte, lud Bavinger Grey auf ein Glas in seine Kabine ein, um sich bei ihm für sein Verhalten während des Kampfes zu bedanken. Um

Peinlichkeiten für sie beide zu vermeiden, wechselte Grey so schnell er konnte das Thema und kam auf das Gewehr zu sprechen, das er hatte sinken lassen müssen – »Bitte, bitte, denken Sie sich nichts deswegen, Captain Grey, überhaupt nichts; Sie hätten auch zwanzig davon verlieren können« – und dann auf die erlittenen Verluste.

»Nur acht Mann wurden getötet«, sagte Bavinger, »und bloß ein Dutzend mehr liegt im Lazarett. Wir sind noch mal glimpflich davongekommen, Captain Grey. Vielleicht dank des Pfarrers.«

»Ach ja?«, sagte Grey. »Hat er etwa extra viel gebetet?«

»Nein«, sagte Bavinger leicht verwirrt, dann fiel ihm aber ein: »Ach, von Ihrem Platz in den Masten aus werden Sie ihn nicht gesehen haben – ein richtiger Teufel mit dem Schwert, wenn Sie den Ausdruck verzeihen. Beinahe einhändig hat er die französischen Enterer davon abgehalten, die Drehbrassen zu beschlagnahmen. Ich glaube, er hat ein halbes Dutzend Männer getötet. Der Schiffsarzt hat einen Eimer voll Schrot aus seinem linken Bein gepickt, aber meint, dass er es behalten können wird.«

»Ein ziemlicher Bursche«, sagte Grey. »Darauf wäre ich nie gekommen. Beim Abendessen hat er kaum ein Wort gesprochen.«

»Nein«, sagte Bavinger, »ich hätte es sicherlich auch nicht geglaubt, wenn ich ihn nicht mit meinen eigenen Augen gesehen hätte. Wie ich schon sagte:

glimpflich. Nun gibt es Gerede und Wetten im Waffenraum darauf, dass er so was wie ein passionierter Duellant in der Schule gewesen sein soll, der immer aufs Ganze gegangen ist. Wenn er sein Laudanum ausgeschlafen hat, wollen sie ihn danach fragen.«

»Und der Botaniker, Mr Kefauver?«

»Ach, der hat sich auch sehr tapfer geschlagen, stand auf der Poop und schrie den französischen Backsgast wie von Sinnen an, als sie zum Entern näher gekommen sind, aber ich fürchte, einer der 4-Pfünder hat ihn den rechten Arm unterhalb der Schulter gekostet. Er ist einer der Männer im Lazarett in der Plicht, aber ich bezweifle, dass er den nächsten Morgen erleben wird. Allerdings sagt der Schiffsarzt, dass es noch Hoffnung gebe.«

Grey nickte und wartete darauf, dass Bavinger fortfuhr. Als er das nicht tat – sondern sich stattdessen ein Glas Clairet einschenkte und Grey eines anbot –, fragte Grey, ob die französischen Offiziere nicht willens gewesen wären, mehr Informationen preiszugeben.

»Sie haben fest darauf bestanden, dass sie nur sehr vage Nachrichten erreicht hätten und ihre Befehle nicht komplexer wären als britische Schiffe zur Beute zu machen, bevor die Eskorten wieder flottgemacht würden.«

»Was werden Sie mit ihnen machen?«

»Wir werden Porto für neue Spieren und Taue anlaufen und dann nach Gibraltar weiterfahren, um die Gefangenen abzuladen.«

»Gibraltar?«, fragte Grey. »Nicht Madeira?«

»Nein, ich fürchte nicht – die Überfahrt muss verzögert werden, bis wir sie in einem Konvoy zurücklegen können; die *Diligente* wird nicht das letzte hungrige französische Schiff sein, das zwischen hier und der amerikanischen Küste nach Beute Ausschau hält. Ich kann das Schiff der Handelsgesellschaft nicht riskieren.«

Grey nickte. Natürlich, das war alles nur eine sehr vernünftige – die einzig logische – Erwiderung auf die Wiederaufnahme des Krieges. Jedes Schiff mit britischen Dokumenten war nun ein rechtmäßiges Ziel, und nur weil die *Ruby* einmal glimpflich davongekommen war, hieß das nicht, dass sie das ein zweites Mal tun würde. Bavingers Pläne hatten sich gezwungenermaßen geändert.

Greys aber nicht.

»Ich verstehe, Captain. Ich werde in Porto von Bord gehen und meine Reise unter neutraler Flagge fortsetzen.«

»Sehr wohl, Captain Grey«, sagte Bavinger – vielleicht mit einer Spur Überraschung, dass Grey keinen Gedanken daran verschwendete, der Marineinfanterie wieder beizutreten ... jetzt, da der Krieg wieder ausgebrochen und Grey offensichtlich kampftauglich war ... aber natürlich war dies nicht seine Angelegenheit. »Und natürlich«, fuhr er fort, »wird die Handelsgesellschaft für die Kosten Ihrer Schiffspassage aufkommen.«

»Danke Ihnen, sehr freundlich«, sagte Grey, stand auf und trank sein Glas aus. »Ich werde Sie jetzt Ihrer Arbeit überlassen.«

6

Porto: Die für ihre Kutteln, ihre Schiffe und vor allem für ihren Wein – Portwein – berühmte Stadt im Norden Portugals. Seit die Römer sie vor 2000 Jahren von den Kelten erobert hatten, war sie ein Haupthandelszentrum für Nordwest-Iberien gewesen. Als die *Ruby* ihre Segel reffte – mit gerade noch genug Tuchfläche zum Steuern –, glitt sie in einen Hafen, der noch voller war als sonst, mit englischen Schiffen, die plötzlich herausgefunden hatten, dass die Meere für sie nicht mehr sicher waren. Als die *Ruby* vor Anker ging, hingen die Stimmen von alten Bekannten, die sich grüßten und von Schiff zu Schiff riefen, über dem Wasser. Die Gig der *Ruby* brachte ihren Kapitän an Land, um mit dem Prozess der Nachrüstung zu beginnen; Grey begleitete ihn und mit einem Händedruck verabschiedeten sie sich am Kai voneinander.

Als er sich auf den Weg nach Porto machte, fragte sich Grey, ob die kurvigen, sich schlängelnden Straßen ein Überbleibsel der vorrömischen Stadt waren, oder ob die steilen und weitläufigen Berge den Städteplanern von Rom einen Strich durch die Rechnung gemacht hatten. Wie auch immer, es war schön, dort entlangzugehen – an Holzhäusern vorbei, die auf alten römischen Fundamenten erbaut und in fröhlichen, strahlenden Farben angemalt worden waren, welche die modernen Portugiesen zu bevorzugen schienen. Mit zwei der Gig-Ruderer der *Ruby*, die hinter ihm hergingen – sie spielten Gepäckträger, da sie seine Seemannskisten trugen –, betrachtete Thomas Grey den schönen Torre dos Clérigos, den barocken Turm der Clérigos-Kirche: Soweit Grey sich erinnern konnte, gab es darunter in seinem Schatten ein Seefahrerhotel. Er befand, dies sei der beste Ort, an dem man einen Kapitän antreffen konnte, der mit ein bisschen mehr Entschlossenheit den Atlantik überqueren wollte.

Der *dono da casa* an der Rezeption im Hotel begrüßte Grey freundlich. Er freute sich immer darüber, einen Mann zu sehen, der es sich erlauben konnte, sein eigenes Gepäck nicht selbst schleppen zu müssen. Aber bevor der dono sich in seine Ausführungen stürzen konnte, wie edel doch die Schlafzimmer und wie vielfältig die Dienste des Hauses wären, fiel Grey ihm ins Wort mit der Frage: »Residieren hier irgendwelche Seekapitäne?« – in akzentfreiem, aber grammatikalisch verdächtigem Portugiesisch.

»Das tun sie, Senhor; einige. Ich bin gerne bereit,

Sie mit den Herren bekanntzumachen. Sind Sie auf Reisen?«

»Das bin ich. Bitte stellen Sie mich als Mr Thomas Grey vor«, sagte Grey, der gerade die Anmeldung unterschrieb, »ein Engländer auf der Suche nach einer Überfahrt nach Boston oder jedem anderen amerikanischen Hafen nördlich der Chesapeake-Bucht. Ich stehe jedem Kapitän zur Verfügung, wann immer er mich treffen möchte.«

»Sehr gut, Sir.« Der dono läutete eine Glocke. »Maher wird Sie auf Ihr Zimmer bringen. Wünschen Sie etwas zu essen?«

»Ja – Ihre berühmten Kutteln, die *dobrada*, Kaffee und eine Flasche Portwein. Einen guten Jahrgang. Welchen auch immer Sie empfehlen können.«

Der dono lächelte dankbar: »Natürlich, Sir. Es wird in Kürze bei Ihnen oben sein.«

Ein junger Mann erschien neben Grey und nahm sein Gepäck. »Zur Nummer acht«, sagte der dono.

7

In Zimmer Nummer acht begann der Hoteldiener Maher damit, Greys Kisten auszupacken und den Inhalt in den Schrank zu räumen, während Grey sich in einem kleinen Kupferspiegel neben dem Bett rasierte.

»Sie sind ein Soldat, Sir«, sagte Maher und strich über den roten Mantel von Greys Uniform.

»Und Sie sind Ire«, sagte Grey, den der irische Akzent unvorbereitet getroffen hatte. »Ich hielt Maher für einen iberischen Namen. Und nein, kein normaler Soldat. Ein ehemaliger Marinesoldat.«

»Ich bin Ire, ja. Viele Iren leben in Porto, wissen Sie, und auch generell in Portugal. Das ist der natürlichste neutrale Staat für uns und er verlangte auch nicht von uns, im letzten Krieg für King George zu kämpfen. Oder in diesem hier. Ich hoffe, das verärgert niemanden, Sir.«

»Das tut es nicht. Sie sind nicht der Einzige, der sich in dieser heiklen Lage befindet.«

»Tatsächlich, Sir? Sie sind aber kein Ire, oder?«

»Sind Sie da drüben fertig, Maher?«, fragte Grey, der sich den Rasierschaum vom Gesicht schabte.

»Das bin ich«, sagte Maher, schloss den Schrank und öffnete das Fenster. Grey trocknete sich eine Hand an der Hose ab und holte einen Shilling aus der Weste, die er über einen Stuhl gehängt hatte. »Danke Ihnen, Sir, vielmals, ich werde Ihnen Ihr Abendessen heraufbringen, sobald es fertig ist.«

»Danke Maher. Sehr freundlich.«

*

Am nächsten Morgen, nach einer wahrhaft außergewöhnlichen, großen Tasse brasilianischen Kaffees, sprach Grey mit dem dono, um in Erfahrung zu bringen, ob dieser irgendwelche Kapitäne ausfindig gemacht hatte, die nach Amerika fahren würden. Allerdings hatte es sich in dieser kurzen Zeit noch nicht herumgesprochen, also hatte er vergebens gehofft. Da sonst nichts Dringliches anstand, machte sich Grey auf den Weg zum Seemannskrankenhaus, wo Mr Kefauver, der Botaniker, als Patient aufgenommen worden war. Obwohl sie nicht mehr als ein paar Dutzend Worte miteinander gewechselt hatten, fühlte sich Grey in gewisser Weise für den Mann verantwortlich, da er der einzige andere Passagier war, der von der *Ruby* in Porto an Land gegangen war und vielleicht die einzig andere Seele, die Kefauver in Portugal kannte.

Dass Kefauver am Leben war und in Portugal an Land gebracht werden konnte, hatte alle überrascht, Grey eingeschlossen, nachdem er die Details der Verletzung kannte. Natürlich hatte der Schiffsarzt der *Ruby* in seiner Karriere – die ein Jahrzehnt in der Marine umfasst hatte, bis er von einem ruhigeren Leben geträumt und eine Anstellung auf einem Handelsschiff erhalten hatte – schon mit einigen verlorenen Gliedmaßen zu tun gehabt, aber normalerweise, wenn ein Arm oder ein Bein amputiert werden musste, entweder zum Teil oder gänzlich, wurde ein Hautlappen über dem abgetrennten Teil übrig gelassen und als Abdeckung für die offene Wunde angenäht – ein unabdingbarer Schutzschild gegen Infektionen. Dem unglücklichen Mr Kefauver wurde sein Arm von einer französischen Kanone allerdings so glatt abgetrennt, dass keine überschüssige Haut zur Verfügung gestanden hatte. Schließlich war der Schiffsarzt gezwungen gewesen, die Wunde einfach auszubrennen (bevor Mr Kefauver das Bewusstsein verlor, war sein Geschrei in jedem Winkel des Schiffes zu hören gewesen) und auf das Beste zu hoffen.

Als – in dieser Hoffnung; entgegen jeder Erwartung – sich keine Infektion entwickelt hatte, wurde entschieden, dass Kefauvers beste Chance auf eine vollständige Genesung darin bestünde, ihn so schnell wie möglich auf festen Boden zu bringen. Während Bavinger den Kauf von Ersatzseilen für seine zerrissene Takelage arrangiert hatte, hatte der Schiffsarzt –

auf Kosten der Handelsgesellschaft – die Aufnahme des Botanikers in das örtliche Seemannskrankenhaus arrangiert. Dahin, mit einer Wegbeschreibung des dono, war Grey nun unterwegs.

Das Krankenhaus stand auf halber Höhe auf einem der Berghänge des Lordelo do Ouro und sah hinab auf die Flussmündung des Duero. Es war ein einstöckiges Gebäude mit einer einzigen langen und engen Krankenstation, die sich über dessen gesamte, beachtliche Länge erstreckte. Mit den weit geöffneten Fensterläden und der warmen Brise, die hereinwehte, hatte es die Atmosphäre einer Freiluftbühne, dachte Grey, als ihm der Weg zu Kefauvers Bett gewiesen wurde.

Grey war überrascht, als er Kefauver hellwach vorfand, ziemlich lebendig – in ausgezeichneter Laune sogar – und bei der Arbeit: Er hielt einen Bleistift in der linken Hand und machte Notizen auf einem Schreibblock, der gegen seine Knie gelehnt war.

Sollte Grey versuchen, ihm die Hand zu geben? Dies war das Dilemma, das Greys Begrüßung des Botanikers vorausging; stumm stand er ein paar Meter von Kefauvers Bettende entfernt, bis dieser ihn bemerkte und ihn zu sich heranwinkte.

»Ach, Captain Grey!«, rief der Botaniker aus, steckte den Bleistift hinters Ohr und hielt Grey seine linke Hand hin. »Wie nett von Ihnen, dass Sie nach mir sehen! Hier, hier, setzen Sie sich.« Kefauver bedeutete Grey, auf einem geschreinerten Stuhl neben seiner armlosen rechten Schulter Platz zu nehmen. »Hätten Sie gerne etwas zu trinken? Ich habe es geschafft, eine Flasche Portwein sicherzustellen ... die muss hier irgendwo sein ...«

»Nein, danke, für mich nicht. Und selbstverständlich ist die Freude ganz meinerseits, nach einem Kriegskameraden zu sehen. Ich muss schon sagen, Sie haben uns alle überrascht, dass Sie sich so gut geschlagen haben; ich bezweifele, dass ich selbst so viel Mut gehabt hätte, um das zu schaffen.«

»Sie sind entschieden zu freundlich, Captain«, sagte Kefauver. »Es tut mir nur leid, dass ich nicht mehr zum Finale an Deck sein konnte.« Er setzte sich aufrechter im Bett hin und versuchte, sich etwas frisch zu machen.

»Kann ich Ihnen irgendwie behilflich sein, Mr Kefauver?«, fragte Grey.

»Nein, danke, ich nehme an, je früher ich mich an diese einarmigen Handgriffe gewöhne, desto besser.«

»Es schien allerdings, als ob Sie recht annehmbar mit Ihrer Linken schreiben könnten«, sagte Grey. »Lernen Sie denn so schnell?«

»Nein, tatsächlich bin ich Linkshänder. Glück im Unglück, hm?«

»In der Tat ... obwohl ich schwören könnte, dass ich Sie mit rechts habe essen sehen.«

»Ja, ja, meine Gouvernante war ziemlich versessen

darauf, dass ich lernte, alles mit der Rechten zu tun, wissen Sie – sie hat mir immer die Linke auf den Rücken gebunden, mir Tatzen auf die Fingerknöchel gegeben, und so weiter. Wenn ich an all das Blut und den Schweiß denke, um diese verdammte Hand zu schulen … nun gut. Sie ist jetzt an einem besseren Ort, ohne Zweifel.« Er lachte in sich hinein. »Haifischfutter.«

»Ich hatte eigentlich vorgehabt«, gab Grey zu, »Ihnen von all den Männern zu berichten, die ich im Dienst kannte, die Arme verloren haben und danach trotzdem ein erfülltes und glückliches Leben geführt haben, um Sie zu trösten – aber Sie scheinen nicht viel Trost nötig zu haben.«

»Sie schmeicheln mir erneut. Natürlich war ich gestern in einem ziemlichen Zustand, aber, hach, wir müssen doch irgendwie weitermachen. Ich bin zu dem Schluss gekommen, dass es nur wenig in meinen beruflichen Aktivitäten gibt, was sich nicht an einen Arm anpassen ließe: Nein, ich werde einzig und allein die Blüten und Triebe malen und aufzeichnen müssen, solange sie noch an ihren Pflanzen hängen, und sie erst danach abschneiden. So werde ich dann keine zweite Hand brauchen, um sie zu halten.«

»Ich bewundere Ihren Entschluss, Sir. Nun müssen Sie mir aber sagen, ob es irgendetwas gibt, das ich für Sie besorgen kann? Porto hat viele Läden, falls Sie irgendetwas brauchen.«

»Nun ja, ich zögere zu fragen – meinen Sie, Sie

könnten mir eines dieser Gläser mit Erde vom Ufer des Duero füllen? Mir würde es wahnsinnige Freude bereiten, herauszufinden, ob es in dieser Umgebung irgendein besonderes Mineral gibt, das zur Vollmundigkeit des Portweins beiträgt.«

»Mr Kefauver«, sagte Grey, schmunzelte und stand auf, »es wäre mir eine Freude. Ich werde in nicht mehr als einer halben Stunde mit Ihrer Probe zurückkehren.«

*

Nach Greys Rückkehr und einer weiteren Stunde Konversation über Botanik – und ein wenig Geplänkel über Paulettes Rhododendren, was Greys Laune derartig getrübt hatte, dass Kefauver versucht hatte, ihn wieder aufzumuntern – ging Grey zurück zu seinem Hotel, plante, danach zu Mittag zu essen und sich nach der Schiffe-gen-Westen-Situation zu erkundigen. Bevor Grey jedoch die Türschwelle zum Hotel überschreiten konnte, hatte Maher ihn abgefangen, um Grüße zu bestellen und eine Einladung eines Captain Donald Branson zu überbringen: Für den Fall, dass Mr Grey ihn zu treffen wünschte, um eine Überfahrt in die Vereinigten Staaten zu besprechen, würde Branson den Gentleman am frühen Abend in Pedrito's Kaffeehaus erwarten.

Daher kehrte Grey in den frischen, warmen Nachmittag zurück und ging erneut den Berg hinunter zum Hafen, Mahers Wegbeschreibung folgend. Er befand das Pedrito's als sehr portugiesischen Ort, kunterbunt, aber ruhig; es gab nur einen Gast, einen etwas ergrauten Mann, makellos gekleidet, in Samt und unter einem Dreispitz. Grey ging auf ihn zu.

»Captain Branson?«, fragte er. Der Mann erhob sich und streckte seine Hand aus.

»Mr Grey?« Grey nickte. »Setzen Sie sich doch bitte. Hätten Sie gerne einen Kaffee? Ich werde eine frische Kanne kommen lassen. Oder bevorzugen Sie Tee?«

»Ein Kaffee wäre mir sehr willkommen, danke«, sagte Grey. »Ich nehme an, Sie haben ein Schiff, das Richtung Westen fährt.«

Branson bestellte mehr Kaffee und eine zweite Tasse bei dem Kellner und legte dann die Stirn in Falten.

»Nicht direkt, nein. Ich wollte Sie unbedingt treffen; ich hoffe, Sie verzeihen mir die Irreführung.«

Grey sagte nichts. Sein Gesicht war ausdruckslos.

»Ja, nun ... Sehen Sie, ich repräsentiere eine Organisation in Porto, von der ich annehme, dass Sie vielleicht von Interesse für Sie sein könnte.«

Grey hob fragend eine Augenbraue.

»Sind Sie vertraut mit den Vereinigten Iren?«

Grey schwieg, dann antwortete er: »Das bin ich.«

»Die Organisation, die für den irischen Aufstand 98 verantwortlich war? Wie Sie vielleicht wissen, flohen viele der Mitglieder auf den Kontinent, nachdem die Rebellion von den Engländern niedergeschlagen wurde, die meisten davon nach Frankreich. Sie werden sich daran erinnern, dass die französische republikanische Regierung der Rebellion Beistand angeboten hatte, aus Respekt für unsere gemeinsamen Ziele. Pläne, Finanzen und den Einmarschtrupp, den Lake bei Castlebar geschlagen hat.

Obwohl wir aus unserem Heimatland vertrieben worden sind, geht die Arbeit weiter, unter der Schirmherrschaft der neuen napoleonischen Regierung. Eine unserer Aktivitäten ist die Beschaffung von Informationen von … Reisenden, wie Sie, in neutralen Häfen. Informationen, für die wir natürlich gewillt sind zu zahlen.«

Weiteres Schweigen. Dann sprach Grey. »Ich nehme an, Maher ist einer Ihrer Männer … Sie halten also in Hotels Ausschau nach unzufriedenen Engländern?«

»So in der Art«, sagte Branson. »Und, wie mir zu verstehen gegeben wurde, waren Sie ein Offizier? Und hatten nicht geplant, wieder einzusteigen, jetzt wo erneut Krieg herrscht.«

Grey behielt sein ausdrucksloses Gesicht bei, sagte nichts und stand einen Augenblick später auf. »Ich werde über das, was Sie mir gesagt haben, nachdenken«, sagte er Branson, der ebenfalls aufstand. »Soll ich Ihnen eine Antwort durch Maher zukommen lassen?«

»Bitte, ja«, sagte Branson und hielt Grey seine Hand hin.

Grey schüttelte sie gezwungen höflich und trat auf die Straße hinaus.

*

Grey blieb bei einem Tabakwarenhändler stehen, um eine kleine Dose mit schmalen türkischen Zigarren zu kaufen, und begab sich auf einen weitschweifigen Weg zurück zum Hotel, zum Rauchen und Nachdenken.

Natürlich stand der Verkauf von Informationen an die Franzosen vollkommen außer Frage. Aber von Bransons Angebot hing mehr ab als das.

Er blieb in einer steilen Gasse stehen und drehte sich um in Richtung des Duero. Ein Kahn wurde darauf entlanggestakt. Die Männer, die ihn fortbewegten, trugen gestreifte Hemden, was sie wie aus der Heimat abgewanderte Gondelfahrer aussehen ließ.

Er konnte sich natürlich auch dazu entschließen, nichts zu tun. So zu tun, als ob Branson niemals mit ihm gesprochen hätte. Innerhalb eines Monats könnte er in Boston und gut situiert sein.

Allerdings war die Anwesenheit eines irisch-französischen Geheimdienstnetzwerks in Portugal – in Porto und zweifelsohne auch in Lissabon, vielleicht auch auf Madeira – eine wichtige Entdeckung. Der Marinenachrichtendienst und sein Geheimdienst hatten ihr Bestes getan, um die irischen Rebellen, die nach 98 geflohen waren, weiterhin zu verfolgen, aber in Whitehall hatte man keinen blassen Schimmer davon, dass sie organisiert gewesen und von den Franzosen benutzt worden waren. Außerdem, so kühn an ihn heranzutreten – unverblümt anzubieten, ihn zu bezahlen –, wies darauf hin, dass sie aufgrund ihres Erfolges dazu ermutigt wurden. Oder vielleicht hatte Branson den anfänglichen Vorwand wegen dem, was Grey zu Maher gesagt hatte, fallen lassen. Wie dem auch sei: Obwohl er dieses Vorhaben genauso gut ignorieren konnte, war es nicht zu leugnen, dass es eine ernsthafte Bedrohung für Großbritannien darstellte.

Grey warf den Zigarrenstummel fort und zündete eine neue an.

Sollte er die Information nach London weitergeben und sie sich dort darum kümmern lassen? Das wäre Balsam für seine Seele und nicht schwierig – nicht schwieriger als einen versiegelten Brief in die Hand eines jeden aufrichtigen Engländers auf einem Schiff Richtung Heimat zu geben.

Aber wenn solch ein Brief innerhalb einer Woche in Sir Edwards Büro ankäme, würde es mindestens zwei weitere Wochen dauern, bis Maßnahmen hier unten in Porto getroffen werden würden. Und dies setzte günstigen Wind und entschlossenes Handeln vom Admiralitätsausschuss voraus. Realistisch gesehen würde es einen Monat dauern, vielleicht zwei.

Vielleicht mehr. Immerhin, da gerade Krieg ausgerufen worden war (in nicht weniger als den letzten 72 Stunden), würde die Admiralität sicherlich in einen gnadenlosen Sog geraten. Der Brief käme vielleicht nicht durch oder würde nicht gelesen, wenn es dazu käme.

Grey sah hinab auf das Silber des Atlantiks, das zwischen Portos Küstengebäuden von unten zu ihm heraufglitzerte. Ein zwei-Mann-Fischerboot ruderte vorbei und Grey drückte eine weitere Zigarre aus.

Konnte es möglicherweise seine Verantwortung sein, direkt in Aktion zu treten? Der ganze Sinn und Zweck seiner Abreise aus London war es gewesen, dieser schmutzigen Welt zu entfliehen. Er hatte seinen Teil getan; warum sollte er die Namen von Bransons Agenten zusammentragen? Organisieren, dass ihnen heimlich eins über den Kopf gezogen wurde. Sie zum Hafen abtransportiert wurden und zurück zur Befragung nach England geschifft wurden.

Obwohl das beste Ablenkungsmanöver vielleicht wäre, das Netzwerk mit falschen Informationen zu füttern. Sie von Großbritanniens wahren Plänen abzulenken, sie in die falsche Richtung zu lotsen. Wie ein Schachspieler, der einer Partie bei ihrer Entfaltung zusah, konnte Grey nicht anders, als die möglichen Maßnahmen und Gegenmaßnahmen zu durchdenken …

Und womöglich … Na ja, es gab auch noch eine andere Möglichkeit. Rache.

Vielleicht konnte er Bransons Angebot dazu nutzen, um eine Einladung nach Paris zu erwirken. Vielleicht konnte er den Namen des Mannes in Erfahrung bringen, der das Kommando über die *Fidèle* gehabt hatte, als Paulette getötet worden war. Und ihn dann töten.

Als Grey wieder bei seinem Hotel ankam, hinterließ er an der Rezeption die Anweisung, Maher zu finden und ihn auf sein Zimmer zu schicken.

8

Bevor Grey zum Chef der Dienststelle auf Malta ernannt worden war – das heißt, als er noch in London gelebt hatte –, hatte er sein eigenes, kleines Büro im Admiralitätsgebäude gehabt. Er hatte einen Sekretär gehabt, den er mit drei anderen Geheimdienstmännern teilte, und einen Schlüssel zu einem Privateingang, der es ihm gestattete, zu kommen und zu gehen, ohne von den immer gleichen Leuten dabei beobachtet zu werden. Aufträge kamen in Form eines Stellvertreters an, der an seine Tür klopfte und die kurze Nachricht überbrachte: »Sir Edward hätte gerne mit Ihnen gesprochen.« Das war alles. Angelegenheiten des Geheimdienstes wurden nicht auf den Fluren besprochen, genauso wenig mit jemandem, den es nicht direkt etwas anging. Tratschen war tabu, sogar unter Kollegen. Tatsächlich, obwohl sich Sir Edwards Spione durchaus miteinander verbrüderten, taten sie dies ausschließlich außerhalb des Gemeinschaftsbüros. Wenn es einen Auftrag zu erledigen gab, musste nicht erst erwähnt werden, dass dieser Auftrag und nur dieser Auftrag ihre Zeit in Anspruch zu nehmen hatte. Ebenso wurde die Quelle dieser unausgesprochenen Regel nicht erwähnt – ein Versuch der Männer, ihrem Anführer nachzueifern.

Niemand von ihnen würde das Ausmaß zugeben, in welchem sie Sir Edward Banks bewunderten. Solch eine Gefühlstiefe einzugestehen wäre in der Tat das genaue Gegenteil des Banksianischen Modells, dem sie alle folgten. Obwohl er guter Kleidung nicht abgeneigt war, verabscheute Sir Edward Perücken und trug nie eine, außer wenn er offiziellen Pflichten nachkam, zu denen es obligatorisch war. Folglich wurden Perücken von allen Männern im Büro gemieden. Vielleicht hasste Sir Edward aber auch die Whigs – es wurde allgemein angenommen, dass er ein Tory war, aber keiner seiner Männer wusste das je mit Sicherheit, da er niemals ein Wort über Politik verlor, wenn es über die engen Rahmenbedingungen von Budgetfragen hinausging. Sie taten das also auch nicht.

Sir Edward war dafür bekannt, in einem unachtsamen Moment ein- oder zweimal angemerkt zu haben, dass ein guter Geheimdienstmann alle europäischen Hauptsprachen nicht nur sprechen, sondern in ihnen auch recht belesen sein sollte. Ausländische Romane und Pamphlete wurden daraufhin zu keinem seltenen Anblick auf den Schreibtischen des Geheimdienstes. Ein übereifriger Mann hatte sogar ein Buch mit ungarischer Dichtung erworben und versucht, es zu lesen. Gleichzeitig fand Sir Edward allerdings, dass es frivol sei, eine tote Sprache zu erlernen und man sich dies besser für den Ruhestand aufhob. Diejenigen Männer, die in der Schule in Latein, Griechisch und Hebräisch geglänzt hatten, behielten es für sich.

Sir Edward war ein guter Reiter und ein guter Jäger, aber kein Fuchsjäger. (»Eine verdammt dumme und grausame Zeitverschwendung.«) Er war kein Marineoffizier, aber er kannte sich mit einer trigonometrischen Tabelle aus und hielt große Stücke auf die Fähigkeit des Navigierens. Er fand, dass sich jeder Mann unter 50 mit körperlicher Ertüchtigung beschäftigen sollte und dass kein Mann über 50 einen weiteren Gedanken daran verschwenden sollte. Bekanntermaßen spielte er Tennis, aber rein zur Entspannung, und war in seiner Jugend ein Fechtchampion gewesen. Es wurde getuschelt, dass er Handball nach dem Tod seines Lieblingspartners Major John André aufgegeben habe.

Von allen seinen Eigenarten war die unbedingte Versessenheit auf Pünktlichkeit allerdings die, der er am stärksten nachkam. Komm niemals zu spät zu einem Termin; niemals trödeln, wenn nach dir geschickt wird. Wenn also ein Stellvertreter an die Tür klopfte und sagte: »Sir Edward hätte gerne mit Ihnen gesprochen«, wusste jeder Mann in der Abteilung, was dies bedeutete, »lass alles stehen und liegen und komm sofort – bevor ich einen Traumauftrag an jemand anderen abgebe, der mich nicht warten lässt.«

Dieses Gefühl der Dringlichkeit – der gerade so unterdrückte Impuls, zu Banks' Büro zu laufen statt zu gehen – spürte Thomas Grey auch jetzt, als er gerade in einer Kutsche durch die spanische Landschaft rollte, neben ihm ein affig gekleideter Mr (nicht Captain) Donald Branson.

Bis hierher zu kommen, war nicht schwierig gewesen. Grey hatte Branson über Maher kontaktiert; seine Geschichte lautete, dass er während seiner jüngsten – und letzten – Anstellung in der Admiralität nach seinem Weggang von der Königlichen Marineinfanterie im Dienste des Verproviantierungsausschusses gestanden hatte, und er daher mit der Einteilung, dem Zustand, der Mannschaft und den Materialanforderungen beinahe eines jeden Schiffes in der Flotte Seiner Majestät vertraut war. Er fügte hinzu, dass seine Zeit im Ausschuss geendet hatte, als er bei einer versprochenen Beförderung übergangen worden war, einer Beförderung, mit deren erhöhtem Lohn er sich Geld geliehen hatte. Da er damals wusste, dass er den Kredit nicht würde bedienen können, behauptete Grey, wäre er gezwungen gewesen, aus dem Land zu fliehen, um dem Schuldarrest und dem Schuldgefängnis zu entgehen. Er erklärte, dass seine Bereitschaft, Bransons Angebot anzunehmen, nicht nur eine Frage des Geldes wäre; tatsächlich hätte er noch Geldmittel von dem

Rest des schicksalhaften Kredits. Er wäre begierig darauf, Branson zuzusagen, weil er sein ruiniertes Leben rächen wollte. Seinen Wert und seine Geschichte stellte er unter Beweis, indem er Detailwissen über das Mittelmeergeschwader offenbarte – Wissen, das er während der Leitung seiner ehemaligen Abteilung in Malta erlangt hatte und von dem er wusste, dass es nicht mehr bestehend, aber reich an Details war, die seiner Kenntnis nach in Paris auf Richtigkeit überprüft werden konnten. Für die übrige Fülle an Informationen, die er zum Verkauf anbot, setzte er einen sehr hohen Preis fest – einen Preis, der hoch genug war, um sicher zu sein, dass Branson ihn selbst nicht bezahlen konnte.

Wie Grey gehofft hatte, war er nach Paris beordert worden, per Kutsche und mit Branson als Vermittler.

Es war eine lange und staubige Reise, die auch unter den besten Bedingungen unerfreulich verlaufen wäre, und nun von einer schlecht gefederten Kutsche, welche über die schlecht ausgebauten Straßen Nordspaniens rumpelte, noch zusätzlich erschwert wurde. Nichtsdestotrotz, so markerschütternd die Reise auch sein mochte, sie kamen recht schnell voran und nach zwei ereignislosen Tagen hatten sie schließlich das Baskenland erreicht und näherten sich der französischen Grenze.

Hier schien Branson, der (wie Grey) den Großteil der ersten zwei Reisetage stumm mit Lesen zugebracht hatte – Ellbogen auf dem Fenstervorsprung, die Seiten zum hellen, spanischen Sonnenschein hin erhoben – etwas von seiner Gelassenheit einzubüßen. Mit dem geschlossenen Buch auf seinen Knien starrte er eine Weile lang wehmütig hinaus zu den näher kommenden Pyrenäen und seufzte ab und zu, bis Grey ihn schließlich fragen musste, was ihn denn bekümmerte.

»Ich habe eine Wohnung in Paris«, sagte Branson, »dort habe ich fünf Jahre lang gelebt, bis nach dem gescheiterten Aufstand, und jedes Mal, wenn ich Iberien auf dem Rückweg nach Frankreich durchquere, ist da eine Stimme in meinem Bauch, die sagt: Wir kommen nach Hause, und dann fällt ihr wieder ein, dass Frankreich nicht mein Zuhause ist und es auch nie sein wird.«

»Wo wurden Sie geboren?«, fragte Grey.

»Derry«, antwortete Branson. Grey widerstand dem Impuls, ihn mit einer Verbesserung zu »Londonderry« zu nerven; jeder Mann, der sein Heimatland vermisste, war bemitleidenswert. Sogar unter solch rebellischen Umständen.

»Eine schöne Gegend dort oben«, bemerkte Grey stattdessen.

»Ja«, bestätigte Branson. »Sehr schön. Waren Sie schon mal in Eire?«

»Ja«, sagte Grey. »Ich war schon überall in Irland. Ich war einem Schiff des irischen Geschwaders zugeteilt, das einige Monate in Belfast verbracht hat, bevor wir nach Dublin, Cork und dann zum Blockadedienst in den Ärmelkanal weitergefahren sind.«

»Ich verstehe«, entgegnete Branson, zweifelsohne darüber im Klaren, dass Greys Geschwader nicht nur Marinesoldaten, sondern auch Berufssoldaten befördert hatte, die in irischen Städten zum Inventar gehörten.

Für einen Augenblick verfielen sie wieder in Schweigen. Da Grey seine Pläne nicht gefährden wollte, indem er Branson Feindseligkeit gegen sich hegen ließ, nahm Grey die Unterhaltung wieder auf.

»Wie gehen Sie in Paris vor? Gibt es so etwas wie einen irischen Ausschuss in der neuen Regierung?«

»Nein«, sagte Branson. »Ich unterstehe einem Offizier des Staatssicherheitskomitees, einer Abteilung des Maison Militaire« – die französische Militärhierarchie. Er sprach nicht weiter.

»Sind viele Iren dort beschäftigt?«, fragte Grey.

»Ein paar«, entgegnete Branson.

Nun fuhr die Kutsche langsam die Vorgebirge der Pyrenäen hinauf.

»Ich hoffe, Sie sitzen bequem«, sagte Branson. »Ich fürchte, wir werden bis weit nach Mitternacht keinen weiteren Gasthof mehr passieren. Es ist eine raue Gegend hier oben. Die Hauptstraßen verlaufen weiter südlich, wissen Sie, in Richtung Barcelona und Madrid.«

»Keine Sorge«, erwiderte Grey. »Ich bin ein guter

Seefahrer, in rauen Gewässern schlafe ich sogar recht gut.«

»Gut«, antwortete Branson. Das waren die letzten Worte, die sie für fünf Stunden lang wechselten.

Die nächsten Worte, die sie hörten, wurden von keinem von ihnen beiden gesprochen; tatsächlich wurden sie auch nicht gesprochen, sondern geschrien, und zwar in Spanisch und von irgendwo vor der Kutsche.

»Halt! Haltet die Pferde an oder ihr seid tot!«, brüllte jemand wütend.

»Verdammte Schurken – verdammte Wegelagerer!«, stieß Branson hervor.

Die Kutsche ruckelte leicht auf ihren Federn, als der Fahrer von seinem Sitz gezerrt und zu Boden geworfen wurde. Einen Augenblick später standen zwei Männer vor der Kutschentür, beide waren mit einer Pistole bewaffnet, beide hatten Halstücher über Mund und Nase gebunden.

»Raus da«, blaffte der kleinere von beiden. »Du zuerst!« Er richtete seine Pistole auf Branson. »Schnell, schnell, oder du bist tot!«

»Verdammt noch mal«, murmelte Branson Grey leise zu, als er sich zur Tür duckte, diese öffnete und auf die Straße hinaustrat. Der kleinere Mann steckte seine Pistole in den Gürtel und begann, Branson grob zu durchsuchen; er nahm seine Geldbörse und eine prächtige Breguet-Armbanduhr an sich, schubste ihn dann weg und befahl ihm, seine Jacke und Schuhe auszuziehen. Branson spuckte vor ihm auf den Boden, murmelte einen irischen Fluch und kam dem Befehl nach.

»Jetzt du!«, schrie der Mann Grey an und zog die Pistole wieder aus seinem Gürtel. Nun bückte sich Grey, kletterte auf die Straße und ging auf den kleineren Wegelagerer zu, bis dessen Pistole beinahe Greys Brust berührte.

»Hände immer schön oben halten!«, befahl der Mann und ließ seine Pistole sinken, um eine erneute Durchsuchung zu starten. Mit einer geschmeidigen, routinierten Bewegung griff Grey nach der Pistolenhand des Mannes und drehte sie um 270 Grad nach hinten, weit genug, um mit dem Lauf auf die Brust seines Partners zu zielen. Der kleine Mann schrie vor Schmerz auf, als die Knochen in seinem Handgelenk hörbar knackten; der Schrei erstarb jäh, als Grey den Abzug der Pistole drückte – da war das darauffolgende *PENG*, als der Schuss losging, und dann das *Plumps* des größeren Wegelagerers, der tot zu Boden fiel, ohne zu wissen, was ihn getroffen hatte.

Der Kleine hatte wieder angefangen, vor Schmerz zu schreien und starrte sein verdrehtes Handgelenk an; nun entwand Grey der gebrochenen Hand des Mannes die leere Pistole und schlug mit dem hinteren Teil peitschenartig auf dessen Gesicht, was diesem den Wangenknochen brach und ihn rückwärts in einen Graben stolpern ließ.

Grey ging zu dem am Boden Liegenden hinüber und ließ die leere Pistole auf seine Brust fallen.

»Wir werden dich hierlassen, damit du dich um deinen verstorbenen Freund kümmern kannst«, sagte Grey in passablem Spanisch, griff in die Manteltaschen des Mannes und holte Bransons Gegenstände zusammen mit der Geldbörse des Kutschers heraus.

Dann drehte sich Grey zu Branson um, der nur noch einen Stiefel anhatte, und zu dem Kutscher, der neben seinen Pferden auf dem Boden saß, wo er hinuntergeworfen worden war. »Gentlemen, sollen wir unsere Reise fortsetzen?«

Beide waren einverstanden und nickten, während Grey ihnen ihre Wertgegenstände aushändigte und wieder in die Kutsche kletterte. Einen Moment später folgte ihm Branson, der zu seinem Platz zurückkehrte.

»Danke«, sagte Branson zu Grey, holte ein Stofftaschentuch aus seiner Hose und wischte über ein paar dunkelbraune Flecken, die der kleinere Wegelagerer während der Durchsuchung darauf hinterlassen hatte.

»Gern geschehen«, erwiderte Grey.

Später, als Branson so viel Schmutz entfernt hatte, wie er nur konnte, steckte er das Taschentuch wieder in seine Tasche und sah zu Grey hinüber.

»Sie sind ein gefährlicher Mann, Captain Grey.«

Am nächsten Abend hatten sie die Pyrenäen bereits überquert und danach, als sie auf den französischen Straßen weiterreisten – vielleicht vom Kommen und Gehen der französischen Armee geebnet –, wurde die Fahrt bedeutend leichter. Aquitaine zog ohne Zwischenfälle an ihnen vorüber, abgesehen von ein paar eiskalten Bade-Abenteuern an Straßenrändern, und im Val de Loire gab es nicht einmal die, wenngleich der Fahrer sogar einmal das Tempo der Kutsche drosselte, um seinen Passagieren und sich selbst zu erlauben, zwei schöne, bemerkenswert schlanke Mägde zu bewundern, die Trauben stampften. Beide wären besser fürs Ballett geeignet gewesen; Grey merkte Branson gegenüber an, dass es ihm schwerfiel zu glauben, dass auch nur eine der beiden schwer genug war, um eine Traube zu zerquetschen, was dem Iren ein wohlwollendes Lachen entlockte.

»Werden in Irland Trauben angebaut, Mr Branson?«, fragte Grey, als die Kutsche wieder ihre Höchstgeschwindigkeit aufnahm.

»Es gab mehrere Versuche«, erzählte Branson. »Soweit ich weiß, endete allerdings jeder davon in einem untauglichen, untrinkbaren Desaster. Ich nehme an, dass der Traubenanbau so weit oben im Norden auf eine gewisse Weise Gotteslästerung ist.«

»Da stimme ich Ihnen zu«, sagte Grey. »Ich will nicht behaupten, dass ich angewidert war, aber doch zumindest verwundert, als ich in Pepys herausfand, dass in Nordlondon Wein gekeltert worden war. Ich glaube, es war Walthamstow.«

»*Walthamstow?*«

»Walthamstow.« Die Männer schüttelten gleichzeitig missbilligend die Köpfe.

»Waren Sie oft in England auf Reisen, Mr Branson?«, fragte Grey.

»Das war ich, hin und wieder«, antwortete der Ire. »Nachdem ich das Trinity verlassen habe – das Trinity College Dublin, meine ich –, gelang es mir, in Cambridge eine Anstellung als Lehrer für die irische Sprache zu bekommen. Aber die dauerte nur ein Jahr. Dann arbeitete ich ein bisschen als Lektor für einen Verlag in London.«

»Hat Ihnen London gefallen?«

»Das hat es. Dies war während der Zeit der amerikanischen Revolution. Ich ging so oft ich konnte in die Besuchergalerie des House of Commons. Ich fand die Reden – der Verteidiger der Revolution, meine ich; von Whig-Mitgliedern; vielleicht sind Sie dafür zu jung, um sich daran zu erinnern –, ich fand diese Reden höchst inspirierend. Ein paar dieser Ideen brachte ich mit mir zurück nach Dublin.«

Viele Engländer waren der amerikanischen Sehnsucht nach Selbstbestimmung zugeneigt gewesen, und jetzt, wo die unabhängigen amerikanischen Staaten eine Tatsache waren, mit der man leben musste, akzeptierten sie die meisten Engländer. Warum, fragte sich Grey, wäre es so viel schwieriger, ein unabhängiges Irland zu akzeptieren? War es lediglich eine Frage von Nähe? Oder weil die meisten Amerikaner Protestanten waren und die meisten Iren nicht?

Oder lag der Unterschied darin, dass sich Amerika seine Freiheit erkämpft hatte? Würde Irland dasselbe tun müssen? Gab es dafür wahrlich keine andere Lösung?

Grey erinnerte sich selbst daran, dass dies nicht der Augenblick war, um sich in Mitleid zu ergehen. Er lenkte seine Gedanken zurück auf Paulette und seine Rache.

Nun näherten sie sich Paris, durchquerten die Île-de-France und Grey fühlte, wie sich langsam Aufregung in ihm breitmachte – eine Lust, in Aktion zu treten –, die ihn von seinen Füßen aus nach oben zu durchströmen schien. Er war nicht gerade ein rachsüchtiger Mann. Aber er hatte schon zuvor getötet, auf Anweisung. Während der Revolution hatte er dabei geholfen, Monarchisten aus Frankreich zu evakuieren und einigen Jakobinern Kugeln in die Köpfe gejagt. Er bereute es nicht. Es waren allesamt wilde Männer. Der Letzte, den er getötet hatte – als er zuletzt in Frankreich gewesen war, in der Verkleidung eines Schweizer Anthropologen – war ein Sansculotte gewesen, der dabei geholfen hatte, »republikanische Ehen« in Nantes durchzuführen. Dabei wurden die Männer und Frauen – einige von ihnen Priester und Nonnen, aber alle, die unter Verdacht standen, dem neuen Regime abgeneigt zu sein – nackt ausgezogen, zusammengebunden und zum Ertrinken in die Loire geworfen, zur Erheiterung von barbarischen, revolutionären Zuschauern. Der fragliche Mann könnte immer noch am Leben sein, wenn er nicht arglos einen britischen Untertan ermordet hätte, einen schottischen Magnaten, der sich auf ein aristokratisches Weingut zurückgezogen und törichterweise dazu entschlossen hatte, die Schreckensherrschaft auszusitzen. Als Grey an den Henker in Nantes herantrat, erklärte er, warum der Mann zum Tode verurteilt worden war, und gab ihm einen Augenblick, um sein letztes Gebet zu sprechen. Der Mann hatte nicht um sein Leben gebettelt und auch nicht gebetet. Er hatte Grey gesagt, dass seine einzige Religion die Revolution war. Grey war nicht beeindruckt. Der Sekretär des Mannes fand ihn am nächsten Morgen mit einem Loch in der Stirn und einem Stück Papier in seiner kalten, geballten Faust, auf dem der Name des Schotten stand.

Dies war das letzte Mal gewesen, dass Grey Paris gesehen hatte. Und er musste zugeben, dass es jetzt viel schöner aussah. Der irrwitzige Überfluss von revolutionären Bannern und Parolen und den immer gleichen dreckigen Straßen war fort. Bonaparte war ein Tyrann, aber zumindest war er kein unhygienischer Tyrann, wie Robespierre einer gewesen war. Grey konnte vieles vergeben, aber mutwilliger Dreck gehörte nicht dazu.

Die Kutschte ratterte über eine Holzbrücke, über einen der Nebenflüsse der Seine, zeigte ihnen an, dass ihre Ankunft näher rückte und weckte Branson. Branson, der vielleicht dachte, dass das Traubengespräch den Beginn einer Freundschaft markierte, hatte sich merklich entspannt und für die letzten 20 Meilen auf störendste Weise geschnarcht. Er wischte sich übers Kinn und strich seine Kleidung glatt, bevor er sich an Grey richtete.

»Ich fürchte, ich bin eingenickt«, sagte Branson und drehte den Kopf, um aus dem Fenster zu schauen. »Jetzt wird es nicht mehr lange dauern. Waren Sie vorher schon einmal in Paris?«

»Nein«, entgegnete Grey, während sie durch einen Verkehrsstau hindurchfuhren, der sich vor einem der Zolltore der Mauer gebildete hatte, welche die Stadt umgab. »Obwohl ich natürlich schon seit Langem darauf gehofft hatte.«

»Nun, ich denke nicht, dass es Sie enttäuschen wird. Der Erste Konsul sorgt dafür, dass die Dinge hier sehr geordnet verlaufen – ja, sehr geordnet. Die Stadt ist lebendig wie schon seit Jahren nicht mehr.«

»Das ist schön zu hören«, stellte Grey fest. »Natürlich habe ich die Ausschweifungen der Revolution mit großem Interesse verfolgt.«

»Wer hat das nicht?«, entgegnete Branson. »Aber das alte Regime ist tot und seit der Französischen Revolution ist Frankreich sehr viel zivilisierter. Und nun hat Napoleon es genauso kosmopolitisch gemacht wie London.«

»Mir wurde gesagt, dass die Kathedrale wieder eröffnet wurde.«

»Ja, man hat den Messbetrieb in Notre Dame wieder aufgenommen und den Kirchen ist es auch wieder erlaubt, ihre Glocken zu läuten, und den Priestern, ihr Messgewand zu tragen.« Grey fragte sich kurz, wie das so katholische Irland eine Allianz mit einem so brutal anti-katholischen Regime wie dem der Jakobiner eingehen konnte, aber natürlich gab es in der Liebe und im Krieg keine Regeln. Branson fuhr fort:

»Der Erste Konsul hat außerdem ein Bauprojekt begonnen – viele Bauprojekte –, um die Stadt so zu verwandeln, wie er sich das vorstellt. Armenviertel werden abgerissen, die Abwasserkanäle repariert und ein neues Aquädukt wird errichtet – eine Eisenbrücke über die Seine ist in Konstruktion! Ich werde sie Ihnen zeigen, die müssen Sie sehen – sie ist ziemlich beeindruckend, ziemlich schön.«

Wieder verfielen sie in Schweigen, beide sahen hinaus auf die Stadt, die sich um sie herum erhob, bewunderten die schöne Einheitlichkeit der blassgoldenen, sandfarbigen Steinfassaden, die Paris seinen durchgängig charmanten Stil verliehen, sogar, wenn moderne oder barocke Gebäude mit mittelalterlichen vermischt waren.

»Ich freue mich darauf«, sagte Grey nach einer

Weile, »Leute des neuen Regimes kennenzulernen.«

»Ich bin mir sicher, dass sie sich auch darauf freuen«, erwiderte Branson.

9

Für Grey war ein Zimmer am neuerdings umgestalteten Place Vendôme in einem der vielen Luxushotels reserviert worden, das von der Bonaparte-Regierung wieder ins Leben gerufen worden war: Napoleon hatte es eindeutig zu einer Priorität gemacht, Paris wieder an seinen angestammten Platz als Zentrum der Kunst, Kultur und Mode in Europa zu bringen. Tatsächlich erschienen der Samt und der Dreispitz, die Branson in Porto wie einen Gecken hatten aussehen lassen, gewöhnlich, vielleicht sogar eine Spur konservativ unter den Damen und Herren, die in der Lobby des Hôtel d'Orsigny, wo Grey untergebracht sein würde, ein und aus gingen.

Die Lobby selbst war prachtvoll: Orange Wände mit barocken Zierleisten umgaben ein Trio von dreistöckigen Messingkronleuchtern, die aneinandergereiht von der Eingangstür bis zur Rezeption des Hotels hingen. Dort handelte Branson gerade mit dem maître d'hôtel die Bedingungen aus und zeigte die offiziellen Papiere vor, die ihn mit Grey nach Paris beriefen. Während sie diskutierten, wurde Greys Aufmerksamkeit von einem sanften Klickern von Porzellan beansprucht ... Es war das Geräusch von Jetons in einem Spielzimmer, das Grey – trotz der kontinentalen Aufmachung des Raums war alles im Überfluss: viel Messing, Messingarmaturen, Messing überall, schillernde, seidene Vorhänge an den Wänden – erfreulicherweise an Buttle's erinnerte. Die Gäste spielten Bassette, dieses unglückselige, vermögenverschlingende Spiel, welches die französische Aristokratie so sehr geliebt hatte, dass der Sonnenkönig gezwungen gewesen war, es gänzlich zu verbieten, aus Angst, dass es das Vermögen des ancien régime auffressen würde.

Nun hatte sich das nouveau régime allerdings wieder darauf gestürzt und Grey konnte mit seinen ungewöhnlich scharfen Augen erkennen, dass der Einsatz des Bankiers etwas um die 500 Francs betrug, eine verblüffende Summe in einem von politischen Unruhen gebeutelten Land, wie Frankreich es gewesen war. Und einem neuen Krieg obendrein. Jemand hatte einen *quinze-et-le-va* gehabt.

»Ich bin mir sicher, dass sich eine Kreditlinie arrangieren lässt, wenn Sie möchten«, sagte Branson, der hinter Grey getreten war. Er hätte nicht hinzufügen müssen: »Bei der Bezahlung, die Sie verlangen, wartet die Regierung bestimmt begierig darauf, dass Sie so viel wie möglich davon hier in Paris wieder verlieren.« Vielleicht war deswegen dieses besondere

Hotel ausgewählt worden. Und Grey freute sich über die geschenkte Gelegenheit, ein weiteres Mal seine Gewinnsucht vortäuschen zu können.

»Danke, das wüsste ich sehr zu schätzen«, sagte er und wandte den grünen Friestischen den Rücken zu.

Branson nickte. »Ihre Koffer sind schon auf ihrem Weg nach oben. Ich werde Sie nun verlassen, damit Sie sich ausruhen und erholen können. Ich werde morgen nach Ihnen schicken lassen.«

»Sehr gut – dann bis morgen. Einen schönen Tag Ihnen.« Grey drehte sich um, suchte den Blick eines Dieners und wurde hinauf zu seinem Zimmer geführt.

Nach der langen Fahrt – und froh, sich in einem Raum zu befinden, der nicht schaukelte – hatte Grey vollends beabsichtigt, ein Bad zu nehmen und direkt schlafen zu gehen. Allerdings wurde während seines sehr heißen und wunderbar entspannenden Bades ein vom Hotelmanagement unterschriebener Zettel unter seiner Tür hindurchgeschoben, der Grey darüber informierte, dass die überraschend enorm hohe Kreditlinie von 1000 Francs für ihn bereitgestellt worden war. Er musste sich nur bei dem Kassierer melden.

Natürlich war der erste Schritt, um Informationen zu erhalten, Geselligkeit. Und, wenn er ganz ehrlich zu sich selbst sein sollte, lockten ihn die Spieltische. Obwohl Grey nichts für endlose Stichspiele wie

Whist übrig hatte, wurde er bei Bassette schwach. Ja, es war ein Glücksspiel. Und ja, es ging immer zu Gunsten des Bankiers – obwohl diese Gunst ein wenig kontrolliert werden konnte, wenn man mit ihrer vorhersagbaren Wahrscheinlichkeit vertraut war, und die Übersicht über die schon gespielten Karten behielt. Allerdings war das Wichtigste beim Bassette immer noch der Mut. Es war dieses eine Spiel, das nicht nur das Glück eines Mannes, sondern auch seine Stärke maß.

Frisch gekleidet, sauber und entspannt, das erste Mal seit Porto, nahm Grey 80 Francs in Spielmarken vom Kassierer entgegen, in Jetons und Plaketten. Das Gesetz, das seit der Wiederlegalisierung des Spiels durch den Sohn des Sonnenkönigs in Kraft getreten war, besagte, dass der Grundeinsatz beim Bassette zu Beginn nicht höher als Sixpence sein durfte; ein halber Shilling – ein Vierzigstel eines Francs. Die Tatsache, dass der niedrigste Wert eines Jetons hier einen Sou, einen ganzen Shilling, betrug, war bezeichnend für das Spiel im d'Orsigny. Aber die Reichen spielten immer nach ihren eigenen Regeln.

An einem Tisch in der Mitte endete gerade eine Partie, wo ein junger Schönling seinen Wetteinsatz gegen den Bankier gewonnen hatte; er lehnte es ab, seinen Gewinn erneut zu setzen, sammelte diesen ein und ging hinaus. Grey nahm dessen Platz ein und sagte zu dem Croupier:

»Ein Buch Pik, bitte.« Das bedeutete alle 13 Karten einer Farbe, von Ass bis König. Die Farben spielten keine Rolle in dem Spiel, sie waren lediglich persönliche Vorlieben; die meisten Frauen spielten Herz, oder ein paar der wohlhabenderen und geselligeren Karo. Französische Männer tendierten dazu, Kreuz zu spielen – es hatte etwas mit diesen dummen Kokarden zu tun.

Der Croupier gab Grey seine Karten, Grey zündete sich eine Zigarre an und folgte der Bewegung des Kartenschlittens. Bassette war kein allzu schwieriges Spiel; es besteht aus einer Abfolge von individuellen Duellen mit dem Bankier – einem privaten Spieler, der sich freiwillig zum Kartengeben bereit erklärt hat und alle Wetteinsätze überwacht – und den Spielern, die einzeln gegen ihn setzen. Als Erstes darf der Mann zur Rechten des Bankiers spielen, der zwischen einer und 13 Karten seines Buches auslegt; so viele und von welchem Rang er möchte. Auf jede Karte, die er auswählt, platziert er einen Wetteinsatz – zum Beispiel einen Sou (was offensichtlich der Mindesteinsatz dieses Tisches war). Der Bankier legt dann zwei Karten aus; die erste gewinnt, die zweite verliert. Wenn der Spieler einen Wetteinsatz auf eine Karte platziert hatte, die den gleichen Rang (nicht die gleiche Farbe) wie die erste ausgelegte Karte hat, verdoppelt er seinen Wetteinsatz. Aber jeder Wetteinsatz, der auf eine Karte platziert worden war, welche denselben Rang wie die Verlierer-

Karte – die zweite ausgelegte Karte – hat, geht an den Bankier.

Allerdings wird das Spiel erst bei einem Gewinn wirklich interessant: Dem Spieler wird die Option gegeben, seine Paroli zu spielen – seinen Gewinn also wieder an den Bankier zurückzugeben, im Austausch dafür, mit demselben Wetteinsatz noch einmal auf dieselbe Karte setzen zu dürfen. Aber dieses Mal, wenn er gewinnt, würde er statt einer zwei-zu-eins Auszahlung eine sieben-zu-eins Auszahlung erhalten. Das ist ein *sept-et-le-va*. Wenn der Spieler seinen Wetteinsatz beim *sept-et-le-va* gewinnt, kann er diesen wieder setzen, zu 15-zu-eins: dem *quinze-et-le-va*; und dann wieder zu einem *trente-et-le-va*: 30-zu-eins. Bei diesen seltenen Gelegenheiten, wenn ein *trente-et-le-va* gespielt und gewonnen wird, kann der Spieler ein letztes Mal seinen Wetteinsatz setzen – der *soixante-et-le-va*. Diese 60-zu-eins-Wetteinsätze waren diejenigen, die Männer in die Knie zwangen; wohlhabende Aristokraten, die als Bankiers gegen Tischeinsätze von 100 Francs spielten, hatten auf einmal Schulden in Höhe von 6000 Francs – sicherlich mehr als ihr jährliches Einkommen. Wahrscheinlich mehr als der Wert ihres Anwesens. Und falls sie Nebenwetteinsätze angenommen hatten, was gängig war, konnte die Summe auch mehr, sehr viel mehr sein. Genug, um Familien in den Ruin zu treiben.

Seinerseits hatte Grey keinerlei Absicht, irgendwelche Gewinne zu machen. Nur ein paar Leute zu verärgern. Dafür sagte Grey nach ein paar Runden – allmählich näherte sich ihm der Bankier – zum ersten Mal etwas, als der Spieler zu seiner Linken einen *sept-et-le-va* mit einem sieben-Francs-Wetteinsatz auf ein Ass gewann und sich dazu entschied, seine Paroli nicht zu spielen.

»Vielleicht«, sagte Grey, »überlässt es der Gentleman ja mir, seine Paroli zu spielen, falls die Bank keine Einwände dagegen hat?«

»Ich habe keine«, sagte der Bankier. »Ich wäre froh über die Chance, dieses Geld zurückzugewinnen, Mr …?«

»Grey. Thomas Grey.«

»Sie sind Engländer.«

»Das bin ich.«

»Haben Sie sich verirrt?« Gelächter ertönte am ganzen Tisch und Grey lächelte.

»Sagen wir, ich bin ein Reisender, Mr …?«

»Polignac. Jacques Polignac.« Grey musterte ihn – Ende 20, gutaussehend, leicht rücksichtslos sah er aus, mit schwachen Pockennarben auf seinen Wangen.

»Haben Ihre Eltern allen ihren Kindern Namen gegeben, die sich reimen, Mr Polignac?« Mehr Gelächter am Tisch, der Bankier lächelte gezwungen.

»Das haben sie nicht, Mr Grey. Aber einige von uns haben einfach Glück. Wie wir sehen werden. Legen Sie Ihr Ass.«

Grey ließ die oberste Karte von seinem Pik-Buch

gleiten, das Ass, und spielte es vor ihm auf dem Tisch aus, darauf legte er einen Stapel von 22-Francs-Plaketten, einen Fünfer-Jeton und vier einzelne. Auf seiner Seite des Tischs platzierte Polignac eine fünf-Francs-Plakette auf eine Hunderter-Plakette und schob sie dem Croupier hin.

»*Quinze-et-le-va*«, sagte Grey der Form halber. Polignac nahm zwei Karten vom Kartenschlitten, schob die erste Grey zu, in die Mitte des Tischs, und die zweite zurück zu sich selbst. Nach einer kurzen Pause – die Franzosen und ihr Sinn für Theatralik, dachte Grey – drehte Polignac die erste um. Es war ein Ass. Ein Murmeln ging um den Tisch. Polignac deckte die zweite Karte auf. Es war eine Acht.

»Der Spieler gewinnt«, sagte der Croupier, der einen spitz zulaufenden Elfenbeinstab bereithielt, um Grey die Gewinne hinüberzuschieben. Grey schüttelte den Kopf.

»*Trente-et-le-va*« sagte Grey. Polignac nickte, lächelte und teilte noch zwei Karten vom Kartenschlitten aus. Sein Lächeln verschwand, als er die erste Karte umdrehte – noch ein Ass. Noch ein Murmeln, diesmal etwas lauter, ging durch die Runde am Tisch. Das Murmeln wurde zu einem ungläubigen Keuchen, als Polignac die zweite Karte umdrehte. Ebenfalls ein Ass. Keine abgeschlossene Runde; kein Gewinner. Erleichterung erschien auf Polignacs Gesicht. Auf Greys nicht die geringste Regung.

»*Suivi*«, sagte Grey und verlangte nach weiteren zwei Karten zum selben Wetteinsatz. Anerkennendes Nicken, aufgeregtes Getuschel von der Menge, die sich zum Zuschauen versammelt hatte. Polignac teilte aus. Er drehte die erste um: Ein Ass.

Keuchen und Gelächter von den Zuschauern. Polignac deckte die zweite Karte auf. Eine Sechs. Grey hatte wieder gewonnen. Ein einzelner *Bravo*-Ruf ertönte. Grey lächelte.

»Mit wie vielen Kartensets wird hier gespielt?«, fragte er den Croupier.

»Mit zwanzig, Sir.«

»Sehr gut«, sagte Grey. Seiner Zählung nach waren 18 Asse gespielt worden und im Kartenschlitten waren noch ungefähr 40 Karten übrig. Ob noch einmal ein Ass für oder gegen ihn herauskommen würde, würde sich schon in Kürze zeigen.

»*Soixante-et-le-va*«, sagte er. Polignac nickte, jetzt ging es für ihn um 422 Francs – genug, um ein Haus zu kaufen. Er schob dem Croupier den schweren Stapel Plaketten zu und teilte zwei Karten aus.

Es waren eine Vier und eine Neun. Kein Gewinner.

»*Suivi*«, sagte Grey. Polignac teilte noch zwei Karten aus.

Beides Könige.

»*Suivi*«, sagte Grey. Polignac teilte noch zwei aus.

Er drehte die erste um. Die Zuschauer keuchten auf. Da war das Ass! Der seltenste Gewinn, der *soi-*

xante-et-le-va, würde ausgezahlt werden ... insofern jetzt nicht das letzte Ass aufgedeckt werden würde.

Polignac zögerte, dann drehte er die zweite Karte um.

Ein Bube. Es gab noch mehr *Bravo*-Rufe und aufgeregtes Gedränge, als sich die Leute nach vorne lehnten, um die fatale Karte mit eigenen Augen zu sehen.

Der Croupier schob den Porzellan-Turm von Gewinnen zu Grey, der ihm und Polignac dankte.

»Eine sehr anregende Partie, Sir«, sagte er mit der traditionellen Würde eines guten Gewinners.

»Ja, Mr Grey«, sagte Polignac in einem freundlichen Ton. »Ich bewundere Ihr pures Glück.«

Das Gemurmel verstummte und wurde angesichts Polignacs Unhöflichkeit zu einem unbehaglichen Schweigen.

»Nun ja«, sagte Grey, »vielleicht wollen Sie es ja ein letztes Mal auf die Probe stellen. Wir heben ab, wer die höhere Karte aufdeckt, zum Doppelten oder gar nicht. Wenn Sie es sich leisten können.«

Eine verblüffend schlagfertige Antwort. Polignacs gemeines Lächeln wurde zu einem spöttischen Grinsen.

»Ich glaube, das kann ich, Monsieur Grey«, sagte Polignac.

»*Captain* Grey, Monsieur Polignac«, verbesserte Grey. »Ein neuer Kartensatz, wenn Sie wünschen?«, bat er den Croupier. Dieser nahm einen aus einem

Schränkchen unter dem Tisch, befreite ihn aus seiner Papierhülle und gab ihn Grey. Grey mischte und bot dann den Satz Polignac an.

»Würden Sie gerne selbst mischen, Sir?«

Polignac schüttelte den Kopf. »Damit bin ich zufrieden.«

Grey legte den Satz zwischen sie beide.

»Heben Sie selbst ab.« In dem großen Spielzimmer hätte man eine Stecknadel zu Boden fallen hören können. Polignac hob eine Karte ab und hielt sie hoch, damit Grey sie sehen konnte.

»Königin«, sagte er. Grey griff nach vorne und hob seinerseits eine Karte ab.

Er sah sich die Karte an und hielt sie Polignac hin, damit er sie ebenfalls sehen konnte.

»Ass«, sagte Grey. »Das ist heute Abend wohl meine Glückskarte.«

Polignac nickte und stand auf.

»Ich werde dem Kassierer einen Besuch abstatten müssen«, sagte er, wobei er vielleicht ein bisschen blass aussah. »Entschuldigen Sie mich; ich muss den Kartenschlitten weitergeben.«

Polignac ging davon und Grey schob dem Croupier eine zehn-Francs-Plakette zu, bevor er sich selbst erhob.

»Guten Abend, Gentlemen. Die Damen.« Der Glanz des Sieges folgte Grey, als er sich vom Tisch entfernte. Einer der Zuschauer lehnte sich zu dem Spieler nach unten, der das Ganze in der ersten Reihe mit angesehen hatte – er saß zu Greys Rechten, also war es nun an ihm, einen Spieleinsatz zu machen.

»*De l'audace*«, sagte er, den kürzlich rehabilitierten, revolutionären Georges Danton zitierend. »*Toujours de l'audace – Dreistigkeit siegt.*«

10

»Wie ich höre, haben Sie gestern an den Tischen einen ganz schönen Aufruhr ausgelöst«, sagte Branson, als er und Grey am nächsten Abend vom Place Vendôme zu den Tuilerien gingen.

»Ach, wirklich?«, fragte Grey. »Ich hatte eine Glückssträhne. Ich hätte nicht gedacht, dass das etwas Bemerkenswertes wäre.«

»Ganz im Gegenteil, es war *das* Gesprächsthema in allen Clubs heute Morgen – irgendein Engländer im d'Orsigny, der einen *soixante-et-le-va* verdoppelt hat. Ich nehme an, das waren Sie?«, sagte Branson.

»Gesellschaftliche oder politische Clubs?«

»Gesellschaftliche. Ich gehöre keinen politischen Clubs an – angesichts ihrer Natur, und natürlich sind es unter Napoleon weniger geworden. Aber ich bin kein Staatsbürger, sondern nur ein Verbündeter. Meine *Société des Jacobines* befindet sich in Dublin.«

»Ja, natürlich.«

»Aber, sagen wir es so, in den Kaffeehäusern hat

man sich gefragt, wer Sie sind. Besonders mein Kontakt im Maison Militaire, der von mir zu wissen verlangte, erstens, ob Sie der anonyme Engländer seien, und zweitens, ob man Sie nicht dazu überreden könnte, eine etwas … diskretere Haltung einzunehmen.«

»An seiner Stelle«, sagte Grey, »hätte ich mir eher darüber Sorgen gemacht, ob mein Gewinn nicht den Wunsch gemindert hat, an ihn verkaufen zu wollen.«

»Der Gedanke kam auf«, sagte Branson. »Allerdings wurde allgemein gehofft, dass Ihr privater Kummer mit der Admiralität wichtiger als Ihre finanziellen Überlegungen wäre.« Eine Spur Besorgnis hatte sich in Bransons Stimme geschlichen. Grey vermutete, dass der Mann ziemlich viel Wert auf das gelegt hatte, womit sein neuer Rekrut dienen konnte.

»So ist es«, sagte Grey. »Ich nehme an, dass mein Report über die Situation im Mittelmeer sich als verlässlich erwiesen hat?«

»Das hat er«, sagte Branson mit unterdrückter Erleichterung. »Vor allem wollte ich Ihnen gegenüber erwähnen, auf wie viel Zufriedenheit diese Bestätigung gestoßen ist. Der Report hat sich von Anfang bis Ende als wahrheitsgemäß herausgestellt.«

»Ich bin dankbar, das zu hören, Branson.«

Sie gingen einen Augenblick lang schweigend weiter.

»Einige – möglicherweise alle – der Männer, die ihn bestätigt haben, werden heute Abend bei dem

Debüt anwesend sein«, sagte Branson. »Ich hätte es vorgezogen, Sie den wichtigen Parteien in einer etwas seriöseren Atmosphäre vorzustellen, aber ich fürchte, anders wird es nicht zu bewerkstelligen sein. Die Höhe der Bezahlung, die Sie verlangen –«

»Die überhaupt nicht außerhalb des Rahmens liegt, angesichts der Menge an Informationen, die Sie erhalten wollen, Branson –«

»Das bestreite ich nicht, Captain Grey. Niemand tut das. Aber Tatsache ist, dass es unter dem Scheck- und Genehmigungssystem des neuen Ersten Konsuls eine Anzahl von Männern gibt, deren Druckbewilligung ersucht werden muss, um fortfahren zu können. Die meisten davon haben den Wunsch geäußert, Sie sich vorher erst einmal genauer anzusehen. Ein Treffen unter vier Augen mit jedem Einzelnen zu organisieren würde eventuell so lange dauern, dass Ihr Wissen bis dato passé ist. Uns sind die Hände gebunden – heute Abend werden Sie also die Ballkönigin sein.«

»Die junge Dame, die sich dort zum ersten Mal präsentiert, wird, fürchte ich, enttäuscht sein, das zu hören.«

Branson zuckte mit den Schultern. »Vielleicht, man kann nie wissen; sie entstammt einer der alten Familien, mit den nötigen Manieren, da bin ich mir sicher.«

»Mir war nicht bewusst, dass irgendeine der alten Familien überhaupt überlebt hatte«, sagte Grey.

»Schon gar nicht mit Häusern, in denen sich Bälle ausrichten ließen.«

»Seit Napoleons Aufstieg sind sie eigentlich ziemlich schnell wieder zurückgekehrt. Und für diejenigen, die ihn unterstützt haben, hat er es ziemlich einfach gemacht, ihre Häuser und ihren Besitz wiederzuerlangen. Die Anwesen erstrahlen in neuem Glanz.«

»Auch der Feudalismus?«

»Nein, zumindest der wurde erfolgreich geschlagen. Löhne müssen gezahlt werden, und diesen Kleinbauern, die es geschafft haben, es zu etwas zu bringen – so viele von ihnen sind gescheitert, wissen Sie, und haben es nicht geschafft, unter den jakobinischen Preiskontrollen aus kleinen Landstücken Profit zu schlagen –, ja, diesen Kleinbauern ist es, glaube ich, erlaubt, ihr Land zu behalten, solange sie es weiter bestellen. Das hier ist es –«

Branson deutete auf ein großes Stadthaus nahe des westlichen Endes der Tuilerie-Gärten. Die Treppe zur Straße hinunter war mit einem Teppich ausgelegt und dieser Teppich wurde von Dienern flankiert, die – wie das Haus und jeder, der es betrat – von über der Eingangstür hängenden Feuerschalen in einen sanften Goldschein getaucht wurden.

»Sehr herrschaftlich«, bemerkte Grey.

»Altes Geld«, entgegnete Branson.

»Ich hätte mein Schwert anlegen sollen«, gab Grey zu bedenken.

»Ich glaube nicht, dass das eine gute Idee gewesen wäre«, erwiderte Branson.

Branson zeigte bei einem der Diener eine Einladung vor und er und Grey gingen hinein in ein überfülltes Foyer, das stark nach Parfüm roch. Grüppchen von Männern und vereinzelte Grüppchen von Frauen stellten Hindernisse für die Bediensteten dar, die mit Champagnerflöten und Kanapees hin und her marschierten. Grey fragte sich, wie lange es wohl dauern würde, den ganzen Perückenpuder aus den Teppichen herauszubekommen.

Ein großzügig gepuderter Mann mittleren Alters erblickte Branson und ging zu ihm hinüber, um sich vorzustellen; während er auf sie zukam, zog er sein Schwert am Griff zu sich heran, um zu vermeiden, einen der Champagner-Männer damit zum Stolpern zu bringen. Er trug die Uniform eines Generals in Napoleons Grande Armée.

»Monsieur Branson, guten Abend«, sagte er.

»Guten Abend, Général de Chambrun, darf ich Ihnen Captain Grey vorstellen?«

»Captain Grey«, sagte de Chambrun auf Englisch, »erfreut, Sie kennenzulernen, in den letzten Tagen habe ich viel von Ihnen gehört.«

»Vielleicht haben Sie von den Bemühungen des Générals in der Schlacht von Rivoli gehört«, sagte Branson zu Grey.

»Aber natürlich«, erwiderte Grey. »Der Ruf des

Generals ist ihm bis über den Ärmelkanal vorausgeeilt.«

»Ach tatsächlich?«, gab sich der General bescheiden mit einem breiten Lächeln. »Wie erfreulich. Wie ich höre, kommen Sie von den Schiffsausrüstern Seiner Majestät zu uns.«

»Vom Verproviantierungsausschuss, ja«, bestätigte Grey.

»Mir wurde die Geschichte von Ihrer schlechten Behandlung durch Ihre Regierung schon zugetragen«, sagte de Chambrun, schüttelte den Kopf und schnalzte missbilligend mit der Zunge. Branson errötete leicht angesichts de Chambruns schlechter Manieren. »Verachtenswert«, fuhr er fort, »höchst verachtenswert, so ein Benehmen. Aber mir gefallen Männer, die sich für ihre Sache stark machen! Und ich habe Ihren Report über das Mittelmeer gelesen – er war äußerst erhellend. Äußerst erhellend! Ich freue mich schon auf die Berichte über die anderen sechs Weltmeere.« De Chambrun lächelte angesichts dessen, was er für eine elegante Ausdrucksweise hielt.

»Ich freue mich schon darauf, Sie vorzubereiten, General«, sagte Grey. »Und in der Zwischenzeit, sollte der Teil über das Mittelmeer etwas zu wünschen übrig gelassen haben, beantworte ich gerne jegliche Fragen.«

»Das ist sehr entgegenkommend von Ihnen, Captain. Im Moment habe ich keine, da es nicht mein

Gebiet ist, aber ich bin sicher, Sie werden andere finden, die auf Ihr Angebot zurückkommen werden. Wenn Sie mich entschuldigen würden.« Mit einer leichten Verbeugung schritt der General weiter zu einer nächsten freundlichen Begrüßung.

»Kommen Sie«, wies ihn Branson an. »Ich weiß, dass viele Stabsmitglieder des *amiral de France* diensttuend sind; wir sollten bei ihnen anfangen.«

Branson erklomm eine Stufe in einen Salon und hielt nach den Offizieren in blauen Mänteln Ausschau.

»Dort«, sagte er und ging geradewegs auf drei Männer zu, die eben eine Flasche Cider in Augenschein zu nehmen schienen.

»Was meinen Sie, hat die hier verloren?«, fragte einer die anderen.

»Irgendwo hier muss sich ein Normanne herumtreiben.« Sie lachten leise und Branson unterbrach.

»Meine Herren Offiziere, ich bin Branson vom Stab der irischen *chargé d'affaires*; dies ist Captain Thomas Grey, zuletzt vom britischen Admiralitätsausschuss und der Königlichen Marineinfanterie.«

Der Mann mit der Flasche stellte sie zurück auf einen Getränketisch und hielt ihm die Hand hin. Sein Ausdruck verriet, wie der de Chambruns, dass er Greys Geschichte bereits gehört hatte.

»Captain Grey«, begrüßte er ihn, »erfreut, Sie kennenzulernen. Ich bin Captain Roquebert; dies sind Captain Peley de Pléville und Captain de Vance.«

»Die Freude ist ganz meinerseits, Gentlemen«, antwortete Grey und schüttelte reihum deren Hände. »Ich fürchte, ich kenne nur wenige französische Offiziere beim Namen, aber vielleicht kenne ich Sie dank Ihrer Schiffe.«

»*Sans Pareil*, 64«, sagte Roquebert und deutete auf de Vance; »*Sévère*, 64«, auf Peley de Pléville weisend. »Zuletzt stand die *Impérieuse*, 40 unter meinem Kommando. Und dieser umwerfende Gentleman hier« – er deutete zu einem vierten französischen Offizier, der nun der Unterhaltung beitrat – ist Captain d'Aumont. Der *Fidèle*, 32.

Grey fühlte es heiß durch seine Adern rauschen. Die Muskeln in seinem Nacken wurden hart und seine Sicht verengte sich. Sein Herz hämmerte in seinen Ohren. Captain d'Aumont war ein Mann von durchschnittlichem Aussehen, etwas größer als Grey – vielleicht fünf Zentimeter über 1,80. Schlank, aber muskulös. Kräftig. Ein gebräuntes Gesicht und hellbraune Haare. Blassblaue Augen, etwas nahe beieinander stehend. Eine sehr spitze Nase, ein breiter Mund mit dünnen Lippen. Ein schmales Kinn.

Grey stand dem Mann gegenüber, der den Befehl gegeben hatte, seine Frau zu töten.

D'Aumont streckte ihm die Hand entgegen. Grey schüttelte sie und versuchte, normal zu klingen. »Captain d'Aumont – ja, ich erinnere mich an Nachrichten zu der *Fidèle*. Ein sehr schönes Schiff. Ich bin überzeugt, unsere Admiralität hätte gerne den Bau der Fregatten Seiner Majestät nach ihrem Vorbild begonnen.«

»Sie schmeicheln mir, Sir – aber bei meinem Wort, Sie haben recht; sie ist das luvgierigste Schiff, auf dem ich je das Vergnügen hatte zu segeln. Ich fürchte allerdings, dass Roquebert mich nun aussticht – ich musste es verlassen, um dem Stab beizutreten.«

»Sicher, eine Tragödie«, sagte Grey und kämpfte gegen den Drang an, ein Weinglas zu zerschlagen und d'Aumont damit die Kehle aufzuschlitzen. »Aber das waren Sie auf ihrem Achterdeck, als es unseren Gibraltar-Handel gekreuzt hat, nicht wahr?«

»In der Tat, Sir. Sind Sie ein Mann der Marine?«

»Ein Marinesoldat, Sir. Captain Thomas Grey.«

»Von diesem Mittelmeer-Report – ja, ich hatte gehofft, Ihre Bekanntschaft zu machen.«

»*Kismet*«, sagte Grey.

»Sie sprechen Türkisch, Sir?«, fragte d'Aumont.

»Man schnappt etwas auf, wenn man in ihren Kreisen tätig ist«, entgegnete Grey.

»Allerdings«, stimmte d'Aumont zu und lächelte wissend. »Wir müssen unbedingt Anekdoten austauschen, wenn sich die Gelegenheit dazu ergibt.«

Wir werden noch viel mehr als das austauschen, dachte Grey, während er zustimmend nickte. Ein Leben für ein Leben.

»Lasst uns auf neue Bekanntschaften trinken«, sagte Roquebert, hielt einen Diener an und reichte jedem der Männer ein Glas Champagner, bevor er seines erhob. »Branson und Grey«: Branson wurde genötigt, sich dazuzugesellen. Sie tranken alle und bevor sich der Diener allzu weit von den Anstoßenden entfernen konnte, rief ihn Roquebert zurück und stellte die Flasche Cider auf sein Tablett.

»Mein guter Mann, bringen Sie die hinaus und lassen Sie sie zerschießen.«

Alle lachten; d'Aumont bemerkte allerdings nicht, wie Grey ihm mit seinem Blick ein Loch in die Seite seines Schädels bohrte.

*

Grey verbrachte die nächsten Stunden damit, Hände zu schütteln, gemustert und gelegentlich nach den Umständen, die ihn nach Paris verschlagen hatten, gefragt zu werden – allerdings ohne viel Misstrauen: Napoleons Armee war voller Ausländer, sowohl Söldner als auch treue Anhänger der revolutionären französischen Angelegenheit, daher erschien Greys Anwesenheit niemandem als besonders auffällig.

Schließlich gab die junge Dame ihr Debüt; anmutig stieg sie eine ausladende Treppe hinunter und schwebte in einer schönen Robe aus Musselin in den Ballsaal. Das Kleid hatte einen konservativen Schnitt, den Grey als Hommage an Joséphines Kleidungsstil erkannte: lange Ärmel, kein Ausschnitt und Anklänge an Ägypten als Tribut an Napoleons dortige Triumphe. Anklänge auch an Rom oder vielleicht

Griechenland: Die Dame glich einer Statue und war weiß wie Marmor, bis auf eine Spur von Pfirsichfarbe auf ihren Wangen. Nichts davon war nach Greys Geschmack, aber zumindest trug sie keinen Turban, wie so viele der Damen … noch ein Überbleibsel des Ägypten-Feldzugs. Mit Pyramiden auf dem Kopf hätten sie weniger albern ausgesehen.

»Entzückend, nicht wahr?«, bemerkte d'Aumont, der an Greys Seite aufgetaucht war und ein Glas Rotwein schwenkte, als wäre es Brandy. Grey konnte es schwer leugnen – sie mochte vielleicht so blass wie der Tod und nach einer Mode gekleidet sein, die über sein Verständnis hinausging, ihre Haltung erinnerte jedoch auf gewisse Weise an Botticellis Venus, sie hatte etwas Majestätisches an sich, dem sich Männer nur schwer entziehen konnten.

»Älter als ich erwartete hätte«, sagte Grey und hörte, wie er scheiterte, Gelassenheit vorzutäuschen; er spürte den Hass wieder in sich auflodern.

»Ohne Zweifel wurde sie von der Revolution aufgehalten. Kann ich Ihnen eine Zigarre anbieten?« Als d'Aumont in sein Jackett griff, kam ein französischer Marineoffizier – ein Stabshauptmann – mit Branson und zwei der französischen Offiziere im Schlepptau, die Grey schon getroffen hatte, auf sie zu. Die zwei Franzosen, Roquebert und de Vance, befanden sich offensichtlich in einem Zwiespalt. Branson war außer sich.

»Verzeihung, Captain Grey«, sagte der neue Offizier, »ich bin Captain Aubert. Wir haben uns noch nicht getroffen, aber ich habe gerade schon von Ihnen gehört.«

Grey nickte höflich. »Captain, es ist mir eine Freude.« Aubert erwiderte das Nicken nicht.

»Meine Kollegen und Ihr Landsmann –«

»Ich bitte Sie, sich daran zu erinnern, dass ich Ire bin, Aubert«, sagte Branson, der immer noch wütend aussah. Aubert zuckte mit den Schultern.

»Meine Kollegen und Ihr Kollege« – er deutete mit einer Kopfbewegung auf Branson – »haben mir von Ihrem wunderbaren Report berichtet, mit dem Sie in Ihrer Achtung weit aufgestiegen sind. Man sagt, dass er sich als wahrheitsgemäß herausgestellt hat und auch Ihre Aufrichtigkeit beteuert. Aber ich sagte zu ihnen, dass wir auf hoher See nicht nur ein einziges Stag haben, das ein Segel stützt; wir haben nicht nur ein Segel an jeder Rahe. Doppelte Maßnahmen, Captain Grey, machen ein Schiff sicher – das wissen Sie bestimmt. Erst heute bin ich aus Le Havre zurückgekommen, wo mein eigenes Schiff *Marengo* von Ihrer Seeblockadenflotte auf Abstand gehalten wird –«

»Meiner ehemaligen Flotte, Captain Aubert.«

»Vielleicht sind mir daher die Vorsichtsmaßnahmen noch vertrauter als Männern, die sich schon seit längerer Zeit an Land befinden.«

Roqueberts Kiefer mahlten angesichts der Beleidigung.

»Ohne eine abfällige Bemerkung machen zu wollen«, schob er hinterher, meinte aber das Gegenteil. »Auf jeden Fall, wenn Jesus angezweifelt werden konnte, warum dann nicht Sie, Captain Grey?«

Grey breitete in einer Geste der Zustimmung die Hände aus. »Zweifeln Sie nur, mein Captain.«

Aubert hatte Englisch gesprochen, Grey hatte auf Französisch geantwortet.

»Gut«, fuhr Aubert auf Englisch fort. »Dann werden Sie mir die Frage bestimmt nachsehen: Sie waren ein Ausrüster, richtig? Des zentralen Ausschusses zur Verproviantierung Ihrer Admiralität.«

»Das war ich«, bestätigte Grey.

»Bis noch vor ein paar Wochen?«

Grey nickte.

»In welchem Falle Sie Ihre Finger bei der Ausrüstung der Seeblockadenflotte, die nun vor Le Havre und Calais liegt, mit im Spiel gehabt hätten – tatsächlich habe ich gehört, ist es genau dieses Wissen über die Einteilung der Schiffe an diesem Schauplatz, das Sie für uns von nun an so wertvoll machen wird.«

»In der Tat«, bestätigte Grey.

»In welchem weiteren Falle – sicherlich verzeihen Sie mir die Frage – ich Sie bitten würde, das Linienschiff ersten Ranges, das ich erst gestern Abend vor unserer Küste erblickt habe, für mich zu identifizieren.«

Hinter Aubert stellten sich Leute zum Tanzen in einer Reihe auf, ein Kammerorchester war aufgetaucht und schien bereit, mit einem Walzer zu beginnen.

Während Greys Augen über die Männer und Frauen in Erwartung der Musik wanderten, rasten seine Gedanken.

Seit dem katastrophalen Unfall, in dem das Schiff *Queen Charlotte* Seiner Majestät gebrannt hatte und explodiert war – 673 Mann waren gestorben –, gab es nur vier britische Schiffe ersten Ranges – nur vier britische Schiffe, die mehr als 100 Kanonen an Bord hatten. Das Schwesternschiff der *Queen Charlotte Royal George* befand sich im Mittelmeer. Grey hatte es während seiner Heimreise von Malta aus von Gibraltar in Richtung Osten fahren sehen. Er hatte auch die *Victory* gesehen, in Chatham, ein paar Meilen vor Marsh Downs, wo es gerade repariert wurde. Womit nur noch die *Royal Sovereign* und die verwirrend benannte HMS *Ville de Paris* übrig blieben.

Grey hatte beide Schiffe in Portsmouth vor Anker liegen sehen, als er auf die *Ruby* gegangen war; beide von ihnen konnten jetzt an der Nordküste Frankreichs patrouillieren, während das andere wahrscheinlich auf dem Weg Richtung Westen nach Ouessant war. Aubert hatte recht. Wenn Grey das war, was er vorgab zu sein, wüsste er, welches Schiff für welchen Dienst ausgestattet worden war. Seine Chancen standen 50 zu 50. Grey hoffte, dass er nicht sein ganzes Glück an den Bassette-Tischen aufgebraucht hatte.

»*Ville de Paris*, glaube ich, blockiert den Ärmelkanal. Sie lud gerade viele Vorräte auf, als ich abreiste.«

Aubert hob die Augenbrauen und schüttelte den Kopf.

»Ich fürchte nicht, Captain Grey.« Er warf Branson und den anderen französischen Offizieren einen selbstgefälligen Blick zu. Eine Frau Mitte 20 kam auf Aubert zu; eine Brünette mit einem kleinen Mund, Sommersprossen und großen, grünen Augen, die zu ihrer Robe passten.

Sie knickste vor den Männern, legte ihre Hand auf Auberts Unterarm und sagte: »Captain Aubert, Sie haben mich gefragt –«

»Nicht jetzt, meine Liebe«, sagte Aubert und schüttelte sie ab. »Grey, haben Sie eine Erklärung?« Die Frau trat ein oder zwei Schritte zurück und blickte beschämt und verärgert drein.

»Es gibt nur eine, die möglich ist, Captain – eine Abstimmung im Parlament. Zweifelsohne wissen Sie, dass viele unserer Marineoffiziere Sitze im House of Commons haben und zu wichtigen Abstimmungen über Schiffsausrüstung berufen werden. Ich weiß nichts über die Männer, denen die Befehlsgewalt obliegt; nur etwas über die Vorräte, mit denen sie ausgestattet werden. Aber ich würde wetten, dass die *Ville de Paris* eine neue Rangflagge hat und dass ihr ehemaliger Kapitän ein Mitglied des House of Commons ist. Und dass die HMS *Royal Sovereign* ihren Platz eingenommen hat.«

Ein Teil davon war wahr: Es gab tatsächlich mehrere Dutzend reiche Marineoffiziere, die Großgrundbesitzer waren und im House of Commons saßen, stellvertretend für verschiedene heruntergekommene Stadtbezirke. Und diese verließen tatsächlich temporär ihre Posten, wenn sie darum gebeten oder dazu aufgefordert wurden, einer Abstimmung beizuwohnen. Außerdem stimmte es, dass er keine Ahnung hatte, unter wessen Kommando die *Ville de Paris* stand. Er stocherte im Dunkeln.

»Ja«, sagte Aubert, »jetzt patrouilliert die *Royal Sovereign*. Was den Kapitän der *Ville de Paris* angeht? Auch ich kenne seinen Namen nicht – aber ich nehme an, dass wir eine Akte über ihn haben.«

»Nun«, bemerkte Grey, »was für ein Glücksfall, dass Sie meine Theorie überprüfen können.« Aubert lächelte säuerlich und winkte einen *aspirant* – einen Seekadetten – heran.

»Das können wir«, bestätigte Aubert.

»Und während Sie das tun«, sagte Grey und wandte sich der Frau zu, die Aubert abgewiesen hatte, »würden Sie mir vielleicht, Mademoiselle, die Ehre dieses Tanzes erweisen?«

Sie lächelte schwach, als Grey seine Hand ausstreckte.

»Geh«, sagte Aubert, der sich vielleicht sorgte, dass sie seine Zustimmung nicht ersuchen würde. »Ich habe wichtigere Angelegenheiten zu regeln.«

Die Frau nahm Greys Hand; er zog sie dicht an seinen Körper heran und – da die Musik bereits begonnen hatte – führte sie in Walzerdrehungen in den Wirbel aus Tänzern.

Ihr Gesicht hellte sich vor Überraschung auf, wie rasch er mit ihr durch das Getümmel fegte – der Walzer war ausgelassen und der neue Tanzstil strafte die Ordnung des Figurentanzes mit Verachtung, stattdessen überließ er es den Partnern, sich ihren eigenen Weg auf dem Parkett zu bahnen, mit einer Struktur, welche vielmehr die Schritte jedes einzelnen Paares beschränkte als die aller Tänzer in einer Gruppe.

Ein Walzer war nicht organisiert, sondern intim; ein Fest des ununterbrochenen Kontakts zwischen zwei Menschen des entgegengesetzten Geschlechts. In England wurde er als zu riskant für Feste angesehen, Grey hatte ihn in Malta gelernt.

Aber es schien, als wäre er auch für diese Feier zu riskant, da die Gastgeberin der Musik Einhalt gebot und die Tänzer in Quadrate für eine Quadrille scheuchte, während der Orchesterführer mit hochrotem Kopf sein Programm umgestalten musste.

Grey lächelte seine Partnerin an. »Sollen wir weitermachen, Mademoiselle …?«

»Montcada. Und ja, wenn Sie wünschen, Monsieur …«

»Grey«, sagte Grey. »Montcada, ein katalanischer Name?«

Mademoiselle Montcada nickte. »Und Grey ist irisch?«, fragte sie.

»Englisch«, verbesserte Grey. Sie wurden zusammen an einer der vier Seiten des Quadrats aus acht Tänzern platziert.

»Wie interessant«, kommentierte Mademoiselle Montcada, als die Musik wieder begann und damit auch die komplexe Über-Kreuz-Choreographie der Quadrille.

Grey und Mademoiselle Montcada verbeugten sich voreinander, dann vor den Tänzern zu ihrer Linken und Rechten, dann vor den Tänzern auf der entgegengesetzten Seite des Quadrats. Und dann fingen alle an, Platz und Partner zu tauschen und Grey – der sein Bestes tat, um mit dieser besonderen französischen Variante Schritt zu halten – schätzte schnell, dass dies eine dieser betäubend-langen Figuren sein würde; vielleicht eine Viertelstunde. Vielleicht mehr.

Grey hoffte es zumindest. Er brauchte Zeit zum Nachdenken.

In diesem Augenblick überbrachte vermutlich einer von Auberts Lakaien eine Nachricht an das Maison Militaire, oder wer auch immer die Akten über englische Offiziere führte. Es gab annähernd 500 vollwertige Kapitäne in der Königlichen Marine. Grey vermutete, dass 20 oder bestenfalls 25 einen Sitz im House of Commons hatten. Womit seine Chancen bei eins zu 20 bis 25 standen. Nicht allzu gut.

Aber natürlich wäre der oberste Offizier eines

Schiffes ersten Ranges kein Kapitän, sondern ein Admiral, mit einem Flaggenkapitän unter sich. Und das verbesserte seine Chancen erheblich. Es gab nur 100 Admiräle und wahrscheinlich rund ... 30 von ihnen – vielleicht mehr? – hatten einen Sitz im Parlament. Im House of Commons und im House of Lords.

Eine eins-zu-drei-Chance also?

Grey machte einen kurzen Schlenker durch die Mitte des tanzenden Quadrats mit einer schwarzäugigen Blonden im Debütantinnenalter.

Eins-zu-drei war immer noch nicht genug, um sich darauf zu verlassen – es gab eine zwei-zu-drei-Chance, dass er aufflog. Und dafür musste er einen Plan haben.

Grey tauschte den Platz mit dem Herrn zu seiner Rechten und dann mit dem Herrn auf der gegenüberliegenden Seite des Quadrats.

Er war unbewaffnet. Schlimmer war allerdings noch, dass ungefähr 50 Männer auf dem Fest bewaffnet *waren*; ihre besten Zeremonienschwerter trugen, die, in Zeiten des Krieges, scharf wären und genauso gut töten würden wie ihre Gegenstücke aus dem Alltag.

Er könnte das Schwert aus der Scheide eines anderen Mannes ziehen.

Falls sich der Hauch eines Verdachts bereits bestätigt hatte, könnte der Mann aber natürlich auf der Hut sein.

Grey könnte eine Flasche zerbrechen, sie an den Hals eines Mannes halten und dann sein Schwert nehmen.

Und was dann? Die anderen 50 einen nach dem anderen bekämpfen?

Er könnte das Schwert vergessen und einen Sprint zur Vordertür hinlegen. Einmal auf der Straße, könnte er sich dort in der Abendmenge verlieren.

Aber zwischen ihm und der Straße waren zu viele Männer. Er würde gefasst werden, noch bevor er es nach draußen geschafft hatte.

Als Mademoiselle Montcada erneut kurz an seinem Arm war, während sie in der Mitte des Quadrats spiegelverkehrte Schritte tanzten, sah er aus dem Fenster. Es gab einen kleinen Hof und einen Garten, an dessen Ende eine Mauer, ungefähr von Greys Höhe, und dahinter eine andere Straße.

Dies wäre sein Fluchtweg: direkt durch ein Fenster, durch den Garten und über die Mauer.

Nun tanzten Grey und Mademoiselle Montcada eine schnelle Runde um das Quadrat und kehrten an ihre Ausgangsplätze zurück.

Ein Arm landete auf Greys Schulter.

Es war Aubert, er hielt ein gefaltetes Stück Papier in der Hand. Branson war neben ihm, genau wie d'Aumont, de Vance und Roquebert.

»Auf ein Wort, Captain Grey?«, und zu den anderen Tänzern in der Quadrille: »Verzeihen Sie die Unterbrechung.«

Das ging schnell, dachte Grey – wir müssen den Sicherheits-Büros sehr nahe sein; ein interessantes Detail. Er nickte Aubert zu und sah Branson an … der nun ein höhnisches Lächeln auf den Lippen trug. Aber wem galt es?

»Ich muss mich bei Ihnen entschuldigen, Captain Grey«, sagte Aubert. »Ich wurde darüber informiert, dass der neueste Kapitän der *Ville de Paris*, von dem wir wissen« – er sah hinunter auf das gefaltete Stück Papier in seiner Hand – »tatsächlich ein Mitglied des Parlaments ist, aus Yorkshire.«

Dies sagte er mit der kleinstmöglichen Andeutung von noblesse oblige. Grey erwiderte die Freundlichkeit mit einer leichten Verbeugung.

»Denken Sie sich nichts dabei, Captain Aubert. Es tut mir nur leid, dass die Verwirrung Sie einen sehr erfreulichen Tanz gekostet hat.«

Während sie gesprochen hatten, war die Musik verstummt und die Quadrillen brachen langsam auseinander. Mademoiselle Montcada stand nun bei Greys linkem Ellenbogen und bei Auberts rechtem, genau zwischen ihnen.

»Aber vielleicht wird ein Glas Champagner das wiedergutmachen«, sagte Grey und gab einem vorbeigehenden Kellner ein Zeichen.

»Nein«, lehnte Aubert ab. »Ich bin nur kurz in Paris, bevor ich wieder auf mein Schiff zurückkehre und ich muss weiter. Wenn Sie verzeihen.«

Eine leichte Verbeugung und noch eine von Grey.

»Die Herren«, verabschiedete sich Aubert bei den anderen, die zur Erwiderung nickten.

»Mademoiselle, auf ein Wort?«, sagte er zu Mademoiselle Montcada, die ihm folgte – und Grey dabei ein leichtes, verschwörerisches Lächeln zuwarf.

D'Aumont bemerkte es und lachte. Branson entschuldigte sich – vielleicht, um sich ein bisschen kaltes Wasser ins Gesicht zu spritzen. Roquebert und de Vance entschuldigten sich ebenfalls und bewegten sich auf die Tänzer zu, die sich nun langsam zu einer zweiten Runde einfanden.

»Als wir unterbrochen wurden«, nahm Grey an d'Aumont gewandt den Faden wieder auf, »wollte ich gerade Ihr Angebot einer Zigarre annehmen.«

D'Aumont lächelte und schüttelte den Kopf. »Aber natürlich«, sagte er, griff in sein Jackett und holte ein Etui aus Zedernholz von der Größe einer Taschenbibel hervor.

»Danke schön«, entgegnete Grey, nahm zuerst die Zigarre entgegen, dann ein Schälmesser, um sie anzuschneiden – das Messer glitt geschmeidig aus seinem flachen Versteck im hinteren Teil des Etuis – und schließlich ein langes Zedernzündholz.

»Hübsch«, merkte Grey an und nickte zu dem Etui hinüber, als d'Aumont das Messer zurückgleiten und es wieder in seiner Jacketttasche verschwinden ließ.

»Danke – ich habe es im Palais Royal anfertigen lassen, in einem Laden in den Arkadengängen. Haben Sie die schon gesehen? Das ist das wahre Herz von Paris – alles, was Sie sich nur vorstellen können, ist dort zu finden … Ich hoffe, er überlebt eine neuerliche englische Blockade.«

Grey nickte und begann, an seiner Zigarre zu ziehen und d'Aumont bedeutete ihm mit einer Geste, dass er sich in einen Ohrensessel bei einem der Fenster setzen sollte. D'Aumont nahm den Sessel neben ihm.

»Nun«, sagte er, stellte sein leeres Glas auf dem Boden zwischen ihnen ab und klopfte etwas Asche hinein, »über was werden Sie als Nächstes berichten? Wir im Admiralsstab sind schon äußerst gespannt auf einen weiteren Happen an Informationen.«

»Sobald Branson das Einverständnis von – wem auch immer – bekommt –«

»Ich nehme an, das wird er morgen bekommen, basierend auf dem allgemeinen Eindruck heute Abend«, gab d'Aumont zu bedenken und besah sich seine Zigarre.

»Dann werde ich eine detaillierte Auswertung der britischen Marinesituation in den Heimathäfen vornehmen, in den Docks, im Ärmelkanal, auf Stationierung vor Frankreich und im baltischen Meer. Ich kann ebenfalls meine Einschätzung zu den afrikanischen und den westindischen Insel-Dienststellen hinzufügen, aber dies werden hauptsächlich Vermutungen sein, da sie außerhalb meines Aufgabengebiets lagen.« Natürlich, überlegte Grey, lag alles außerhalb seines Aufgabengebiets, aber das begierige Aufflackern in d'Aumonts Augen verriet ihm, dass jede Falschinformation, die er überbrachte, bereitwillig akzeptiert werden würde. Er klopfte ein wenig Asche in d'Aumonts Glas und nahm einen langen Zug. Es war eine sehr gute Zigarre.

»Sieh an, sieh an, wen haben wir denn da? Den umherirrenden Reisenden.« Grey sah nach oben – und in das Gesicht seines ehemaligen Bassette-Partners, eines offensichtlich betrunkenen Jacques Polignac.

»Guten Abend«, sagte Grey kühl und blieb sitzen.

»Kennen Sie diesen Mann?«, fragte d'Aumont und verfiel unschwer in die Rolle von Greys Gastgeber.

»Wir haben uns an den Tischen im d'Orsigny kennengelernt«, erklärte Grey.

»Ja«, gab Polignac zurück, »wir haben uns beim Spielen kennengelernt. Der *capitaine* hat einen bemerkenswerten Gewinn gemacht. Äußert bemerkenswert. Zu bemerkenswert.«

»Ich bitte um Verzeihung?«, fuhr Grey auf und kniff die Augen zusammen. Grey konnte sehen, wie sich d'Aumont neben ihm vor Peinlichkeit leicht versteifte.

»Kommen Sie, Sir, kommen Sie« – Polignac spie die Worte fast aus – »dieses finale Kartenabheben, bei dem nur Sie gemischt haben? Sie haben Ihr Ass platziert und ich bin sicher, dass wir alle einen Betrüger erkennen, wenn er vor uns steht, ja, wenn er regelrecht hervorsticht wie die Nase aus einem Gesicht.«

Bevor das letzte Wort seinen Mund verlassen hatte, stand Grey kerzengerade vor ihm und d'Aumont daneben.

»Diese Bemerkung werden Sie zurücknehmen«, sagte Grey, »oder ich werde Sie zum Duell herausfordern.«

»Sie können mich jederzeit herausfordern, wann immer Sie möchten«, drohte Polignac und trat näher. Grey konnte seinen Atem riechen.

»Ich rate Ihnen, zurückzutreten, Sir, bevor ich die Kontrolle über meine Manieren verliere und uns beide lächerlich mache. Vor allem Sie.«

»Kommen Sie, Captain Grey«, forderte d'Aumont ihn auf, »ziehen wir uns zurück; als Nächstes sollten Ihre Sekundanten miteinander sprechen.«

D'Aumont führte Grey zurück ins Foyer, wo ein Diener geschickt wurde, um Branson zu holen.

»Das tut mir leid«, sagte d'Aumont. »Der Mann hat zu viel Wein intus, da bin ich sicher.«

»Das muss Ihnen nicht leidtun, Captain, es hat nichts mit Ihnen zu tun«, erwiderte Grey. »Obwohl ich es schätze, dass Sie eingegriffen haben … Vielleicht würden Sie ja mein Sekundant sein?«

Damit hatte er d'Aumont kalt erwischt. Für einen Augenblick schien es, als würde er Branson als natürlicheren Kandidaten vorschlagen, aber dann fing er sich wieder und sagte: »Ja, natürlich, es würde mich freuen. Ich werde mit diesem Mann ein Treffen vereinbaren, wer auch immer er ist, und Sie über die Abmachungen informieren. Ah, hier ist Branson ja. Ich werde Ihnen eine Nachricht zukommen lassen. Im d'Orsigny?«

Grey nickte und d'Aumont zog sich zurück, gerade als Branson an ihn herantrat und mit unterdrückter Panik fragte: »Was in Gottes Namen geht hier vor?«

11

Die nächsten zwei Tage über setzten die Regierungsbehörden Polignac immer stärker unter Druck, um ihn dazu zu überreden, eine Entschuldigung auszusprechen. Dies lehnte er allerdings ab und Grey wollte nichts Geringeres akzeptieren – der zum Beispiel einen Brief zurückwies, in dem zum Ausdruck gebracht wurde, dass »Mr Polignac Ihre Meinungsverschiedenheit bedauert«. Als klar wurde, dass nichts mehr auszurichten war – außer eine oder beide Parteien festzunehmen, was wegen Polignacs Familienverbindungen unmöglich war – und nun wirklich die Schwerter gekreuzt werden würden, gaben sich Branson und die Männer, denen gegenüber er verantwortlich war, damit zufrieden, auf das Beste zu hoffen. Grey, wie sie wussten, war einmal ein königlicher Marinesoldat gewesen – und die Marine war eine Streitkraft, der man auf dem Kontinent mit gebührlichem Respekt begegnete. Auf der anderen Seite war Polignac – so affig er auch sein mochte – anfällig dafür, andere zu beleidigen und hatte sich in der Vergangenheit schon öfter duelliert. Und die Beweislage deutete darauf hin, dass er bisher noch nie getötet worden war.

Das Duell war für den späten Nachmittag angesetzt, zwei Tage nach der Herausforderung, in einer abgelegenen Ecke des Bois de Boulogne, wo solche Angelegenheiten öfter geklärt wurden. Die Wiese, die als Feld der Ehre fungieren würde – flach und eben, von Maulbeerbäumen umgeben, mit roten und violetten Wildblumen gesprenkelt – war von den Geräuschen von Frühlingsvögeln und Insekten erfüllt. Grey fragte sich, wie viele seine geliebte Paulette wohl an deren Rufen hätte erkennen können. Er warf d'Aumont einen kurzen Blick zu und richtete dann seine Aufmerksamkeit auf die momentane Angelegenheit.

D'Aumont und Polignacs Sekundant, ein Mann namens Caron, unternahmen einen letzten Versöhnungsversuch. Dieser scheiterte. Die Länge der beiden *épés de cour* wurde abgemessen, für gleichlang befunden und die beiden Duellanten wurden angewiesen, sich Schwertspitze an Schwertspitze aufzustellen.

Caron fragte Polignac, ob er bereit wäre.

»Bereit«, sagte Polignac. Caron wandte sich Grey zu.

»Sind Sie bereit, Captain Grey?«

»Das bin ich.«

»Sehr gut. Dann auf mein Wort, Gentlemen.«

Es gab eine kurze Verzögerung, als Caron sich ein Dutzend Schritte entfernte und seinen Platz neben d'Aumont einnahm. Grey und Polignac warteten. Keiner von beiden sah nervös aus.

»Gentlemen – *En garde.*«

Poliganc sprang nach vorne; Grey schob Polignacs Führhand nach rechts hinaus und machte einen Schritt zurück. Sein Kontrahent sprang erneut nach vorne. Grey schlug seine Führhand ein weiteres Mal weg, schloss auf und hieb nach Polignacs Brust. Polignac parierte den Schlag auf seiner Linken, Grey schwang die Schwertspitze zurück Richtung Polignacs Gesicht und schnitt durch dessen Unterlippe und Kinn. Polignac zog eine Grimasse und spuckte Blut. Er sprang ein drittes Mal auf Grey zu, doch Grey wich zurück. Ihre Schwerter klirrten aneinander ab und im Abprall schlitzte Polignac mit seinem *épée* – seinem französischen Schwert – Greys rechten Unterarm auf, wodurch ein Stück Stoff des Hemdes abgetrennt wurde und ein bisschen Blut spritzte.

Aber nun hatte Polignac das Gewicht auf den falschen Fuß verlagert; Grey machte einen Schritt zu dessen Linken hin und schwang sein Schwert in einem engen Bogen um Polignacs ausgestreckten Arm, in Richtung seines Halses. Polignacs einzige Verteidigungsmöglichkeit war, in die Knie zu gehen; er duckte sich unter dem Schlag weg und versuchte es mit einem aggressiven Schnitt über Greys Körpermitte, der verfehlte; Grey sprang aus dem Weg und hieb wieder gegen Polignacs Brust. Polignacs Knie waren immer noch gebeugt und als er seine Schultern wegdrehte, um der Spitze von Greys Klinge auszuweichen, verlor er das Gleichgewicht und fiel nach hinten. Noch bevor dieser auf dem Boden aufkam, lag Greys Klinge an Polignacs Hals.

Plötzlich war alles ganz still.

Grey hielt sein *épée* gegen Polignacs Hals. Polignac selbst stützte sich auf einem Ellenbogen ab und sah Grey mit den schreckgeweiteten Augen eines Lamms auf dem Opferaltar an. D'Aumont und Caron hielten den Atem an und warteten ab, was als Nächstes geschehen würde. Würde Polignac um Pardon bitten – um Gnade betteln – oder sterben?

Grey wartete. Polignac sagte nichts. Er war bereit für den *coup de grâce* – seinen Gnadenstoß.

Grey trat einen Schritt zurück und ließ sein Schwert sinken:

»Der Angelegenheit wurde Genüge getan.« Die Sekundanten atmeten aus, Polignac ebenso, der sein Schwert auf dem Gras ablegte. Grey hielt Polignac die Hand hin; zog ihn auf die Füße.

»In diesem Fall«, sagte Polignac mit blutverschmiertem Mund, »werde ich nun um Entschuldigung bitten. Es ist mir klar, dass ich unrecht hatte, und das werde ich auch in der Gesellschaft Ihrer Wahl ohne Umschweife so zugeben.«

»Das wird nicht nötig sein«, sagte Grey. »Sie haben ehrenhaft dafür eingestanden und damit betrachte ich die Angelegenheit als erledigt.«

Er drehte sich um und ging auf d'Aumont zu, während Caron nach vorne trat, um Polignacs gespaltene Lippe zu begutachten.

»Das war verdammt edel von Ihnen«, sagte d'Aumont, als sie auf einen wartenden Fiaker zugingen. »Lassen Sie mich Ihren Arm sehen.«

*

Tatsächlich war der Schnitt an Greys Arm ziemlich tief – tiefer als er gedacht hatte – und als die Blutung nicht gestoppt werden konnte, lotste d'Aumont ihren Fahrer zu der Praxis eines ihm bekannten Schiffsarztes im Ruhestand, für den er den größten Respekt übrig hatte, was offene Wunden anging. Die Praxis des Arztes befand sich in den Arkadengängen des Palais Royal; als sie sich ihr näherten, an einer Reihe sandfarbener Steinsäulen vorbeigehend, deutete d'Aumont auf eine geschlossene Ladentür in der Nähe.

»Wissen Sie, wer hier arbeitet?«, fragte d'Aumont. Grey zuckte mit den Schultern.

»Wer?«

»Dies ist das Atelier von Jacques-Louis David.«

»Sieh an, sieh an. Irgendwie nicht das, was ich erwartet habe.« Obwohl Grey kein großartiger Schüler zeitgenössischer Kunst war, hatte sogar er von dem brillanten, Guillotine-freudigen Maler gehört.

»Nachdem Robespierre gefallen ist, wie hat er da selbst das Schafott vermieden?«

»Haha«, antwortete d'Aumont lächelnd. »Das war wirklich ziemlich erheiternd. Sie wissen vielleicht, wie nahe sich Robespierre und David standen – David selbst war nicht nur ein Mitglied des Sicherheitsausschusses, sondern entwarf auch die – ähm – die Kunst, den Stil dieser großen Atheismus-Feiern, mit den alten Idolen der Revolution, wobei er und Robespierre planten, das Volk in dem neuen Glauben umzuerziehen. Sie waren also, könnte man sagen, wie Pech und Schwefel, bis zum Schluss. David war an Robespierres Seite, als er festgenommen wurde – und er rief ihm zu: ›Maximilien! Wenn du Schierling trinkst, werde ich mit dir trinken!‹ Aber als es für seinen Freund so weit war, verurteilt zu werden, sandte Jacques-Louis eine Nachricht, dass er ›Bauchweh‹ hätte und dieser Sitzung des Nationalkonvents nicht beiwohnen könnte. Sonst wäre er ebenso –«

D'Aumont machte mit der Hand die Bewegung einer herabsausenden Guillotine.

»Aber am Schluss siegte das Mitgefühl für ihn – teilweise wegen seiner Berühmtheit und seines Rufes, glaube ich. Also wurde er lediglich ins Gefängnis gesperrt. Er hatte Glück, dass sich seine Berühmtheit und sein Ruf ihren Weg bis zur Kenntnis unseres Ersten Konsuls Bonaparte bahnten, der ein großer

Bewunderer von Davids römischen Epos-Darstellungen ist. Ich glaube, dass Napoleon ihn freikommen ließ. In jedem Fall lebt er nun sehr zurückgezogen dort drin, malt und unterrichtet. Er verliert kein Wort mehr über Politik, zu niemandem.«

D'Aumont lachte wieder; Grey schüttelte den Kopf.

»Wie viel würde ein Porträt kosten?«

»Mit dem, was wir Ihnen zahlen werden und was Sie an den Tischen gewonnen haben – könnten Sie vielleicht genug haben.«

»Tja«, sagte Grey, »im Palais Royal kann man wohl wirklich alles bekommen.«

»Jean-Anne!«, ertönte eine Stimme aus dem Inneren des Behandlungsraums, dessen Tür offen stand. Ein Mann tauchte auf: »Wenn das mal nicht unser verehrter Kapitänleutnant Jean-Anne d'Aumont ist! Ich habe dich, ach, bestimmt seit einem Jahr nicht mehr gesehen.«

»Sébastien – wie schön, wieder hier zu sein, und diesmal nicht, weil ich selbst verwundet bin«, sagte d'Aumont und schüttelte die Hand eines rothaarigen Mannes Ende 40. »Captain Grey, erlauben Sie mir, Ihnen Dr. Berger, Sébastien Berger, vorzustellen. Unser Doktor an Bord der *Guerrier*.«

»Was für ein tolles Schiff sie war ... eine 74, auf dem Nil verbrannt. Eine gottverdammte Tragödie, Sir.«

»Eine Freude, Sie kennenzulernen, Dr. Berger«,

sagte Grey, der jetzt die Hand des Chirurgen schüttelte. »Captain d'Aumont spricht in den höchsten Tönen von Ihren Fähigkeiten bei offenen Wunden – er sagt, als er mit Ihnen gedient habe, konnte er sich nicht an den Geruch von Wundbrand erinnern.«

»Er schmeichelt mir, Captain Grey. Aber genug davon, lassen Sie mich Ihren Arm sehen – wir können unsere Bekanntschaft noch vertiefen, sobald ich mich vergewissert habe, dass Sie keine Infektion haben. Denn falls Sie eine haben sollten, was hätte das dann für einen Sinn?« Er winkte Grey und d'Aumont herein.

Bergers Operationssaal war ungefähr drei Meter breit, gut neun Meter lang und ziemlich dunkel; auf einem Schreibtisch stand eine Öllampe, aber das einzig natürliche Licht fiel durch die Tür hinter den Arkadengängen und durch ein einziges Fenster daneben herein.

»Setzen Sie sich dorthin und strecken Sie Ihren Arm aus«, wies Berger Grey an und deutete auf einen Hocker neben einem schweren Holztisch (der eine unglückliche Ähnlichkeit mit der Schlachtbank eines Metzgers hatte). »Rollen Sie Ihren Ärmel hoch«, fügte er hinzu, während er eine zweite Lampe anzündete und eine dicke Linse anbrachte, um das Licht gebündelt auf Greys Wunde zu richten.

Der Arzt tupfte nun mit einem Schwamm das Blut von Greys Unterarm, beugte sich darüber, blinzelte angesichts des aufgeschlitzten Fleisches, saugte an seinen Zähnen, und ging hinüber zu einem nahe stehenden Instrumententisch.

»Ein guter, sauberer Schnitt, Sir«, sagte Berger zu Grey, während er Nadel und Faden hervorholte. »Ich applaudiere demjenigen, der ihn Ihnen verpasst hat, er hält seine Klinge penibel scharf. Er hat eine Ader erwischt, aber keine wichtige – keine Arterie. Wir können Sie schön wieder zusammenflicken.« Als Berger den Faden in die Nähnadel eingefädelt hatte, sagte er zu d'Aumont: »Jean-Anne, da steht eine Flasche Dunkirk Gin auf dem Regal hinter dir. Schenk Captain Grey einen doppelten ein. Du kannst auch einen haben, wenn du möchtest.«

D'Aumont schenkte drei Gläser ein – »Das dritte ist für dich, Sébastien, wenn du fertig bist«, und stieß mit Grey an. Der Chirurg setzte sich auf einen Hocker gegenüber Grey und begann, ohne eine große Zeremonie zu veranstalten, was normalerweise ein fester Brauch bei Schiffsärzten war, die Wunde zu nähen.

Der Vorgang dauerte weniger als eine Minute. Als es vorbei war, tupfte Berger mit einem Schwamm noch einmal ein wenig Blut ab und schüttete ein paar Tropfen seines Gins über die geschlossene Wunde.

»Das bringt Glück«, sagte er, als Grey einen Schmerzenslaut ausstieß. »Zum Wohl.«

Grey musste zugeben, dass er auf beste und straffste Weise genäht worden war, wie noch nie zuvor – und Grey war schon öfter zusammengeflickt worden, als er überhaupt zählen konnte.

»Mit Ihrem Talent mit der Nadel, Doktor, sollten Sie Ihren Operationssaal schließen und eine Nähstube aufmachen«, scherzte Grey und nahm noch einen Schluck Gin von d'Aumont an.

»Unsinn«, entgegnete Berger, der ebenfalls noch einen annahm. »Falls ich diese Praxis jemals schließe, dann nur, um Unterwäsche zu produzieren.« Grey und d'Aumont lachten und alle drei leerten ihre Gläser in einem Zug.

»Nun«, sagte Berger, stand auf und holte eine Stoffschlinge aus einer Schublade, »tragen Sie die und benutzen Sie diesen Arm oder dieses Handgelenk für mindestens eine Woche nicht unnötig, bis die Haut von selbst wieder zusammenhält. Dann können Sie die Fäden durchtrennen und sie eigenhändig herausziehen, oder, wenn Sie ein Feigling sind, dann können Sie wiederkommen und ich mache es an Ihrer Stelle.«

Grey legte die Schlinge an, stand auf und schüttelte dem Doktor erneut die Hand. Dieses Mal mit der Linken.

»Haben Sie vielen Dank, Dr. Berger«, sagte Grey. »Ich werde mich daran halten.«

»Gut«, bemerkte Berger. »Es war mir eine Freude.«

»Was bin ich Ihnen schuldig?«

»Einen Franc«, antwortete der Chirurg. »Aber

falls die Wunde eitert und Sie sterben, werde ich Ihrem nächsten Verwandten die Hälfte des Preises zurückerstatten.«

*

Auf ihrem Rückweg durch die Arkadengänge zu dem wartenden Fiaker hatte Grey die Gelegenheit, die Bestellung für ein Duplikat von d'Aumonts Zigarrenetui bei einem Luxus-Tischlerladen aufzugeben.

D'Aumont nahm dies als herausragendes Kompliment. Was seinen Arm betraf, ging Grey ziemlich locker damit um, genau wie d'Aumont, der nach Seegefechten bei der Amputation von so vielen Gliedmaßen zugesehen hatte, dass er an die Gefahren einer Infektion gewöhnt war.

Allerdings brachte er Branson beinahe an den Rand der Beherrschung, der – ausdrücklich – sagte, dass Greys Wunde und die Angelegenheit als Ganzes seine Position gefährdeten und, als Konsequenz, auch die Position der irischen Revolution in Napoleons Plänen. Er bestand bis aufs Äußerste darauf, dass Grey von jeglichem weiteren, *provokativen* Verhalten absehen sollte, obwohl er sich selbst daran die Schuld gab, da er die beinahe-fatale Kreditlinie zuvor arrangiert hatte. Er konnte zu guter Letzt nur von d'Aumont beschwichtigt werden, der ihm versicherte, dass er es als französischer Kapitän und

Greys Sekundant als einen Teil seiner Verantwortung ansah, zuzusehen, dass Greys Arm heilte und seine unverzichtbare Arbeit nicht behinderte. Daher teilte er einem kriecherisch-dankbaren Branson mit, dass er Grey auf sein Anwesen in der Champagne einladen würde – wo er sowieso hinmüsse, da er immer noch dabei wäre, die Besitztümer seiner Familie unter dem neuen Regime wiederherzustellen. Es gäbe nichts außer frischer Landluft und leichtem Leben und es wäre eine Gelegenheit für Grey, seinen Marinebericht in ungestörter Ruhe zu beginnen. Vorausgesetzt, Grey würde sein Angebot annehmen.

Das tat Grey, er nahm es höchst bereitwillig an – das war Glück in seiner reinsten Form. Die Bandbreite an Möglichkeiten, die sich an einem Rückzugsort auf dem Land ergab – die Möglichkeiten, seine Rechnung mit d'Aumont zu begleichen, sollte das heißen – ließ ihn in Aufregung verfallen. Der willkommene Geschmack von Rache war in Greys Mund zurückgekehrt.

Es war früh am Morgen, als ein Diener des Hôtel d'Orsigny Grey informierte, dass Captain d'Aumonts Einspänner (und, in der Tat, auch Captain d'Aumont selbst) ihn am Place Vendôme erwartete. Mit zwei Dienern, die seine Sachen trugen, machte sich Grey auf den Weg nach draußen. Dort fand er d'Aumont, der neben seiner Kuschte stand, sich eine Zigarre anzündete und Branson eine anbot, den er anscheinend zu beruhigen versuchte. Branson wedelte die Zigarre fort und trug, was auch immer sein Anliegen gewesen war, erneut vor – aber d'Aumont brachte ihn zum Schweigen, als Grey näher kam.

»Da sind Sie ja, Captain Grey«, sagte er. »Ich habe Mr Branson gerade erklärt, dass es nicht nötig ist, uns zu begleiten –«

Das war es tatsächlich nicht: Grey hatte nicht den Wunsch, sich in der Situation wiederzufinden, Branson töten zu müssen.

»– und dass ich gerne die Verantwortung für Sie und Ihre komplette Arbeit übernehme«, endete d'Aumont.

»Ganz genau«, sagte Grey, sich an Branson wendend: »Ich hatte gehofft, Mr Branson, dass Sie die Sicherstellung meiner Entlohnung für mich übernehmen würden, ohne die wir, natürlich, nicht fortfahren können. Ich hatte erwartet, dass inzwischen alles vereinbart wäre.«

»Ja, Captain Grey, das hatte ich auch«, sagte Branson mit einem düsteren Blick. »Aber ich fürchte, ich kann nichts weiter tun, außer darauf zu warten, dass die Zustimmung ihren Weg durch die notwendigen Kanäle findet.«

»Ja, aber auf dem Land werden Sie ebenso wenig ausrichten können«, sagte d'Aumont. »Glauben Sie denn etwa, dass ich unseren Mann unterwegs verliere?«

»Nein, natürlich nicht, Captain, es ist nur, dass –«

»Dann ist es also abgemacht«, sagte d'Aumont und bedeutete dem Hoteldiener, Greys Gepäck dem Fahrer hochzureichen, der es mit dem Rest der Fahrnisse auf dem Dach des Einspänners verstaute und mit Seilen sicherte. Branson gab sich geschlagen. Er streckte Grey seine Hand entgegen, der sie ungeschickt schüttelte – sein Arm steckte immer noch in der Schlinge.

»Also, dann freue ich mich darauf«, sagte Branson, »Ihren Bericht zu lesen ... bei Ihrer Rückkehr?« Er sprach unruhig.

»Ohne Zweifel«, sagte Grey, »wird er bis dahin vorliegen. Sorgen Sie sich nicht.« Der Ire nickte nochmals betrübt.

»In einer Woche werde ich mit ihm wieder zurück sein«, sagte d'Aumont. »Mit verheiltem Arm und Füßen, die vor dem Kaminfeuer geruht haben. Nun – wir dürfen nicht den ganzen Tag hier mit der Unterhaltung zubringen, bis uns noch der Wind aus den Segeln genommen wird. *Entrez*.«

Auf d'Aumonts Zeichen hin hielt der Diener die Tür der Kutsche auf und Grey zog sich hoch – mit der linken Hand und auf die Schlinge achtend, die dafür vorbestimmt zu sein schien, sich an jedem Scharnier und jeder Schraube zu verfangen. D'Aumont kletterte hinter ihm hinauf und klopfte dabei an die Decke. Die Kutsche setzte sich in Bewegung.

»Ich hoffe, die Diskussion mit Branson hat Sie

nicht peinlich berührt«, sagte d'Aumont, der sich auf dem Sitz neben Grey niederließ, sodass sie beide in Fahrtrichtung blickten.

»Ich weiß, dass wir in diesem neuen, aufgeklärten Zeitalter mit mehr Gleichberechtigung handeln und dem Proletariat zugeneigt sein sollten – aber ich habe keine Zeit für Funktionäre.«

»Nein, ich war nicht peinlich berührt«, sagte Grey und mochte Branson auf einen Schlag mehr als bisher.

»Und ich kann ein bisschen frische Landluft gut gebrauchen«, fuhr d'Aumont fort. »Nicht so frisch wie Seeluft, vielleicht, aber es sollte eine erhebliche Verbesserung gegenüber den Massen von Pferdemist in unserer geliebten Hauptstadt darstellen.«

Es dauerte eine halbe Stunde, bis sich der Geruch nach Exkrementen vollständig verflüchtigt hatte und als die sanfte Brise der Champagne hineinzuwehen begann, erlaubte sich Grey, an den Strand nach Malta abzudriften, wo er neben Paulette herging.

Jetzt wäre es früher Abend auf der Halbinsel Sliema, hinter dem Hafen von Valletta. Grey und Paulette gingen immer abends am Strand spazieren, wenn sie konnten – Grey achtete darauf, dass kein Tag ohne ein paar Leibesübungen verstrich, und Paulette darauf, auf ihre tägliche Suche nach Fossilien zu gehen, die oft an den Kalksteinklippen zu finden waren. Wenn die hereinbrechende Nacht klar war, konnten sie danach noch ein bisschen länger bleiben, zum Schwimmen, oder zu etwas anderem, worauf sie sonst noch Lust verspürten. Dann füllte Grey seine Tasche immer mit Paulettes Fundstücken und führte sie ins Landesinnere zu ihrem Haus, während sie über Geologie sinnierte. Um die reine, unverfälschte Zufriedenheit zu beschreiben, die er dabei verspürt hatte, gab es keine Worte. Nun gab es weder Worte, die seine Trauer noch seinen aufwallenden Hass auf den Mann, der neben ihm saß, beschreiben konnten. Er hätte d'Aumont genau jetzt töten können, seine Hände um seinen Hals schließen und das Leben aus ihm herausquetschen können. Aber hier saß ein Mann des französischen Admiralitätsstabs. Er konnte eine genauso wertvolle Quelle des Wissens für England darstellen, wie d'Aumont Grey eine für Frankreich hielt. Für den Moment stand es außer Frage, ihn zu töten.

»Das ist Château-Thierry.« D'Aumont deutete aus dem Fenster auf Greys Seite der Kutsche. Ein kleines Dorf war in der Kurve eines sanften Hügels aufgetaucht.

»Mein Anwesen liegt nicht weit dahinter auf der anderen Seite. Aber wir werden in der Stadt halten, um die Pferde zu wechseln … Stimmt etwas nicht?« D'Aumont blickte auf Greys Hände, die so fest zu Fäusten geballt waren, dass die Knöchel weiß hervortraten.

»Nein«, sagte Grey, »nur ein bisschen Übelkeit.

Ich werde mich wohl nie an das Reisen an Land gewöhnen.«

»Ach, das tut mir aber leid, mein Freund. Wir werden bald da sein.«

12

Als er mit Grey über sein Familienanwesen gesprochen hatte, war Captain d'Aumont geradezu betrügerisch bescheiden gewesen. Das Anwesen war außergewöhnlich. Ein stattliches, aber kein geschmackloses Haus aus der späten Renaissance thronte auf einer Anhöhe am Ende einer langen Einfahrtsstraße; die Auffahrt wurde nicht von einem traditionellen Garten gesäumt, sondern von einigen Hektar Weingärten. Und so entzückend Weingärten auch für das Auge sein mochten, diese waren besonders hübsch. Man hatte sie wie Gärten behandelt – Heckengärten – mit makellosen Rasen-Pfaden, die hinein und hinaus führten, und Springbrunnen, die im Inneren sichtbar waren.

»Sagt es Ihnen zu?«, fragte d'Aumont, der Greys Bewunderung in vollen Zügen genoss.

»Das würde ich behaupten, ja«, gab Grey aufrichtig zu. »Was bauen Sie an?«

»Nur Pinot Blanc«, antwortete d'Aumont. »Für einen ungewöhnlichen Blanc de Blancs Champagner.«

Grey lachte leise. »Das wusste ich ja gar nicht.«

»Nein, ich hänge es in den Ministerien nicht an die große Glocke – ich bin mir nicht sicher, ob ein Marineoffizier, der seinen eigenen Wein produziert, Ansehen genießen würde.«

»Und ich bin mir nicht sicher, ob Sie damit recht haben«, sagte Grey und bewunderte die perfekten Reihen von Weinreben, »aber ich kann Ihrer Argumentation folgen.«

»Sie verstehen doch sicher, warum ich von Zeit zu Zeit danach sehen muss.«

»Natürlich. Wer leitet das Gut während Ihrer Abwesenheit?«

»Es gibt einen Winzer, der als Obergärtner fungiert, einen Kellermeister und einen Verwalter, wenn ich auf hoher See bin. Oder, wie jetzt, in Paris. Ich lasse ihn meiner Mutter unterstehen, die das Haus leitet. Sie hält mich auf dem Laufenden. Und meine Schwestern helfen auch mit. Ich bin der einzige Sohn aus dem Hause meines Vaters, aber ich habe vier Schwestern, von denen drei unverheiratet sind.«

Sowohl diese drei als auch die Dame des Hauses, Madame d'Aumont, erwarteten die Kutsche in einem runden, 30 Yards entfernten Kiesbereich, der vor dem Haus lag. Neben ihnen, in gebührlichem Abstand, stand eine Reihe von Bediensteten – sowohl Hausdiener als auch Angestellte von draußen, einige waren anscheinend direkt aus den Weingärten gekommen. Alle schienen erfreut über die Ankunft des Hausherren.

D'Aumont kletterte als Erster mit der Hilfe eines Dieners hinaus, half dann Grey, den er zu seiner Mutter hinüberführte – einer attraktiven Dame von ungefähr 60 Jahren mit blass-grauem Haar und einem dunkelvioletten Kleid. D'Aumont begann, alle einander auf Französisch vorzustellen.

»Captain Grey, wenn ich Ihnen meine Mutter, Madame d'Aumont, vorstellen dürfte.«

»Captain Grey, willkommen im Val de Thierry.«

»Madame, vielen Dank, Sie sind sehr freundlich, mich bei sich aufzunehmen.«

»Meine Schwester, Miss d'Aumont«, eine Schönheit Ende 20 in einem marineblauen Kleid; groß, mit dunklen Haaren, die streng nach hinten gekämmt waren und am Kopf anlagen, und goldenen Bernsteinaugen.

»Captain Grey, erfreut, Sie kennenzulernen.«

»Miss d'Aumont, die Freude ist ganz meinerseits.«

»Miss Yvette«, dieselbe Größe wie ihre Schwester; Mitte 20 mit einem blasseren Gesicht und dunkleren Augen, in Hellviolett.

Die mittlere Schwester knickste.

»Miss Yvette, zu Ihren Diensten«, antwortete Grey.

»Und Miss Christine«, kleiner als ihre Schwestern und mit einem breiten, einladenden Lächeln auf ihrem Gesicht; vielleicht 15 oder 16 Jahre alt, in Pink.

»Guten Tag, Captain Grey.«

»Einen schönen guten Tag, Miss Christine.«

»Brodeur«, sagte d'Aumont zu dem Butler an der Spitze der Dienerreihe, »bringen Sie den Captain bitte im Roten Zimmer unter, wären Sie so freundlich?«

»Natürlich, Sir.« Brodeur verbeugte sich.

»Kommen Sie«, sagte d'Aumont zu Grey. »Ich führe Sie ein wenig herum.«

*

Hinter dem Haus befand sich ein großer Teich oder ein kleiner See – ungefähr von der Fläche von zwei Morgen, schätzte Grey – umgeben von einem Ring aus niedrigem, gepflegtem Rasen. Der Rasen wurde von Kalksteinhügeln eingeschlossen, die von weiteren Weinstockreihen und jenseits davon von undurchdringlichem Wald bedeckt waren, was dem Anwesen eine abgegrenzte, private Atmosphäre verlieh.

»Noch mehr Pinot Blanc?«

»Ja«, sagte d'Aumont. »Ausschließlich. Weiter draußen experimentierte mein Vater einmal mit Petit Leslier, entschied aber letztendlich, dass es gleich schwierig sei, zwei zufriedenstellende Rebsorten anzubauen oder eine ausgezeichnete.«

»Klingt nach einem wohlüberlegten Mann«, sagte Grey. »Ich hatte angenommen, dass er ein Marineoffizier wie Sie selbst sei und Sie Teil des Vermächtnisses eines Seemannes?«

»Das war er tatsächlich und ich bin es auch – er hat diese Weingärten nicht geplant, bis er später im Leben unsere Gärten herausgerissen und sie durch die Weinstöcke ersetzt hat. Zum Glück hat er das, sonst wäre dieser Ort vielleicht bis auf den Grund abgebrannt worden, wie so viele von ihnen. Aber als funktionierender Weingarten fiel er unter den Schutz der Bauern. Außerdem kommt die günstige Tatsache hinzu, dass es keinen lebendigen Franzosen gibt – nein, nicht einmal der eingefleischteste Anhänger Robespierres; nicht einmal Marat selbst –, der willentlich ein Weingut zerstören würde. Wir hatten sehr viel Glück.«

Grey nickt, während sie weiter um den See herumspazierten. Ein Schwanenpaar kam auf der Oberfläche zum Vorschein und ihre Füße, die sie hinter sich herzogen, malten V-förmige Formen auf das Wasser.

»Jagen Sie?«, fragte d'Aumont.

»Ja«, sagte Grey, »allerdings nicht im englischen Stil, sondern auf dem Pferd.«

»Sie meinen, Sie ziehen Apportierhunde den Jagdhunden vor?«

»Genau.«

D'Aumont schwieg einen Moment. Dann: »Kommen Sie, ich möchte Ihnen ein neues Spielzeug zeigen – Ich glaube, das könnte Ihnen gefallen.«

D'Aumont machte auf dem Absatz kehrt und führte Grey zurück zum Haus durch ein Gewächshaus und in einen Waffenraum.

Der Gegenstand, den d'Aumont einem mit Filz ausgelegten Schaukasten entnahm, war ein Gewehr, wie es Grey bisher noch nie gesehen hatte. Er starrte es an.

»Ist das ...?«, er versuchte, den Mechanismus zu verstehen, während d'Aumont lächelte wie ein Kind, das ein Geheimnis hat. »Hmm. Wofür ist das?« Grey bezog sich auf den Metallkolben mit einer gewölbten Endplatte, wo das hintere Ende des Gewehrs hätte sein sollen.

»Luft!«, sagte d'Aumont.

»Luft?«

»Ja, Druckluft! Das ist eine Girandoni Windbüchse. Aus Österreich. Während des Friedens konnte ich in den Besitz von einer gelangen. Und: Es ist eine Repetierflinte.«

»Wirklich? Ich habe noch nie mit einer Repetierflinte geschossen.«

»Dieses Gewehr kann 22 Schuss abfeuern – in 22 Sekunden.«

»Sie scherzen doch.«

D'Aumont lächelte immer noch aufgeregt. »Kommen Sie mit, ich zeige es Ihnen!«

Wieder draußen auf dem Rasen deutete d'Aumont

auf eine Baumreihe Richtung Osten. »Wählen Sie jeden beliebigen Baum aus in 100 Yards Entfernung.«

Dort stand eine einzige Weißbirke mitten unter einigen Eiben in annähernd der richtigen Entfernung. »Die Birke dort«, sagte Grey voller Neugier.

»Sehr gut«, gab sich d'Aumont einverstanden. »Nun, sehen Sie?«, fuhr er fort und deutete auf eine Metallröhre, die entlang des Gewehrlaufs verlief. »Das ist ein Röhrenmagazin – es enthält 22 Kugeln vom Kaliber .46. Und sehen Sie das?« Er deutete auf eine Schiene, wo der Drucklufttank auf den Gewehrverschluss traf. »Das ist ein Federlader. Wenn ich ihn nach hinten schiebe,« – was er tat – »fällt eine einzige Kugel in eine Vertiefung. Und wenn ich ihn loslasse,« – was er ebenfalls tat – »wird die Kugel wieder zurück in den Luftkanal geschoben. Nun lade ich die Flinte so« – er spannte den Hahn, indem er ihn zurückzog – »jetzt ist sie für einen einzigen Stoß Druckluft bereit, für einen Schuss. Mit ein wenig Übung dauert der Vorgang weniger als eine Sekunde.«

»Bitte fahren Sie fort«, sagte Grey.

D'Aumont hob das Gewehr an seine Schulter und feuerte. Ein leises *pffft* ertönte – ein Geräusch wie ein sehr kurzer Seufzer – und sonst nichts. Kein Knall, kein Rauch, kein Pulvergeruch. Nur die Luft entwich und eine Kugel schlug in einen Baum in weiter Entfernung ein.

Pffft.
Pffft.
Pffft.
Pffft.

D'Aumont feuerte vier weitere Schüsse in kurzer Abfolge ab. »Lassen Sie uns nach meinem Ziel sehen.«

Während sie auf die Birke zugingen, konnte Grey seine aufrichtige Begeisterung für die Vorführung nicht verbergen.

»Wie viele Schüsse kann man mit einem Zylinder abfeuern?«, fragte Grey.

»Mit einer einzigen Ladung Luft das Äquivalent zweier Magazine, bevor die Mündungsgeschwindigkeit abnimmt. Aber auf eine kurze Entfernung – vielleicht 100 tödliche Schüsse.«

»Das verschlägt mir die Sprache. Eine solche Feuerwaffe wird die Kriegsführung für immer verändern. Wie lädt man die Luft nach?«

»Ach, das ist der Haken an der Sache. Man benutzt eine Vorrichtung, so etwas wie eine Handpumpe, um Wasser aus einem Brunnen hochzupumpen – aber man benötigt 1500 Pumpstöße, um die Flinte voll zu laden, außerdem viel Geduld und Ausdauer. Der Zylinder ist aus Eisen, aber bei voller Ladung etwas empfindlich. Und wenn er einmal ein Loch hat, ist das Gewehr natürlich nutzlos. Das Schlimmste ist allerdings die aufwendige Herstellung. Bei den Kosten, die entstünden, wenn man einen Infanteriesoldaten mit einem dieser Gewehre ausstatten würde, könnte man ihm auch seine eigene, persönliche Kanone zugestehen. Für den Augenblick wird die Kriegsführung also noch beim Alten bleiben.«

Grey schüttelte den Kopf. »Eine Schande. Denken Sie doch nur, wie schön ruhig es auf dem Schlachtfeld zuginge.« D'Aumont lachte, als sie bei der Birke ankamen.

Darin war eine ganze Ansammlung an Löchern – »Sie sind nicht der Erste, der die Birke vorgeschlagen hat«, sagte d'Aumont mit einem Grinsen. Grey steckte seinen Finger in einige davon. Manche der Löcher waren zweieinhalb Zentimeter tief. Manche tiefer.

»Eines Tages werde ich diesen Baum fällen müssen und meine Geschütze wieder einsammeln«, sagte d'Aumont. »Würden Sie es gerne einmal ausprobieren? Können Sie es mit dem Arm bedienen?«

»Sehr gerne«, sagte Grey. »Und dem Arm geht es gut – tatsächlich glaube ich, dass ich den Rat Ihres Freundes, dem Herrn Doktor, zu dieser Schlinge nicht mehr länger Folge leisten werde, das verdammte Ding ist mir nur im Weg.« Er stopfte den Stoff in seine Tasche und ließ seine Schulter kreisen, um etwas von der Steifheit daraus zu vertreiben.

»Ja, so ist es schon viel besser. Ich werde einfach aufpassen, nirgendwo dagegen zu stoßen.« Er griff nach dem Gewehr. »Haben Sie irgendeinen bestimmten Baum im Sinn?«

»Diese Eiche dort drüben, sagen wir?«, fragte d'Aumont. »Das sind zwar eher 150 Yards. Aber sehen wir mal, was mein Spielzeug so kann.«

Grey hob das Gewehr an seine Schulter – sein genähter Unterarm protestierte nur leicht – und schob die Schiene probeweise ein Stückchen zurück. Er zielte, atmete aus und -

Pffft.

Pffft.

Pffft.

Pffft.

Pffft.

»Wunderbar, nicht wahr, Captain Grey?«

»Brillant«, sagte Grey, der die Girandoni eine Armeslänge von sich hielt. »Außergewöhnlich.«

Bei der fraglichen Eiche war d'Aumont überrascht, keine einzelnen fünf Löcher vorzufinden, sondern ein großes, das durch die Rinde geschlagen worden war, ungefähr von der Größe eines spanischen Silberdollars.

Er sah Grey neugierig an. »Sie müssen ein ziemlicher Jäger sein.«

Grey gab d'Aumont das Gewehr zurück.

»Das bin ich.«

*

Auf ihrem Rückweg zum Haus wurden Grey und sein Gastgeber von Brodeur abgefangen, einen Stapel Korrespondenz bringend, die mit der Nachmittagspost gekommen war. Wegen der beeindruckenden Siegel und Poststempel konnte Grey erkennen, dass es sich hierbei um offizielle Angelegenheiten der französischen Admiralität handelte. D'Aumont legte die Stirn in Falten, entschuldigte sich bei Grey und zog sich in sein Arbeitszimmer zurück.

Brodeur übernahm nun statt d'Aumont die Führung und bot an, Grey sein Zimmer zu zeigen, das nun entsprechend vorbereitet war. Der Name Rotes Zimmer machte dem Raum alle Ehre: Es stellte sich als ansprechender Raum heraus, in dem warme Rottöne jede Oberfläche bedeckten und den Eindruck vermittelten, sich in einem rohen Rindersteak zu befinden. Einige zinnoberrote Teppiche mit goldenen Fransen bedeckten das meiste des Bodens, dazwischen offenbarten sie Streifen von in Ocker gebeiztem Holz. Die Wände hatten die Farbe von purem Blutrot mit einer Satin-Optik. Die Decke, Zierleisten und Vorhänge waren scharlachrot; außerdem prangte auf der Decke ein Sternenmotiv in Kobaltblau.

»Äußerst beeindruckend, Brodeur«, sagte Grey, als der Butler ihn hineinführte. Greys Gepäck war ausgepackt und herausgelegt – vielleicht auch durchsucht worden? Aber wer hätte es durchsuchen sollen? D'Aumont war bei Grey gewesen und die

Annahme, dass d'Aumonts Hausangestellte ein Doppelleben als Männer des Geheimdienstes führten, strapazierte die Glaubwürdigkeit doch sehr.

»Bitte läuten Sie, wenn Sie heißes Wasser wünschen, Sir«, sagte Brodeur und verbeugte sich leicht. »Das Abendessen wird um neun serviert.«

»Danke, Brodeur. Lassen Sie das Wasser bitte gleich hochkommen, ja?«

»Sicher, Sir«, sagte der Butler, trat zurück in den Flur und schloss die Tür des Roten Zimmers hinter sich.

Nun wandte sich Grey seinen ausgepackten Sachen zu und überprüfte sein Rasierset. Er knöpfte den Beutel immer mit Absicht falsch und schob den zweitobersten Knopf durch das oberste Loch. Wenn in der Vergangenheit seine Sachen heimlich durchsucht worden waren, war es meistens so, dass der Beutel seines Rasiersets danach immer korrekt zugeknöpft worden war. Dieses Mal war er aber immer noch falsch geknöpft und Grey ermahnte sich selbst, nicht paranoid zu sein: Die Franzosen hatten ihn wegen Branson auserwählt. Wäre es andersherum gewesen, hätte er Anlass zur Besorgnis gehabt.

Es klopfte an der Tür und der Diener erschien mit einem Kessel heißem Wasser. Grey stellte den Beutel auf einen Hocker neben der Wanne und fing an, sich für das Abendessen fertig zu machen.

Nachdem er sich etwas Förmliches angezogen hatte – seine beste Weste, sein Jackett mit hohem Kragen und seine Perücke –, ging Grey hinunter in den Salon. Dort traf er bereits d'Aumonts Mutter und Schwestern an, die inmitten eines Quartetts heller Öllampen in einem Raum mit hoher Decke und gelbgrünen Wänden saßen – d'Aumont selbst arbeitete allerdings immer noch an seiner Korrespondenz. Grey nahm ein Glas des Familien-Blanc-de-Blancs von Brodeur an. Er war tatsächlich sehr gut; erster Klasse. Vielleicht ein bisschen schwerer im Geschmack als Grey es mochte, aber trotzdem.

»Madame d'Aumont«, sagte Grey, »erlauben Sie mir, Ihnen ein Kompliment zu Ihrem außerordentlichen Wein auszusprechen. Ich habe selten einen ebenbürtigen getrunken.«

»Sie sind sehr freundlich, Captain Grey«, antwortete Jean-Anne d'Aumonts Mutter. »Ich freue mich, dass Sie das sagen. Und in der Tat bin ich immer neugierig darauf, wie unser kleiner Hauswein ausländischen Gaumen zusagt.«

»Meinem Gaumen mundet er beträchtlich«, lobte Grey.

»Sagen Sie, Captain Grey«, begann Yvette d'Aumont, die mittlere Tochter, »wie finden Sie, macht sich Frankreich im Vergleich zu England?«

»Formidabel, Miss Yvette«, beteuerte Grey.

»Natürlich war ich schon einmal in England«, erzählte Madame d'Aumont. »Mit meinem Ehemann, in den späten Siebzigern. Um die Sommerausstellung der Royal Academy zu besuchen. Diese hatte da gerade begonnen, wissen Sie – 69 war das erste Jahr, glaube ich.«

»Wirklich, Madame d'Aumont? Das muss höchst interessant gewesen sein.«

»Mögen Sie Kunst, Captain?«, fragte die jüngste Tochter, Christine.

»Ja, Miss Christine, wenn sich die Gelegenheit dazu ergibt.«

»Ich war schon immer eine besondere Theaterkennerin, Captain Grey«, sagte Madame d'Aumont. »Ich hatte die Gelegenheit, Garrick in einem Shakespeare-Stück zu sehen, während seiner letzten Spielzeit, als Lear – 77, glaube ich, war das, während die Ausstellung gerade lief.«

Grey lächelte. »Madame d'Aumont, ich hatte das Glück, eine Aufführung derselben Spielzeit zu besuchen. Vielleicht waren wir ja an demselben Abend dort. Tatsächlich war dies mein erstes Mal in einem Theater; mein Vater meinte, dass es ein Anlass wäre, an den ich den Rest meines Lebens zurückdenken würde. Und tatsächlich war es das.«

»Wie klein die Welt doch ist, Captain«, bemerkte die älteste Miss d'Aumont, deren Vornamen Grey noch nicht herausgefunden hatte.

»Tatsächlich?«, rief Madame d'Aumont aus. »Sieh an, sieh an, sieh an! Tatsächlich? Nein, das ist ja, als wären wir alte Bekannte! Wissen Sie, ich habe auch einmal Mozart spielen sehen – in Prag. Ich nehme nicht an, dass Sie dort neben mir gesessen haben, oder?«

Grey beugte leicht den Kopf. »Ich bedaure, Madame d'Aumont, nein. Ich wünschte, das hätte ich.« Allseits wurde gelächelt und schließlich erschien Jean-Anne d'Aumont.

»Verzeihen Sie meine Verspätung, Mutter. Die Admiralität hat mich ziemlich überrumpelt, ich werde noch verrückt. Sollen wir hineingehen?«

»Jean-Anne, ich werde dich nun schockieren«, sagte d'Aumonts Mutter. »Die Wege von Captain Grey und mir haben sich bereits einmal gekreuzt!«

»Ach, wirklich?«, fragte Captain d'Aumont und ehrliche Überraschung breitete sich auf seinem Gesicht aus.

»Ja! Wir haben beide eine Shakespeare-Aufführung besucht, Garricks letzte. Während meines Aufenthalts in London mit deinem Vater.«

»Sie erstaunen mich, Mutter«, gab d'Aumont zu. »Wie klein die Welt doch ist, Captain Grey.«

»Komisch«, sagte Grey, »Ihre Schwester sagte genau dasselbe.«

*

Das Abendessen selbst war eine prosaische Angelegenheit; eine Fortführung ihres freundlichen Geplänkels, das wenig von Substanz preisgab. Zweimal während des Abendessens versuchte Grey, auf Jean-Anne d'Aumonts abendliche Arbeit zu sprechen zu kommen, die Korrespondenz mit der Admiralität, die ihn zu spät zum Abendessen hatte kommen lassen, aber d'Aumont parierte beide Versuche und lenkte stattdessen die Unterhaltung auf Greys eigene Admiralitätsarbeit. Grey wollte keinen dritten Vorstoß mehr riskieren, der implizieren könnte, dass seine berufliche Neugier einen zweiten Beweggrund verschleierte. Folglich hatte Grey am Ende des Mahls nur eines herausgefunden – dass d'Aumonts älteste unverheiratete Schwester tatsächlich einen Vornamen hatte und dass er Julia lautete.

Kurz nach zehn schlug Madame d'Aumont vor, dass die Damen zu Bett gehen sollten. Grey und Jean-Anne erhoben sich und Grey, der näher an der Tür war, hielt sie für die Damen auf – die Diener hatten das Dessert serviert und sich dann, in Frankreich offensichtlich derselben Tradition wie in England folgend, zurückgezogen.

Drei oder vier Minuten später, nachdem er den Damen ihren Schlummertrunk gebracht hatte, kehrte Brodeur mit einer Karaffe Portwein in das Speisezimmer zurück. Grey und d'Aumont waren bereits in eine Unterhaltung vertieft und rauchten Zigarren, die d'Aumont seinem Taschenetui entnommen hatte.

»Aha!«, sagte d'Aumont gerade und stieß dabei gewaltige blaue Rauchschwaden aus, während er seine Zigarre in der Nachahmung eines Ostwindes in der Luft herumschwenkte. »Aber das war ein Schicksalsschlag, mein lieber Captain Grey – denn die spanische Flotte wäre sicher in Cádiz vor Anker gegangen, wenn nicht diese verdammte Levante den ganzen Tag und die ganze Nacht über geweht hätte, die sie wieder raus aufs Meer geblasen hat!«

»Vielleicht«, nickte Grey zustimmend. »Vielleicht, aber das werden wir natürlich nie mit Sicherheit wissen.«

»Sie waren also selbst auf der *Victory*?« Das war das Flaggschiff des damaligen Admirals Sir John Jervis, dem Oberbefehlshaber der britischen Mittelmeerflotte, als er vor dem Kap St. Vincent lag.

»Nein, ich war außerplanmäßig an Bord der HMS *Captain*, unter dem Kommodore Nelson – Horatio Nelson; ich stieß zu ihm, als er kurz auf Gibraltar anlegte, um ein Prisenkommando an Bord zu holen, das er zur Fregatte *Santa Sabina* ausgeschifft hatte. Wir wussten, dass die spanische Flotte zwischen uns und dem Rest der britischen Flotte war« – Grey ließ die Tatsache aus, dass er die Quelle dieser Information gewesen war – »aber der Nebel war so dick, dass wir unbeobachtet durch ihre Reihen hindurchfahren konnten – und dann die Alte Eiche – also Admiral Jervis – selbst über die Einteilung der spanischen Flotte benachrichtigen konnten – aber nicht über ihre Anzahl; nein, der Nebel war zu dicht, um irgendetwas zählen zu können. Wir sahen einzig und allein ein paar Formen, die aus der Dunkelheit auftauchten und wieder darin verschwanden.

Und obwohl ich nicht selbst an Bord der *Victory* war, habe ich die Erzählung aus den Mündern von mindestens drei Männern gehört, die dort waren: Bevor die Nacht anbrach hat Old Jervy unsere Meldung bekommen, unsere Informationen über die spanische Flotte, und segelte ihr entgegen, um einzugreifen. Wir und die ganze Flotte mit ihm.«

»15 Linienschiffe? Und fünf Fregatten?«, fragte d'Aumont.

»Ja, genau! Zusammen mit einer kleinen Schaluppe und einem Kutter. Jervis hat uns in zwei Kampflinien eingeteilt, sich dann zu seinem Achterdeck umgedreht und verkündet: ›Ein Sieg für England ist in diesem Augenblick sehr entscheidend.‹ Ein sehr ernsthafter Zeitgenosse, John Jervis.«

»Und da hatte er keine Ahnung von der Größe der spanischen Flotte?«, fragte d'Aumont.

»Gar keine!«, sagte Grey. »Niemand von uns hatte eine. Wie hätten wir auch eine haben können? Wir wussten nur, dass eine spanische Flotte als Eskorte für ihre Handelsschiffe nach Cádiz unterwegs war, in dem Versuch, unsere Blockade zu durchbrechen. Aber dann lichtete sich der Nebel.

Auf dem Achterdeck der *Victory* zählt ein zusätzlicher Mann namens Captain Hallowell die Segel für die Alte Eiche, während die spanische Flotte auftaucht. ›Dort sind acht Linienschiffe, Sir John‹, sagt

Hallowell. ›Gut‹, sagt Jervy. Keinen Augenblick später korrigiert sich Hallowell: ›Es sind 20 Linienschiffe, Sir John.‹ ›Gut‹, sagt Jervis. Hallowell hat immer noch das Fernrohr am Auge: ›Es sind 25 Linienschiffe, Sir John‹, sagt er. ›Gut‹, sagt Jervis. ›Es sind 27 Linienschiffe‹, sagt Hallowell.

›Genug Sir, ich will nichts mehr davon hören‹, sagt Jervis seelenruhig. ›Die Würfel sind gefallen und wenn dort 50 Schiffe sind, ich werde hindurchsegeln.‹«

»Was für ein Mann!«, stieß Jean-Anne d'Aumont mit vor Bewunderung glühendem Gesicht hervor.

»Nun ja«, fuhr Grey fort, »Sie sind nicht der Einzige, der das gedacht hat: Als Captain Hallowell das hörte, klopfte er dem Admiral der Flotte Jervis auf den Rücken und rief: ›So ist's recht, Sir John – und bei Gott, wir werden ihnen eine Tracht Prügel verpassen, die sich gewaschen hat!‹«

D'Aumont brüllte vor Lachen, verschüttete fast seinen Portwein und schlug drei oder vier Mal auf den Tisch, um seine Zustimmung zu unterstreichen.

»Guter Mann! Aber warten Sie: Bitte verbessern Sie mich, falls ich falschliege, aber kämpften die Engländer bei St. Vincent nicht in einer statt zwei Kampflinien?«

»Nein, nein, das ist durchaus richtig, Captain. Na ja, es stellt sich heraus, dass drei dieser Linienschiffe bewaffnete Handelsschiffe sind, ein viertes noch daneben, also standen die endgültigen Zahlen bei 22 spanischen Linienschiffen, vier bewaffneten Handelsschiffen, sieben Fregatten und einer Brigg. Gegen unsere 15 Linienschiffe, fünf Fregatten, eine Schaluppe und einen Kutter.«

»Erstaunlich«, sagte d'Aumont. »Erstaunlich.«

»Nun, die spanische Flotte ist in zwei Linien positioniert – oder sollte ich sagen in zwei Gruppen, da sie alle schief standen und sich noch nicht formiert hatten –, also gibt Jervis der englischen Flotte den Befehl, sich neu in einer einzigen Kampflinie aufzustellen und sagt: ›Wir greifen beide Seiten an!‹ Von der *Victory* aus sehen wir auf der *Captain* seine Signale: ›Greift den Feind an; der Admiral beabsichtigt, die feindlichen Reihen zu durchbrechen.‹ Und das tun wir dann auch, indem wir die Kanonen auf beiden Seiten bekämpfen und ihnen die Hölle heiß machen.

Aber auf der *Captain* sind wir nahe am Ende der Formation und Kommodore Nelson will auf keinen Fall die Schlacht verpassen – Nelson hat eine gewaltige Kampfeslust, müssen Sie wissen, und nun befürchtet er, dass die Schlacht, bis wir die sich uns nähernden spanischen Reihen erreicht haben, bereits gewonnen oder verloren sein wird. Als sich die spanischen Reihen lichten, bricht Nelson also aus unserer eigenen Kampflinie aus und fährt geradewegs auf die spanische Vorhut zu – auf drei Linienschiffe, *San Nicolas*, 80 Geschütze, *San Josef*, 112, und *Santísima Trinidad*, 130. Und das an Bord der *Captain* – einer 74er!«

»Mein Gott«, wisperte d'Aumont gebannt.

»Und mich soll der Schlag treffen, wenn Nelson nicht angefangen hat, alle drei zu bekämpfen – alle drei! – zur gleichen verdammten Zeit! Erst feuerte er eine Breitseite in eines der Schiffe, dann schnitt er ein anderes quer vor dem Bug und nahm es unter Beschuss! Es war ein perfektes Durcheinander.

Doch dann sieht uns ein anderes Schiff dritten Ranges, *Culloden*, noch ein 74er, kämpfen und kommt uns zu Hilfe, was Nelson die Chance gibt, näher zur *San Nicolas* aufzuschließen – er peitscht die *Captain* auf sie zu, reißt sein Schwert in die Luft und brüllt seinen Männern zu – auch mir; ich war dort auf dem Deck der *Captain* – ›GLORREICHER SIEG ODER WESTMINSTER ABBEY!‹ In Westminster Abbey, sollte ich hinzufügen, Sir, begraben wir unsere toten Helden.«

»Beachtlich! Beachtlich!«

»Mit allen, die uns also auf den Fersen sind, rennt Nelson los und legt einen Flugsprung hin – ich schwöre bei Gott im Himmel, Sir, einen Flugsprung – und kracht durch die Fenster der großen Kabine der *San Nicoals*! Direkt durch ihre Achtergalerie! Blitzschnell erklimmt er die Kajüttreppe wie ein richtiger Draufgänger, kommt hoch aufs Achterdeck und verpasst den Offizieren dort den Schreck ihrer Hurensohn-Leben.«

Jean-Anne d'Aumont schlug erneut auf den Tisch, um seiner hellen Aufregung Ausdruck zu verleihen.

»Verdammt noch mal, jetzt gewinnen wir, wir nehmen sie ein und die *San Josef* sieht Folgendes: Sie kommt zur Verstärkung der *San Nicolas* herüber, und wissen Sie, was Nelson tut? Was er sagt? Er ruft, dass wir auch *San Josef* einnehmen, Jungs, springt vom Achterdeck der *Nicolas* auf das Mittelschiff der *San Josef* und kämpft dabei wie der Teufel – und nimmt uns alle mit vor schierer Verblüffung. Es fühlte sich wie Stunden an – ich hatte das Gefühl, als würde ich die Spanier in Zeitlupe kämpfen sehen – aber man sagt, dass es nur ein paar Minuten waren, bis beide ihre Flaggen eingeholt hatten. Und Nelson sammelt die Schwerter höllisch vieler Offiziere genau dort oben auf dem Achterdeck eines spanischen Schiffes ersten Ranges ein. Seine Kahnführer hatten eine ziemliche Aufgabe zu bewältigen, als sie sie alle herüber auf die *Captain* schaffen mussten!«

D'Aumont brüllte vor Lachen – konnte nicht aufhören zu brüllen – und rief Brodeur zu:

»Bringen Sie noch eine Flasche – das schreit geradezu nach einem Trinkspruch. Auf die englischen Kämpfer!«, fügte er auf Englisch hinzu: »Besonders auf diejenigen, die zum Feind übergelaufen sind.«

»Danke«, sagte Grey.

Als d'Aumont getrunken und sein Glas auf dem Tisch abgestellt hatte, wurde sein Gesichtsausdruck etwas ernster.

Er nahm sich einen Augenblick Zeit, um seine Worte zu wählen.

»Es muss – ich will Sie natürlich nicht entmutigen –, aber es muss schwer für Sie sein, jetzt hier bei uns zu sitzen. Nach allem, was Sie für Ihr Land durchgemacht haben. Die Wunde, die es Ihnen zugefügt hat, muss sehr tief sein. Sehr tief.«

»Ja«, sagte Grey. »Sie kennen die Geschichte, nehme ich an. Von einem Moment auf den anderen war mein Leben zerstört.«

»Und alles, was Ihnen geblieben ist, war Vergeltung, nicht wahr?«

»Ja«, sagte Grey. »Und wenn man auf Vergeltung aus ist, ist alles möglich.«

13

Die nächste Flasche war geleert worden und danach noch eine und nun hoffte Grey, dass d'Aumont tief und fest schlafen würde.

Die Nacht war von dem tiefen Schwarz einer unbeleuchteten ländlichen Gegend und Val de Thierry war keines dieser selbstgefälligen Häuser, die ihre Gänge mit Wandfackeln ausstatteten. Nachdem das letzte Glas Portwein getrunken worden war, hatte Grey eine gute Nacht gewünscht und eine Kerze mit zu Bett genommen. Nun zog er sich bei deren Licht schwarze Hosen und eine schwarze Jacke an, die er bis zum Hals hoch schloss, um seine blasse Haut zu verbergen. Er streifte sich schwarze, kurze Socken über, die er aus Gewohnheit immer um seine Dietriche wickelte und tief in einer Hosentasche verborgen hielt. Er steckte die Dietriche samt einer Schachtel Streichhölzer in die Tasche seiner Hose, die er gerade trug, pustete die Kerze aus und schlüpfte aus der Tür in den stockdunklen Flur.

Er befand sich im zweiten Stock, im Flügel der

Unverheirateten. D'Aumonts Zimmer lag gegenüber von seinem und beide befanden sich gegenüber der Zimmer der Damen, auf der anderen Seite der Haupttreppe. Unter d'Aumonts Zimmertür schien kein Licht hindurch. Gut so.

Es waren 30 stumme Schritte bis zum oberen Treppenabsatz, ohne jegliches Licht, bei dem Grey hätte navigieren können. Da er das vorausgeahnt hatte, hatte Grey die Entfernung auf seinem Weg ins Bett abgezählt. Nach diesen 30 Schritten streckte Grey seinen Arm nach links aus, fand die kühle Oberfläche des dicken Kalksteingeländers und wandte sich der Treppe nach unten zu.

Es handelte sich um eine eckige Wendeltreppe, die etwa zehn Meter hinabführte. Unten drehte sich Grey zu dem hinteren Teil des Hauses und zum Flur um, den er d'Aumont zu seinem Arbeitszimmer hatte nehmen sehen. Das Zimmer lag offenbar irgendwo in der nordöstlichen Ecke des Hauses.

Plötzlich: Licht.

Aus der anderen Richtung kam ihm jemand mit einer Kerze entgegen. Leichtfüßig trat er in die Wandnische hinter einer Statue – ein Überbleibsel aus einer religiöseren Zeit – und kauerte sich hinter einer Art orientalischen Vase zusammen. Der Jemand mit der Kerze war ein junger Diener, der seine Runden drehte, einen Übermantel trug, der zu groß für ihn war, und leise vor sich hin summte. Ohne das geringste Zögern ging er an Greys Versteck vorüber.

Nachdem der Junge ein gutes Stück weit weg war, kletterte Grey aus der Nische heraus und ging weiter den Flur hinunter, der in eine kleine Bibliothek mündete. Es gab Durchgänge zu anderen Gängen auf zwei angrenzenden Seiten und eine verschlossene Tür gegenüber des Durchgangs, durch den Grey eingetreten war. Dies musste d'Aumonts Arbeitszimmer sein. Grey näherte sich der Tür.

Sie schwang auf.

Grey hechtete in Deckung, in den Schutz eines Tagbetts – und stieß dabei gegen das Bein eines schmalen Ziertisches, auf dem eine kleine Dekorvase ins Wanken geriet. Warum gab es in diesem gottverdammten Haus so viele gottverdammte Vasen? Anstatt wieder auf ihrem Platz zur Ruhe zu kommen, fiel die Vase gleichgültig von ihrem Sockel und direkt in Greys Hände; er fing sie wenige Zentimeter über dem polierten Boden auf. Grey fühlte, wie eine Naht riss, biss sich auf die Zunge und hielt den Atem an.

Es war d'Aumont, der die Tür geöffnet und wieder geschlossen hatte und sie jetzt mit klimpernden Schlüsseln abschloss – einem Klimpern, das glücklicherweise das Geräusch von Greys notgedrungenem Ausweichen übertönt hatte. D'Aumont, der Bastard, arbeitete also bis spät in die Nacht. Er steckte die Schlüssel wieder in seine Tasche und durchquerte mit einer Kerze in der Hand die Bibliothek bis in den Flur, von dem aus Grey eingetreten war, dann verschwand er und das Licht seiner Kerze mit ihm.

Grey zählte volle fünf Minuten ab, bis er sich bewegte, um d'Aumont die Chance zu geben, zurückzukehren, falls er irgendetwas vergessen haben sollte. Als er das nicht tat, kam Grey auf die Füße, stellte die heikle Vase (mit einem stummen Fluch) an ihren Platz und legte die restliche Entfernung zu d'Aumonts Arbeitszimmertür zurück.

Grey ließ die Dietriche und die Streichhölzer aus seiner Tasche gleiten, zündete ein Streichholz an, um sich zu besehen, womit er es zu tun hatte, blies es dann rasch aus, ließ sich auf ein Knie nieder und begann, nach Gefühl zu arbeiten. Grey hatte wer weiß viele Schlösser im Laufe seines Berufslebens mit Dietrichen geknackt.

Und dieses war keine besondere Herausforderung. Er spürte, wie der Mechanismus seinem Stochern nachgab, zurückgeschoben wurde und aufschnappte. Grey stieß die Tür auf, immer noch auf einem Knie, kroch um sie herum in d'Aumonts Arbeitszimmer hinein und schloss sie wieder.

Grey zündete ein weiteres Streichholz an. Der Raum war quadratisch, alle Seiten viereinhalb Meter lang mit einer hohen Decke und Fensterfronten über zwei Wänden, die auf den hinteren Rasen hinabblickten. In der Mitte stand ein großer Schreibtisch, übersät mit d'Aumonts Papieren und Korrespondenzen. Grey zündete eine Kerze auf einem Ständer an und hoffte, dass jegliche Nachtwächter, die das Licht von draußen sehen konnten, es d'Aumonts spätabendlicher Arbeitsgewohnheit zuschreiben würden.

Die Briefe, die d'Aumont gelesen hatte – alle von ihnen in einer wundervollen, sauberen Handschrift verfasst – war Bonaparte etwa ein Pedant der Schreibkunst? – , stammten von der Admiralität; der erste von einem höheren Offizier, der d'Aumont anwies, keine Zeit damit zu verlieren, aus Grey einen umfassenden britischen Marinereport herauszubekommen, die anderen von d'Aumonts Sekretär über diskussionswürdige Entwicklungen, in die d'Aumont offenbar involviert war. Die Hinweise auf geheime Projekte waren nicht spezifisch, sondern bezogen sich stattdessen auf Dokumente, die bereits in d'Aumonts Besitz zu sein schienen ... Aber diese bezogen sich offenbar hauptsächlich auf zwei Dinge. Erstens, auf die Pläne der französischen Mittelmeerflotte, hinter die britische Blockade zu gelangen, hinter Gibraltar nach Brest und die Normandie, wo sie aus nicht weiter spezifizierten Gründen gebraucht wurden. Und zweitens, auf Pläne zur Massenkonstruktion von flachbödigen Truppentransportschiffen in den Werften der Normandie und Großbritanniens. Und in der Tat in jedem Hafen des Ärmelkanals, der sie unterbringen konnte, egal wie klein er war ...

Das Dokument, von dem die Rede war, musste daher die Präzisierung eines Plans sein, in England einzumarschieren – eines Entwurfs von Napoleon, um eine Armee dort an Land gehen zu lassen, um die Insel Großbritannien zu erobern. Es konnte keinen anderen Grund dafür geben, eine Armada im Ärmelkanal, geschweige denn Landungsboote dort bauen zu lassen. Es gab keine andere Erklärung.

Grey fühlte, wie sich seine Brust zusammenzog.

Vorsichtig durchsuchte Grey den Rest von d'Aumonts Papieren auf seiner Arbeitsablage – darauf bedacht, die Ordnung beizubehalten, in welcher d'Aumont sie zurückgelassen hatte. Grey brauchte Details: wo Napoleons Kräfte an Land gehen würden; in welcher Zahl; mit welcher Artillerie und welcher Unterstützung auf offener See; was ihre kurz- und langfristigen Ziele sein würden. Aber von dem Hauptdokument fehlte jede Spur. Grey durchsuchte die Schreibtischschubladen. Nichts außer Aufzeichnungen über die Weingärten und den Keller. Er sah sich in dem Raum um. Irgendwo musste es einen Safe geben.

An den Wänden hingen mehrere Porträts und ein großer Wandteppich. Grey kontrollierte eines nach dem anderen und ließ seine Finger an den Wandpanelen entlanggleiten, um eine versteckte Auslösesicherung zu ertasten. Da war nichts. Nichts, was er spüren konnte. Er fluchte. Außer dem Schreibtisch und dem Wandbehang war der Raum leer. Wo auch immer d'Aumont die Geheimnisse versteckt hielt, die er am besten bewachte, es war nicht hier. In seinem Schlafzimmer vielleicht. Grey wusste, dass dies eine Operation tagsüber erfordern würde. Verdammt ungelegen.

Nachdem er den Schreibtisch ein letztes Mal in Ordnung gebracht hatte, um ihn genau in den Ausgangszustand zurückzuversetzen, in dem d'Aumont ihn zurückgelassen hatte, hauchte Grey die Kerze aus und ging auf demselben Weg zurück, auf dem er gekommen war.

14

»Guten Tag, Brodeur«, sagte Grey am nächsten Morgen, als er das Speisezimmer betrat. Er fand, dass die fröhlichen, zitronenfarbenen Wände gut zu dem sonnigen Wetter passten und bemerkte, dass der Raum bis auf den Butler leer war.

»Guten Tag, Sir«, begrüßte ihn Brodeur. »Sie finden das Frühstück auf dem Silberservice auf dem Tisch zu Ihrer Rechten. Falls Sie irgendetwas wünschen, das fehlt, informieren Sie mich bitte und ich werde es für Sie besorgen.«

»Ich danke Ihnen, Brodeur, äußerst freundlich – ich bin sicher, dass ich alles, was ich brauche, ohne Schwierigkeiten vorfinden werde – wobei Sie mir vielleicht sagen könnten, wo ich die d'Aumonts am wahrscheinlichsten antreffen könnte?« Während er sprach, schenkte sich Grey eine Tasse Kaffee aus einer großen, silbernen Kanne ein.

»Die Familie pflegt früh zu Abend zu essen, Sir, und den Tag ebenso zu beginnen. Madame d'Aumont hat Miss Christine und Miss Yvette mitgenommen, um Nachbarn einen Besuch abzustatten; Miss d'Aumont kümmert sich um gewisse Angelegenheiten mit dem Winzer. Captain d'Aumont hat sich in sein Arbeitszimmer zurückgezogen – ich kann ihm eine Notiz bringen, wenn Sie wünschen.«

»Niemals, Brodeur – ich denke ja gar nicht daran, ihn bei seiner Arbeit zu stören. Ich bin sicher, dass er mich aufsuchen wird, sobald er für mich bereit ist.«

Brodeur deutete eine Verbeugung an; Grey fuhr fort: »In der Zwischenzeit frage ich mich, ob Sie etwas dagegen haben, wenn ich diese hier« – er hielt seine Kaffeetasse hoch – »mit hinaus in den Garten, oder sollte ich besser sagen, in den Weingarten nehme. Ich verspüre die Lust auf etwas frische Luft.«

»Bitte fühlen Sie sich so frei, Ihren Kaffee mithinzunehmen, wo immer es Ihnen beliebt«, sagte Brodeur mit einem nur leicht missbilligenden Blick. »Und bitte lassen Sie die Tasse einfach dort zurück, wo Sie sich befinden, wenn sie leer ist – ein Diener wird sie dann mit zurücknehmen.«

»Danke, Brodeur.«

»Soll ich den Rest des Frühstücks abräumen lassen, Sir?«

»Unbedingt, wenn es nur für mich hier steht. Ich möchte nur Kaffee.«

»Sehr wohl, Sir«, sagte Brodeur und verbeugte sich erneut.

Mit der Tasse in der Hand ging Grey hinaus auf den Rasen hinter dem Haus und nahm etwas von dem Licht und der tief erfrischenden Luft in sich auf. Nicht, dass er unbedingt Erfrischung gebraucht hätte. Er hatte exzellent geschlafen. Dies war eine seiner Eigenarten in widrigen Umständen; je ernster die Angelegenheit, desto besser schlief er. Er hatte sich oft gefragt, warum das so war. Als junger Mann war er stets am Morgen eines Gefechts auf See aufgewacht und hatte bemerkt, dass seine Marinekollegen kaum oder überhaupt nicht geschlafen hatten, dann freute er sich immer über sein Glück. Paulette hatte zu sagen gepflegt, dass heiße Gefechte ihn kaltherzig machten.

Es war herrlich draußen und Grey begann einen langsamen Rundgang um den Teich – seinen Kaffee trinkend und darüber nachgrübelnd, wie er die restliche Zeit über heute etwas von dem Tagesablauf der d'Aumonts in Erfahrung bringen konnte, ohne zu viel Aufmerksamkeit auf sich zu lenken. Dieser Bursche Brodeur war keine leichte Nummer. Vielleicht würde er lieber versuchen, die Bekanntschaft des Winzers zu machen – bestimmt hatten er und d'Aumont ein Treffen geplant, etwas, das lange genug dauerte, damit Grey Zeit hatte, d'Aumonts Schlafzimmer zu durchsuchen.

»Guten Morgen, Captain Grey.«

Grey drehte sich um. Es war Julia d'Aumont, die älteste Schwester – die mit den Bernsteinaugen.

»Guten Morgen, Miss d'Aumont. Was für ein schöner Tag heute, nicht wahr?«

»So ist es, Captain. Ich wollte gerade zur Vorderseite des Hauses hinaufgehen – ich gehe jeden Morgen Teile des Weingartens ab, um ihn auf Schädlinge zu untersuchen und Vögel zu verscheuchen.« Sie lächelte sanft. »Ich bin die menschliche Vogelscheuche unserer Familie.«

Grey schmunzelte. »Eine bewundernswerte Beschäftigung. Darf ich mich Ihnen anschließen?«

»Wenn Sie möchten.«

Grey trank den Rest seines Kaffees aus, stellte die Tasse auf einer Steinbank ab – »Entschuldigen Sie mich« – und schon gingen sie los, um das Haus herum und hinein zwischen die Reihen des Pinot Blancs.

»Sind Sie sehr in den Prozess des Weinbaus eingebunden?«

»Nicht viel mehr als das, fürchte ich. Gelegentlich steige ich zur Presszeit in den Bottich und stampfe ein paar Runden, um den Männern zu zeigen, dass ich nicht aus Zucker bin. Aber davon abgesehen beschränke ich mich darauf, die Vögel zu verscheuchen und das Endprodukt zu verkosten.«

»Unabdingbare Funktionen, ohne Zweifel.«

»Sie sind zu freundlich, Captain. Haben Sie jemals etwas angebaut?«

»Mein Vater hatte einen kleinen Obstgarten, durch den ich hin und wieder gestreift bin – manchmal haben wir sogar Cider und Perry gemacht. Aber sicher nichts auf diesem Niveau.«

»Was ist ›Perry‹?«

»Ach, Perry ist Cider aus Birnen – ja, ich glaube nicht, dass er in Frankreich Einzug gehalten hat; er ist hauptsächlich in Nordengland und Schottland sehr beliebt. Aber er ist ziemlich lecker, wenn einem der Geschmack zusagt.«

»Das muss ich meinem Bruder erzählen – Jean-Anne will unbedingt ständig etwas Neues ausprobieren. Sicherlich hat er Ihnen diese neue Spielzeugpistole auch schon gezeigt, oder?«

»Die Windbüchse? Das hat er. Ich gebe zu, dass ich deswegen genauso aus dem Häuschen war wie er.«

»Ach, ihr Männer. Dieses Ding ist nur die Spitze des Eisbergs – zum Glück trinken die Bonapartisten Champagner in Schiffsladungen, um sich selbst zu feiern, sonst würde uns die Schwäche meines Bruders für teure Basteleien Haus und Hof kosten.«

Das sagte sie hauptsächlich im Scherz, aber Grey nahm es als Überleitung zu d'Aumonts Privatangelegenheiten.

»Sie haben vermutlich auch etwas von seinem Marineeinkommen – verzeihen Sie mir, wenn ich persönlich werde, aber während meines Dienstes in der britischen Admiralität war sein Schiff *Fidèle* dafür bekannt, etliche Prisen gemacht zu haben.«

»Oh, ja, das war einmal. Aber das meiste davon wurde ausgegeben, um die am Rande gelegenen Ländereien des Anwesens zurückzuerwerben, die in der Revolution verstaatlicht worden waren. Und nun wird es das auch nicht mehr geben, seitdem er Teil des Admiralstabs ist. Obwohl es das natürlich wert ist, ihn zu Hause in Sicherheit zu wissen.«

»Ja, natürlich. Dessen bin ich gewiss.«

»Sie müssen mir verzeihen, dass ich so frei darüber spreche – ich hoffe, ich bringe Sie nicht in Verlegenheit. Er und ich haben uns heute Morgen überworfen, was mich in einer trüben Stimmung zurückließ.«

»Im Gegenteil: Ihr Vertrauen schmeichelt mir.«

»Weil sie Engländer sind, meinen Sie?« Sie schüttelte den Kopf. »Jean-Anne hat uns etwas zu Ihren Umständen erklärt. Sie müssen verstehen: Viele Familien in diesem Gebiet, viele unserer Freunde, wurden durch die Taten unserer Regierung in den Ruin gestürzt. Nicht wenige kämpften während des letzten Krieges gegen ihre Regierung und werden es während dieses Krieges auch wieder tun. Einige von ihnen dienen jetzt der englischen Krone.«

»Die *Chasseurs Britanniques*, meinen Sie?«, fragte Grey. »Von den Männern der *Condé*-Armee.«

»In der Tat«, sagte Julia. »Sie sehen also, Ihre Anwesenheit hier hat keinen Schock zur Folge. Nur Mitleid. Wenn ich das so sagen darf.«

»Und wieder, Sie schmeicheln mir«, sagte Grey.

»Und bitte, sprechen Sie frei über alles, was Sie nur möchten.«

»Ich danke Ihnen, allerdings werde ich Ihre Manieren nun nicht weiter auf die Probe stellen. Es ist nur, dass Jean-Anne versucht, den Stab zu verlassen und wieder in den aktiven Dienst einzutreten, und er weigert sich, jeglichen sinnvollen Ratschlag dazu anzuhören. Der sture, dickköpfige Narr.«

»Sie meinen, er wünscht, in das Ärmelkanal-Geschwader aufgenommen zu werden?«

»Hat er mit Ihnen denn darüber gesprochen? Und dann tut er so, als wäre das alles ein großes Geheimnis. Ja, er würde gerne in den Norden gehen. Als ob wir beide noch nicht genug hätten von Tod und Krieg.«

»War das Anwesen denn betroffen?«

»Ich war betroffen, Captain Grey. Ich weiß nicht, ob Jean-Anne überhaupt von seiner Familie gesprochen hat, bevor er Sie uns vorgestellt hat – meine ältere Schwester und ich waren beide im Jahr 99 verlobt. Ihr Verlobter überlebte Winterthur und kam zurück, um sie zu heiraten. Meiner nicht.«

»Es tut mir schrecklich leid, das zu hören.«

Ein Ausdruck tiefer Finsternis legte sich über Julias Gesicht. »Ich muss wahnsinnig sein, vor Ihnen so offen darüber zu sprechen, wo wir einander doch erst seit ein paar Stunden kennen. Aber Jean-Anne war diesen Morgen so aufgewühlt, dass es mich ebenfalls aufgewühlt hat. Und wie ich vernommen habe, hat es etwas mit Ihnen zu tun – obwohl er mich angewiesen hat, Sie nicht nach Ihren Absichten hier zu fragen, also werde ich das auch nicht tun. Nichtsdestotrotz – wenn ich in solch unziemlicher Dreistigkeit fortfahren darf –, wenn irgendetwas unternommen werden kann, das ihn davon abhält, in den aktiven Dienst zurückzukehren, wäre ich Ihnen äußerst dankbar, wenn Sie das täten.«

Sie errötete, wandte den Blick von ihm ab und ging auf einmal forscheren Schrittes weiter.

»Das werde ich, Miss d'Aumont.«

»Verzeihen Sie mir meinen melodramatischen Auftritt. Mögen Sie gerne Champagner? Oder bleiben Sie lieber bei Ihrem Perry und Cider?«

»Ach, ein frischer Blanc de Blancs schmeckt mir schon; vor etwas Trockenem rümpfe ich nie die Nase. Der Jahrgang beim gestrigen Abendessen war sehr annehmbar. Oder war es eine Mischung?«

»Eine Mischung – es gab keine Ernte während der Neunziger, die stark genug gewesen wäre, um einen trinkbaren Jahrgang herzustellen. Aber ich für meinen Teil bevorzuge die Mischungen. Man weiß eher, was einen von einem Glas zum nächsten erwartet.«

»Ganz im Gegenteil, Miss d'Aumont. Ich fürchte, ich bevorzuge es, wenn jede Flasche ihr ganz eigenes Abenteuer darstellt. Auch wenn dies ab und an einen Fehltritt bedeutet.«

Julia hob einen Stein vom Boden auf und warf ihn

auf eine kleine Gruppe Stare, die in einer der Reihen vor sich hin hüpften.

»Ich hätte eine Pistole mitnehmen sollen«, sagte Grey. »So könnte ich Ihnen von größerem Nutzen sein.«

»Nein, die kleinen Störenfriede brauchen nicht tot zu sein, nur weiter weg.«

»Sie sind allerdings ziemlich klug, diese Stare. Wenn man ein paar tötete, könnte es sein, dass es sich unter ihnen herumspricht, dass dies Früchte sind, die es zu vermeiden gilt.«

»Sicherlich haben Sie recht. Aber dazu habe ich nicht den Mumm.«

Grey und Julia kamen zum Ende der Reihe und an eine kleine Lichtung mit einem Brunnen in der Mitte.

»Das ist wirklich besonders hübsch hier«, sagte Grey. »Wie sah es denn früher aus, als das alles noch Garten war? Waren das einmal Hecken?«

»Einige davon ja – aber niedrige Hecken, nur hüfthoch oder ein bisschen darunter. Und ein großartiges Assortiment von Blumen. Obwohl ich sie natürlich nie selbst gesehen habe, ein paar Jahre vor meiner Geburt wurden sie durch Weinstöcke ersetzt. Aber irgendwo gibt es ein Gemälde, auf dem das Haus noch in den alten Zeiten zu sehen ist.«

Sie gingen bis hinter den Brunnen und dann zurück zwischen die Rebstöcke. Ein Kaninchen mümmelte an ein paar heruntergefallenen Trauben und

Julia hielt erneut an, um etwas zu suchen, womit sie nach ihm werfen konnte.

»Erlauben Sie mir«, sagte Grey und hob einen Stein auf.

»Na gut. Töten Sie es aber nicht.«

»Das käme mir nie in den Sinn«, sagte Grey, der den Stein in den Kies zu Füßen des Kaninchens versenkte und ihm so einen Schrecken einjagte, dass es noch seinen unzähligen Enkelkindern davon erzählen würde. Der Wurf ließ die aufgerissene Naht an seinem Unterarm zerren und ziepen. Wie verdammt lästig das war.

»Ich hatte allerdings den Eindruck, dass die Franzosen Kaninchen gegenüber äußerst zugetan seien, in Braten und Schmorgerichten und so weiter.«

»Aber keinen Kaninchen, mit denen wir bekannt sind«, sagte Julia.

Es folgten ein paar weitere Schritte in Schweigen. Sie erreichten das Ende der Rebstockreihe und gingen eine andere entlang.

»Ihr Bruder überrascht mich etwas. Ich hatte erwartet, dass er mir den ganzen Tag in den Ohren liegen würde wegen dieser Arbeit, für die er mich hergebracht hat.«

»Ich bin sicher, das wird er später auch. Heute Morgen war ein weiterer großer Stapel Papiere in der Post – die er alle, ohne Zweifel, unterzeichnen muss, ohne einen Augenblick zu verlieren, wie diese Seemänner zu sagen pflegen. Ich nehme an, er wird schon bald da sein, um sich Ihnen an die Fersen zu heften, bevor die Sonne noch sehr viel höher steigt.«

»Ich hoffe nicht; ich muss zugeben, dass mir diese Tour ziemlich viel Spaß macht. In England haben wir keine solchen Weingärten – und gewiss bauen wir keinen Champagner an. Von dem Moment an, in dem mir Ihr Bruder die Natur dieses Anwesens offenbart hat, hatte ich auf ein paar Einblicke in seine Geheimnisse gehofft.«

»Wenn Sie wünschen«, sagte Julia. »Was möchten Sie denn gerne wissen?«

»Na ja – zum Beispiel, wo kommen die Bläschen her?«

Julia seufzte und schüttelte angesichts Greys Naivität den Kopf. »Ach, aber Captain Grey, Champagner ist doch so viel mehr als seine Bläschen. Vergessen Sie, dass ich Sie danach gefragt habe, was Sie wissen möchten, ich werde stattdessen ganz am Anfang beginnen. Wie genau haben Sie den Stein betrachtet, den Sie auf mein Kaninchen geworfen haben?«

»Wie genau hätte ich ihn denn betrachten sollen? Es schien ein ganz normaler Stein zu sein – weiß, Kalkstein vielleicht? Wie die Klippen von Dover.«

»Genau, Captain. Sie müssen wissen, dass unsere gesamte Provinz der Champagne einmal unter dem Meer lag, was unseren ganzen Boden ziemlich genau so wie Ihre weißen Klippen hat werden lassen – er setzt sich zusammen aus alten Schalen und Hülsen.

Und diese haben kleine Löcher, sehen Sie, also sickert das Wasser konstant, langsam und gleichmäßig durch die Wurzeln – und lässt sie so nicht in der einen Minute ertrinken und in der anderen verdorren, wie der Boden in normalen Weinbergen. Davon abgesehen hat die Champagne ein einzigartiges Klima – kühler als alle umliegenden Gegenden im Sommer, aber im Winter milder. Das bedeutet eine langsame, gleichmäßige und lange Wachstumsphase für unsere Trauben. Dies alles zusammen verleiht ihnen ihren besonderen Geschmack.«

»Faszinierend. Warum bauen Sie weiße statt rote Trauben an? Wird nicht der meiste Champagner aus Pinot Noirs gemacht?«

»Ja – deshalb sind die meisten Champagner, die Sie sehen, auch golden; von einer goldenen Weizenfarbe –«

»Wie Ihre Augen, meinen Sie; eine höchst ungewöhnliche Farbe«, sagte Grey beiläufig und erwischte Julia damit kalt. Sie erröte leicht, fuhr aber fort, als hätte er nichts gesagt.

»Das ist die Farbe des Safts der roten Trauben – ohne dass der Schale erlaubt wird, ihre eigene Farbe beizusteuern. Blancs de Noirs. Indem wir weiße Trauben verwenden, können wir den Saft mit der Schale gären lassen, was dem finalen Wein einen tieferen Geschmack verleiht. Wie man ihn von einem Rosé-Champagner bekommen würde, aber ohne die Süße und ohne die Jahrmarkt-Farbe.«

Grey lächelte. »Sie halten nichts von rosa Champagner?«

»Ich kann nicht sagen, dass ich viel davon halte, ihn überhaupt als Champagner zu bezeichnen, Captain. Es ist ein Getränk für Kinder.«

Grey lachte. »Für Glückskinder. Ich nehme an, Milch ist seit der Revolution passé.«

»Milch ist weiß und Champagner ist golden. Oder vielleicht geben die Ammen der neuen Bourgeoisie jetzt auch schon rosa Milch. Aber egal, welcher Wahnsinn die Welt befällt, unser Champagner, der Blanc de Blancs, hat die herrlichste Goldschattierung von allen – weißes Gold, klar und rein. Wie goldener Sonnenschein in Flaschen … Aber soll ich das überhaupt noch weiter ausführen?«

»Nur zu meinem größten Vergnügen«, sagte Grey, »obwohl Sie weiterhin geflissentlich die Bläschen ignorieren.«

»Ah ja, unsere kleinen Freunde, die Bläschen«, sagte Julia. »Na ja, kommen Sie mit, ich werde Ihnen die Höhlen zeigen.«

»Die Höhlen?«, fragte Grey.

Julia bedeutete ihm mit einer Geste, ihr zu folgen, und ging voraus bis zu dem nächsten Hügel, aus dem Weingarten hinaus und auf einen gut ausgetretenen Pfad.

Nachdem sich der Pfad um ein paar Kurven geschlängelt hatte, die sie wieder bergauf und in Richtung des Hauses brachten, führte er durch eine breite, halbrunde Öffnung direkt in den Hügel hinein, in eine menschengemachte Kalksteinhöhle. Sie wurde von ein paar schummrigen Fackeln erleuchtet, die schneeweißen Wände und die Decke reflektierten allerdings so viel Licht, dass Grey den Eindruck hatte, sich bei dämmerigem Licht draußen zu befinden.

»Das sind die Höhlen«, sagte Julia, als sie weiter hineingingen – die Temperatur fiel währenddessen stark ab. Dieses erstaunlich kühle, erstaunlich stille ausgehobene Erdloch war mit einigen Tausend Flaschen fermentierenden Champagners gefüllt. Die Flaschen standen in eigenartigen, geneigten Weinregalen – Regalen, die sich rückwärts gegeneinanderlehnten und dadurch Dreiecke bildeten.

»Die Regale sind so gemacht, damit sich das Sediment in den Flaschenhälsen sammelt – unsere Männer drehen die Flaschen um ein paar Grad, zwei Mal am Tag und das für anderthalb Jahre, für Weine keines eigenen Jahrgangs wird das ganze Sediment sachte bis genau unter den Verschluss geschüttelt. Dort kann es eingefroren werden und die Sediment-Eisstöpsel können durch den Druck in der Flasche hinausgeschossen werden, wenn die Metallkappen durch Korken ersetzt werden. Die Technik zur Sammlung des Sediments nennt man ›Rütteln‹. Sie ist sehr neu … und wurde von unseren Freunden im Hause der Veuve Clicquot erfunden. Jean-Anne konnte sie – sagen wir mal – aus ihnen herauskitzeln, indem er ein paar Silberstücke in die richtige Hand gelegt hat.«

»Eher 30 Silberstücke auf einmal«, sagte Grey.

Julia zog eine Augenbraue hoch und grinste.

»Ihr Bruder nimmt seine Arbeit also mit zu sich nach Hause.«

»Ich kann Ihnen nicht folgen, Captain.«

»Er befürchtete, dass die Admiralität ausspioniert werden könnte, nicht wahr?«

»Ach. So etwas weiß ich nicht. Tun Sie das denn? Nein, aber darüber dürfen wir nicht sprechen. Was halten Sie von unseren Höhlen?«

»Sie sind wunderbar«, sagte Grey. »Wie lange hat es gedauert, sie auszuheben?«

»Beinahe ein Jahrzehnt. Davor mussten wir unseren Wein im Keller fermentieren. Sehr viel weniger Platz; sehr viel weniger gleichmäßige Temperaturen. Nicht gut.«

»Ohne Zweifel. Wozu benutzen Sie die Keller jetzt?«

»Ach, immer noch für Wein – aber für bereits fertige Flaschen, nichts, woran noch gearbeitet wird.«

Grey nickte höflich und behielt die Tatsache im Hinterkopf, dass er den Eingang zum Keller würde entdecken und ihn einmal würde durchsuchen müssen, sobald die Nacht hereinbrach. Aber momentan kam er immer näher an den Punkt, an dem Julia sein Stochern nach privaten Informationen vielleicht verdächtig finden könnte. »Aber ich fürchte, dass Sie mich beim Rütteln verloren haben, Miss d'Aumont«, sagte Grey. »Was für ein Sediment muss da entfernt werden? Obwohl mir erst jetzt bewusst wird, dass ich noch nie eine Flasche Champagner gesehen habe, die dekantiert werden musste.«

»Ja, genau – und das führt uns zu unseren Bläschen: Damit sie entstehen, fermentiert der Wein zwei Mal – einmal für den Alkohol und dann, danach, wird eine zweite Menge Hefe und Zucker dazugegeben. Zucker als Nahrung für die Hefe, die dafür im Gegenzug Bläschen produziert. Die doppelte Menge an Hefe bedeutet jedoch auch das doppelte Sediment – aber wie unansehnlich wäre es bei einem so frischen und klaren Wein, es in der Flasche zurückzulassen?«

»Ich verstehe.«

»Wissen Sie, dass es Ihre eigenen Landsmänner waren, die unseren prickelnden Champagner beliebt gemacht haben? Der größte Teil Frankreichs sah die Bläschen als einen folgenschweren Fehler an, aber die Engländer liebten sie, und vom Hofe St. James' breitete sich der prickelnde Champagner zurück nach Versailles und über ganz Europa aus.«

»Das wusste ich nicht. Ich fürchte, ich habe mein Studium der Trauben stark vernachlässigt; Sie müssen mich für schrecklich ignorant halten.«

»Das tue ich«, sagte Julia. »Aber auch nicht für ignoranter als andere Engländer, die ich kennengelernt habe.«

»Nun ja, vielleicht werden Sie sich meiner ja erbarmen«, sagte Grey. »Sie sind eine exzellente Lehrerin, Sie haben mich gefesselt. Und es gibt alle möglichen Dinge, die ich lernen möchte.«

In der Höhle war es nun beinahe kalt und Grey sah, wie Julias Wangen erneut rosa anliefen.

»Wie zum Beispiel, Captain? Ich nehme an, dass Sie sich auf anderen Themengebieten als sehr viel erfahrener erweisen würden als ich.«

»Vielleicht«, sagte Grey. »Aber die Sorgfalt gebietet, dass ich mich dessen vergewissere.«

Grey fasste Julia am Kinn, hob ihren Kopf an und platzierte einen Kuss auf ihren Lippen. Sie ließ den Kuss für einen Augenblick nachklingen, bevor sie sich ihm entzog.

»Also wirklich, Captain Grey …«

Die Stimme von Julias Bruder ertönte draußen vor dem Höhleneingang:

»Julia, meine Liebe, bist du irgendwo dort drin?«

»Das bin ich, Jean-Anne«, rief sie zurück. »Soll ich eine Fackel anzünden?«

Einen Augenblick später stand er neben ihnen. »Julia, meine Liebe, ich hatte gehofft, dass du mir sagen könntest, wohin Captain Grey verschwunden ist, und dann stellt sich heraus, dass du es warst, die ihn entführt hat. Wird es dir arg viel ausmachen, wenn ich ihn mir von dir zurückstehle?«

Wer war dieser Süßholz raspelnde Kerl?, fragte sich Grey stumm. Überhaupt nicht wie ein Mann von See. Aber vielleicht ärgerte er sie auch nur – es ist nie einfach, aus den Spielchen von Geschwistern schlau zu werden. Und Julia hatte zu verstehen gegeben, dass sie sich über eine Sache uneins gewesen waren.

»Du kannst ihn haben, Bruderherz. Aber setze ihm nicht zu hart zu, ich glaube, dieser Arm ist noch ein ziemliches Ärgernis. Captain Grey: Sie bluten.«

Grey sah hinunter auf seinen Arm. Diese Hurensohn-Naht.

»Wie es aussieht, tatsächlich. Nun gut. Ein wenig Blut kann ich erübrigen. Obwohl es vielleicht das Ende für dieses Hemd bedeutet.«

»Unsinn, ein bisschen Blut kann ich wieder herausbekommen«, sagte Julia. »Gott weiß, dass ich genug davon aus Jean-Annes Hemden gewaschen habe. Und aus Jacken und Hosen.«

»Ich wäre Ihnen aufs Äußerste verbunden, Miss d'Aumont.«

»Allerdings ein anderes Mal«, schaltete sich Jean-Anne ein. »Gerade brauche ich ihn. Sollen wir?«

»Ja natürlich«, sagte Grey. »Miss d'Aumont: Mein Vergnügen.«

Julia nickte, sagte aber nichts, als Grey d'Aumont hinaus ans Licht folgte.

»Hatten Sie eine interessante Unterhaltung?«, fragte d'Aumont.

»Allerdings«, sagte Grey.
»Worüber haben Sie denn gesprochen?«
»Wein«, sagte Grey. »Und Kaninchen.«

15

Grey folgte d'Aumont durch die Bibliothek, auf demselben Weg, den er in der Nacht zuvor genommen hatte. »Schöner kleiner Raum«, sagte er, als er d'Aumonts Arbeitszimmer betrat, als wäre es das erste Mal. »Bei Ihnen muss ein hübsches Lüftchen durchziehen.«

»Ja«, sagte d'Aumont. »Ich habe den Markt für Briefbeschwerer leergekauft. Wenden wir uns nun diesem hier zu.«

Er deutete auf seine Arbeitsfläche, die von einer großen, detaillierten Karte der britischen Inseln bedeckt wurde.

»Bitte geben Sie an«, forderte d'Aumont Grey auf, reichte ihm eine Feder und wies ihn auf ein Tintenfässchen hin, »welche Schiffe aktiv sind, welche Kapazität ein jedes hat – in Schiffstyp und Volumen, welche von der momentanen Regierung bevorzugt werden und was die Qualität deren Arbeit ist. Wir haben zum Beispiel von den *Forty Thieves* gehört.«

Ja, dachte Grey. Vierzig Kampflinienschiffe der

Vengeur-Klasse, 74er, deren herausragend armselige Konstruktion einen enormen Skandal in Whitehall verursacht hatte. Grey war einmal auf einem gesegelt. Man konnte die Holzfäule überall um sich herum spüren. Er schüttelte den Kopf, tauchte die Feder in die Tinte und grübelte.

Der Trick bei Falschinformationen war es, die Wahrheit darüber zu sagen, was bekannt war, und bei dem zu lügen, was, vermutlich, unbekannt war. Dass die Franzosen von den *Forty Thieves* wussten, war nicht komplett überraschend angesichts der Schändlichkeit der Schiffe – schließlich hielt die Franzosen nichts davon ab, englische Zeitungen zu lesen – und das bedeutete ebenfalls, dass sie die Werften kannten, wo diese stillgelegt worden waren, an einigen südlichen Häfen. Er konnte also mit Sicherheit alle davon als nicht bevorzugt markieren. Es war unwahrscheinlich, dass die Franzosen von First Lord St. Vincents momentaner Kampagne wissen konnten, die dafür verantwortlichen Männer auszusortieren; darüber wurde sinnvollerweise Stillschweigen bewahrt, da einige von ihnen weiterhin gute politische Verbindungen hatten. Es war außerdem wahrscheinlich, dass die Franzosen generell über die Fertigungsstufe im Nordosten Bescheid wussten, wo so viele der Arbeiter Iren waren. Mit den Details darüber würde er es vage, aber korrekt halten. Nein, die beste Gelegenheit, die Franzosen auf eine falsche Fährte zu locken, waren die Nordseewerften – bei Wash und Humber, den Flüssen Tees und Tyne und den schottischen Förden. Die britische Marinemachtstellung in der Nordsee war komplett unbekannt; kein französisches Spionageschiff hätte es sich getraut, sich dort einmal für einen kurzen Blick hineinzuwagen und jeglicher französische Spion, der versucht hätte, sie von Land aus zu überwachen, würde unweigerlich herausstechen. Dies waren ohne Zweifel die Löcher, von denen Napoleons Admirale im Maison Militaire hofften, dass Grey sie stopfen würde.

Die grundlegende Frage war – während er seine Feder eintauchte und den Überschuss abtropfen ließ –, um wie viel er die wahren Zahlen aufblähen konnte, ohne dass die Franzosen misstrauisch wurden.

»Es tut mir leid«, sagte Grey nach ein paar langen Augenblicken. »Sie wissen, dass ich das nicht einfach so ausspucken kann. Dies erfordert eine beträchtliche Menge an Details, auf deren Suche man die Erinnerung gründlich durchforsten muss. Aber wenn Sie mich für eine Stunde mit der Karte und einigen Blättern Notizpapier allein lassen, kann ich Ihnen, glaube ich, das geben, was Sie wollen.«

D'Aumont zögerte.

»Ja, na gut, wenn das Ihrer Erinnerung auf die Sprünge hilft. Vielleicht könnten Sie die Karte mit auf Ihr Zimmer nehmen und zurückbringen, wenn Sie fertig sind.«

Aha, dachte Grey. Er will mich also nicht allein in seinem Arbeitszimmer haben ... Ob ich wohl etwas übersehen habe?

»Ja, natürlich«, sagte Grey. »Werde ich Sie hier wieder antreffen?«

»Ja«, sagte d'Aumont. »Mit angehaltenem Atem.«

*

Oben machte Grey mit der Karte kurzen Prozess und vermerkte die Konstruktion eines Dutzend Phantomschiffe ersten und zweiten Ranges, zweier Dutzend Schiffe dritten Ranges, und zweier Dutzend Fregatten – diese würde er als eine Konsequenz des Krieges und der Bemühungen der Whig-Regierung erklären, mehr Arbeitsplätze im Nordosten zu schaffen, wo ein großer Teil ihrer politischen Unterstützung lag.

Er machte einen letzten Vermerk zu einem Geschwader von Kanonenbooten, die gerade in Boston gebaut wurden – dem in Lincolnshire –, rollte dann die Karte zusammen und ging hinaus in den Flur: Das war seine Chance, d'Aumonts Zimmer zu untersuchen.

Niemand kam. Er versuchte, d'Aumonts Tür zu öffnen und fand sie unverschlossen vor. Ein schwaches Zeichen, dass sich dort drin Geheimnisse verbargen, aber keine entscheidenden. Er betrat es so unauffällig er konnte und ließ die Tür hinter sich offen.

Es gab keinen Schreibtisch; stattdessen einen Tisch, geeignet für ein ganzes Abendmahl, der mit Papieren in säuberlich abgelegten Stapeln bedeckt war. Grey umrundete rasch den Tisch und sah von Stapel zu Stapel – Haushaltsunterlagen, Jahrbuchabschlüsse, Jahrgangsberichte, Notizen zu Flaschen, Notizen von Winzern, Aufstellungen von Bankiers (d'Aumont war sogar noch reicher, als Grey geahnt hatte), aber nichts, was sich auf seine offiziellen Pflichten bezog.

Es gab einen Sekretär und einen Schrank; Grey durchsuchte beides flüchtig, entdeckte aber nichts Interessantes. Es gab außerdem einen Humidor auf einem Nachtkästchen, in dem aber nur Zigarren lagen. An den Wänden hing ein einziges Gemälde, das Grey nun zum ersten Mal betrachtete. Es zeigte einen breit lächelnden d'Aumont neben seiner Mutter hinter einem Sofa mit fünf Frauen darauf: die drei Schwestern Julia, Yvette und Christine und zwei andere. Eine war vermutlich die verheiratete, abwesende vierte Schwester. Auf die Identität der fünften gab es keinen Hinweis.

»Was machen Sie denn hier, Captain Grey?«

Es war Brodeur, der in der Tür stand, mit höflichem Tonfall, aber mit misstrauischem, anklagendem Blick. Grey hielt die eingerollte Karte hoch.

»Ich bringe dies zu Ihrem Herrn. Das ist doch sein Zimmer, oder nicht?«

»Das ist es, Sir. Aber Captain d'Aumont ist in seinem Arbeitszimmer. Und erwartet Sie dort, glaube ich.«

»Ach, so ist das. Nun ja, dann sollte ich ihn besser nicht länger warten lassen. Das ist ein hübsches Gemälde, nicht wahr Brodeur.«

»Ja, Sir.«

Grey ging auf Brodeur zu, der immer noch im Türrahmen stand, immer noch mit einem unzufriedenen Ausdruck auf seinem Gesicht.

»Zur Seite«, sagte Grey mit der harten aber lockeren Autorität, mit der man ein unartiges Pferd einschüchtert. Brodeur trat zur Seite und Grey schritt mit genug schuldlosem Selbstvertrauen vorbei, um den Butler wieder auf den Boden der Tatsachen zu bringen. Vielleicht war dies ja nur ein harmloses Missverständnis.

Unten angelangt präsentierte Grey d'Aumont die Karte und beobachtete, wie er sie erst mit Aufregung und dann mit wachsender Besorgnis betrachtete. Diese Besorgnis wurde (bewusst) von Grey verschlimmert, indem er ein ungemütliches Thema anschnitt.

»Captain d'Aumont, natürlich freue ich mich darüber, soweit es mir möglich ist, mit Ihnen zusammenzuarbeiten – allerdings wäre da noch die Angelegenheit meiner Bezahlung.«

»Ja, natürlich«, sagte d'Aumont, ohne Grey in die Augen zu sehen. »Ihrer Forderung wurde von allen zugestimmt, deren Zustimmung erforderlich war … mit der Bedingung, dass Sie erst Ihr Wissen preisgeben und dann Ihre Entlohnung erhalten.«

Grey setzte einen beleidigten Gesichtsausdruck auf. »Das war nicht die Abmachung, die ich mit Ihrem Repräsentanten getroffen habe. Wie lange wissen Sie schon von dieser beabsichtigten Nichteinhaltung?«

D'Aumont errötete. »Ich habe es erst heute Morgen erfahren, mit der Morgenpost, das versichere ich Ihnen.«

»Also unmittelbar bevor Sie mich gebeten haben, diese Karte zu beschriften?«, sagte Grey und wies mit einer Kopfbewegung auf seine Arbeit.

»Ja.« D'Aumont platzierte die Karte auf dem Tisch und richtete sich zu seiner vollen Größe auf. »Ich muss Sie darum bitten, meine Entschuldigung anzunehmen – in dieser Angelegenheit war ich Ihnen gegenüber nicht aufrichtig. Die Sache ist die, dass jeder den Wert der Informationen, die Sie uns verschaffen können, anerkennt, *außer* denjenigen im Kreis um den Ersten Konsul selbst. Sehen Sie, ich fürchte, dass Monsieur Bonaparte recht wenig von Marineangelegenheiten hält. Er sieht Schiffe als das Gefolge der Landarmeen an und glaubt, dass alle Seeschlachten an Land gewonnen werden müssen, durch das Einnehmen von Häfen und Verpflegungsreihen und so weiter. Daher hat er die Bedingung erhoben, die Bezahlung für Quellen von Marinewissen von der Qualität der kompletten dargelegten Informationen abhängig zu machen. Er ist unerschütterlich.«

»Und Sie hatten vor, das … wie lange vor mir zu verheimlichen?«

D'Aumont räusperte sich. »Ich hatte gehofft, es gänzlich vor Ihnen verheimlichen zu können … Nachdem Sie mich gefragt haben, ob ich als Ihr Sekundant eintreten würde, ging diese unerfreuliche Verantwortung von Branson auf mich über. Sie können meinen Befehl lesen, wenn Sie möchten.«

D'Aumont zog ein gefaltetes Dokument aus einer Brieftasche hervor und gab es ihm. Grey las es schnell.

»Sie werden angehalten, die Informationen von mir in Kürze zu erhalten, oder mich ansonsten in Haft zu nehmen?«

»Ich fürchte ja.«

»Behandelt die französische Regierung so ihre Freunde?«

»Ich wünschte, ich könnte das entscheiden, Captain. Ungeachtet dessen wiederhole ich meine Entschuldigung, was meine Täuschung Ihnen gegenüber angeht. Und letztendlich sollte es keine Schwierigkeiten bei Ihrer Auszahlung geben –«

»Was dies betrifft, werden Sie sicher meine Zweifel nachvollziehen können –«

»Natürlich, aber sicher haben Sie doch einen Beamtenapparat – sicherlich haben Sie doch einen Finanzberater – in England.«

»Habe ich eine Frist?«

»Drei Tage. Meine Bemühungen, eine Verzögerung wegen Ihres Arms zu erwirken, wurden enttäuscht. Wenn Sie möchten, werde ich Ihnen einen Sekretär zur Verfügung stellen, damit Sie diktieren können.«

»Das wird nicht nötig sein«, sagte Grey. »Ich glaube, dass ich Ihre Frist einhalten kann. Obwohl ich unter diesen Umständen nicht genau weiß, ob ich überhaupt eine Wahl habe.«

»Das weiß ich zu schätzen, Captain Grey.«

Brodeur klopfte an die Arbeitszimmertür und trat ein. »Captain d'Aumont, Ihre Mutter, Miss Yvette und Miss Christine sind zurückgekehrt und erwarten Sie im Salon.«

»Danke, Brodeur. Würden Sie Captain Grey bitte Schreibpapier und Tinte auf sein Zimmer bringen lassen?«

»Jawohl, Sir.«

»Und sagen Sie meiner Mutter, dass ich in Kürze bei ihr sein werde.«

Grey ging auf die Tür zu. »Wenn Sie mich entschuldigen würden, ich muss einige Gedanken ordnen.«

»Ja, natürlich, Captain Grey. Danke Ihnen.«

Grey ging an Brodeur vorbei – der unaufgefordert zur Seite trat –, durchquerte die Bibliothek und machte sich auf den Weg zum vorderen Teil des Hauses. Wenn man bedachte, dass er niemals die Erwartung gehabt hatte, die Entlohnung seines Verräters ausgezahlt zu bekommen und dass diese Ausflucht der Franzosen überhaupt keinen Einfluss auf seine geheimen Pläne hatte, hätte Grey nicht verstimmt sein sollen. Das war er aber. Er war sogar verdammt verärgert. Wer wäre das nach einem Verrat und der Androhung von Haft nicht?

Ein wenig musste es Grey ins Gesicht geschrieben stehen, während er die Treppe hinaufging, denn Julia d'Aumont, die aus der anderen Richtung kam, bemerkte es.

»Gibt es irgendein Problem, Captain Grey?«

»Hmm? Ach, Miss d'Aumont, Verzeihung. Nein, es gibt kein Problem, ich war nur in Gedanken vertieft.«

»Ich dachte, vielleicht macht Ihnen Ihr Arm zu schaffen«, sagte Julia.

»Oh, nein. Tatsächlich haben alle, mich eingeschlossen – vor allem ich –, eine zu große Sache daraus gemacht. Es ist wirklich nichts. Obwohl ich glaube«, sagte er und sah sie an, »dass Sie etwas mit diesem Hemd machen wollten?«

War er zu direkt gewesen? Huschte da für einen Moment ein eisiger Ausdruck über ihr Gesicht?

»Dann kommen Sie mit«, sagte sie und ging die Stufen wieder hinauf.

»Wenn es Ihnen lieber ist, kann ich es einem Diener geben«, sagte Grey und folgte ihr.

»Warum?«, fragte Julia d'Aumont. »Glauben Sie

etwa, dass ich vorher noch nie etwas ausgewaschen habe?«

Julias Zimmer lag am hinteren Ende des Nordflügels, dessen Flur von einem Oberlicht beleuchtet wurde; von dort aus fiel Licht auf Miss d'Aumont, die ihre Hüften beim Gehen sanft hin und her wiegte. Etwas mehr als in den Weingärten? Grey hätte sie besser kennen müssen. Es war schwer, ein französisches Mädchen diesbezüglich einzuschätzen.

Sie öffnete die Tür und betrat ihr Zimmer: »Kommen Sie herein.«

Das tat Grey und schloss die Tür hinter sich. Sie schien es nicht zu bemerken, ging hinüber zu einer Waschschüssel und goss etwas Wasser aus einem Krug neben ihrem Bett hinein. Grey sah sich im Zimmer um. Es war hell und fröhlich; das Farbthema war Himmelblau, es gab goldene und weiße Zierleisten und ein kirschrot lackiertes Kaffeetischchen stand vor einem Sofa. Auf dem Tisch war ein Teeservice.

»Haben Sie oft jemanden hier zu Gast?«

»Geben Sie mir das Hemd.«

Grey zog seine Jacke aus und hing sie über einen Stuhl, dann zog er sich das Hemd über den Kopf.

»Du liebe Güte, Sie müssen aber viele Kämpfe mitgemacht haben!«

Auf Brust und Bauch hatte Grey von seinem jahrelangen Dienst auf See schlimme Narben davongetragen. Schwertverletzungen, verheilte Kugeleinschusslöcher, Splitterwunden; ein großer Brandfleck über seiner linken Schulter, wo er von den Granatsplittern einer überhitzten Kanone getroffen worden war, die explodierte, als sie mit ihrer Pulverladung gestopft wurde.

»Hier und da«, sagte Grey. »Sie wären verblüfft, wenn Sie wüssten, wie viele Hemden ich verschlissen habe.«

»Das bezweifle ich nicht«, sagte Julia, rubbelte mit der Seife über den Blutfleck und tauchte ihn kurz ins Wasser. »Sie müssen wirklich versuchen, besser auf sich achtzugeben.«

»Dasselbe könnte ich zu Ihnen sagen«, sagte Grey. »Natürlich steht es mir nicht zu, das festzustellen, aber sie wirken ... na ja ... unglücklich.«

»Ach ja?«, erwiderte Julia und fing an, das Hemd auszuwaschen. »Ich weiß gar nicht, ob ich das überhaupt noch bemerke. Ich war unglücklich, nachdem Mathieu gestorben ist und ich nehme an, dass ich seitdem Stück für Stück wieder zur Normalität zurückgefunden habe. Ich versuche, nicht zu oft daran zu denken. Es ist jetzt vier Jahre her.«

»Verbringen Sie Ihre ganze Zeit hier draußen auf dem Land?«

»Ja. Obwohl es mir nicht wirklich etwas ausmacht, alleine zu sein. Natürlich habe ich meine Familie – obwohl ich sie überraschend wenig sehe; ich nehme an, dass Sie sie auch nicht oft zu Gesicht bekommen haben; sie sind immer unterwegs und statten Besuche ab oder organisieren irgendein Wohltätigkeits-Gartenfest, als ob wir in der Gegend von Versailles wohnten. Aber ich war noch nie gerne für Besuche zu haben. Ich hatte mein Debüt im Jahr der Revolution, also wurde mein Auftreten in der Öffentlichkeit bis zu meiner Verlobung unterbrochen. Als Mathieu in Paris stationiert wurde – und das blieb er einige Jahre lang; er hatte Glück, sein Vater war sehr politisch –, wohnte ich bei meiner Schwester in Paris, in Jean-Annes Wohnung. Aber nachdem Mathieu getötet worden war ... konnte ich die mitleidigen Blicke nicht mehr ertragen. Es schien, als würde ich jede andere Emotion aus den Leuten vertreiben, bis sie mich irgendwann nur noch als einen verwundeten Welpen ansehen konnten. Es war unerträglich; es hat alles so viel schlimmer gemacht. Also habe ich mich aufs Land zurückgezogen und bin seitdem hiergeblieben.«

»Nun ja, wenn es Ihnen hier besser geht, habe ich kein Mitleid mit Ihnen.«

»Ach nein?«

»Nein. Wir haben alle unsere Probleme. Und Ihre kommen öfter vor.«

»Es ist sehr aufrichtig von Ihnen, dass Sie das sagen«, sagte Julia und schabte mit ihrem Fingernagel an dem Fleck.

»Im Krieg sterben Menschen. Ich fürchte, da bleibt einem nur eines übrig.«

»Es hinter sich zu lassen, meinen Sie?«

Grey schenkte sich ein Glas aus einer Karaffe ein, die auf einem Nachttischchen stand. »Nein. Rache. Ihr Franzosen solltet das doch verstehen.«

»Ursprünglich sind wir eine normannische Familie, unser Blut ist kühler … Aber an wem sollte ich Ihrer Meinung nach denn Rache üben? Soll ich die Habsburger selbst ausfindig machen? Soll ich Charlotte Corday spielen?«

Grey lachte.

»Und wer ist das Ziel Ihrer Rache?«, fragte Julia.

»Niemand, meine Liebe. Ich habe mich nur in Ihre Situation hineinversetzt.«

»Ach so. Und ich dachte, Sie hätten versucht, sich in mein Bett hineinzuversetzen.«

Sie bearbeitete immer noch den Fleck. Grey stellte sein Glas ab.

16

Danach schenkte Julia Grey ein weiteres Glas ein und fing an, sich anzuziehen.

»Solltest du dafür nicht eine Zofe haben?«, fragte Grey, als er sich auf einem Ellenbogen abstütze, leicht in Julias Matratze versank und an seinem Brandy nippte.

»Sehr witzig«, sagte sie. »Ich glaube, dass es unter diesen Umständen am besten ist, sich selbst wieder vorzeigbar machen zu können. Wo wir gerade dabei sind, Sie sollten besser wieder auf Ihr eigenes Zimmer gehen. Seien Sie aber vorsichtig – werfen Sie einen kurzen Blick hinaus, bevor Sie gehen – oft sind Dienstboten oder sonst wer unterwegs.«

»Wie schade, dass wir keinen etwas diskreteren Ort als dein Schlafzimmer gefunden haben. Die Kellerräume vielleicht.«

»Die Kellerräume sind da kaum diskreter; dort befinden sich auch die Dienstbotenquartiere. Und die Küche. Es ist wie ein Rummelplatz dort unten.«

Gottverdammt, dachte Grey, der angefangen hatte,

seine Hoffnung auf diese Keller als d'Aumonts geheimes Versteck zu setzen.

»Aber wirklich, Captain, Sie müssen jetzt gehen.«

»Nenn mich Thomas, und ich bin mir noch nicht sicher, ob ich das schon kann – ist mein Hemd denn schon fertig?« Julia sah hinüber zu der Waschschüssel, deren Inhalt zum größten Teil von Greys Ärmel aufgesaugt worden war.

»Es ist noch ein bisschen feucht, fürchte ich. Aber bestimmt hast du irgendwo noch ein anderes.«

»Das habe ich. Ich nehme an, das wird mich letztendlich doch über den Flur zurückführen.«

»Besser wäre es«, sagte Julia. »Wenn dich mein Bruder hier findet, wird er dich in die oubliette werfen.«

»Wohinein, meine Liebe? Was heißt ›oubliette‹ auf Englisch?«

»Ich spreche kein Englisch ... es ist ein Loch, weißt du, ein Kerker.«

»Oh«, sagte Grey, schwang seine Beine vom Bett und suchte seine Hose. »Du meinst eines von diesen furchtbaren Dingern, die sie in der Bastille hatten? Eine Gefängnisgrube, deren einziger Ausweg ein Loch in der Decke ist? Ich habe mich gefragt, ob es die wirklich gibt.«

»Die gibt es – viele Anwesen haben eine, noch aus den alten Tagen der feudalen Privilegien.« Julia frischte ihre Schminke etwas auf.

»Na ja, das nimmt der Revolution vermutlich etwas von ihrem Mythos ... Und ihr habt noch eine, sagst du?«

»Na ja, nicht wirklich, sie wurde seit 50 Jahren nicht mehr benutzt ... Mein Vater hat sie zu einem besonderen Keller für seine wertvollsten Jahrgänge umgebaut, als das Gewächshaus errichtet wurde. Das Zimmer darüber hat er gleichzeitig zu seinem Arbeitszimmer umgebaut. Jetzt ist es Jean-Annes Arbeitszimmer.«

»Wie nett«, sagte Grey und trank sein Glas aus.

*

Diesen Abend kniete Grey vor seinem Schlüsselloch, bis er d'Aumont sah, der sich für die Nacht zurückzog: Während des Ausflugs in sein Arbeitszimmer in der heutigen Nacht würde er kein weiteres Aufeinandertreffen mit diesem selbst riskieren. In derselben schwarzen Aufmachung der vergangenen Nacht machte sich Grey auf den Weg die Treppe hinunter, den Flur entlang, durch die Bibliothek, an dem Türschloss vorbei und in d'Aumonts privates Arbeitszimmer. Diesmal würde er nicht ohne die Papiere, die er suchte, verschwinden. Er war sich nun sicher, dass sie sich irgendwo unter ihm befanden.

Nochmals entzündete Grey eine Kerze im Ständer auf der Arbeitsfläche und ließ den Lichtschein über den Boden gleiten. Es gab keine offensichtliche Falltür … aber direkt hinter d'Aumonts Schreibtisch lag ein kleiner Teppich. Grey stellte die Lampe auf dem Boden ab und rollte langsam den Teppich auf.

Und da war sie. Eine schwere Eichentür, perfekt ebenmäßig in den Boden ringsherum eingelassen – mit einem großen Messingring in einer Vertiefung, mit dem man sie aufziehen konnte. Grey schob den aufgerollten Teppich beiseite und zog an dem Griff. Die Tür schwang ganz leicht auf; sie war schwer, aber gut geölt: Eindeutig wurde sie oft benutzt. Sie gab den Weg auf hölzerne Stufen frei, die in eine kalte, feuchte Schwärze unterhalb führten. Grey nahm den Kerzenständer in die Hand und folgte ihnen nach unten.

Nach einem anfänglich steilen Abstieg wanden sich die Stufen an den Wänden eines zylindrischen Raums hinab, circa zweieinhalb Meter breit (Grey blinzelte nach unten) und vielleicht zwischen vier und sechs Meter tief.

In der Mitte des Raumes befand sich ein freistehendes, zylindrisches Weinregal, ungefähr zweieinhalb Meter hoch. Grey hielt das Licht daran. Dies waren vermutlich die besonderen Jahrgänge, von denen Julia gesprochen hatte. Nun bewegte Grey das Licht davon weg und auf die Wand zu. Die kontinuierliche Biegung vermittelte entfernt den Eindruck, in einem Schiffsraum zu sein. Oder auf dem Grund eines Brunnens. Was Grey auch wirklich für wahrscheinlich hielt.

Entlang der Wand waren Kisten gestapelt, gefüllt mit allerlei … Wein von anderen Gütern, wie es aussah. Auch etwas Bier. War das für die Hauptkeller zu déclassé oder zu gut? Grey folgte den Kisten im Kreis den ganzen Raum entlang … Kiste auf Kiste … und dann der große Fund:

Ein Tresor.

Ein riesiger Tresor, fast so groß wie Grey, mit einer Tür, die an ein Verlies in einer großen Londoner Bank erinnerte.

Grey hielt das Licht weiter nach unten an den Verschlussmechanismus der Tür. In der Mitte war ein Speichenrad aus Messing – in etwa wie das Steuerrad eines Schiffes –, um die Bolzen herauszudrehen, welche das Ding verschlossen hielten. Daneben hätte ein Schlüsselloch sein sollen, um den Mechanismus auszuhebeln. Stattdessen war da eine Drehscheibe aus Elfenbein, mit um den Rand herum eingravierten Nummern. Nein … er sah genauer hin … drei konzentrische Drehscheiben.

Ein Zahlenkombinationsschloss? Grey hatte davon gehört, aber noch nie eines gesehen … Er kramte in seiner Erinnerung … war das nicht eine italienische Neuheit, eines von diesen Dingen, die während der Renaissance erfunden worden waren und es nicht geschafft hatten, sich jenseits der Alpen auszubreiten? D'Aumont und seine Hurensohn-Spielzeuge. Grey hielt das Licht näher daran.

Auf der innersten Drehscheibe waren die Zahlen

von eins bis zehn eingraviert; auf der zweiten eins bis zwanzig; und auf der äußersten eins bis dreißig. Die Rechnung war nicht kompliziert. Angenommen, das Prinzip funktionierte so, dass eine willkürliche Kombination aus drei Zahlen so in einer Linie angeordnet werden musste, damit ein Kanal entstand, durch den sich die Verschlussbolzen zurückziehen konnten … gab es genau 6000 Möglichkeiten.

6000. Wie viele konnte Grey in einer Minute ausprobieren? Er besah sich die Drehscheibe in seiner Hand von allen Seiten. Vielleicht alle 20 Sekunden eine? Drei in einer Minute? 2000 Minuten. 33,3 Stunden. Er fluchte leise. Wenn er jetzt damit anfing, konnte er es versuchen … 800 oder 900 Variationen bis zum Sonnenaufgang. Wenn er dieses Tempo durchhielt. Damit hätte er eine Wahrscheinlichkeit von eins zu sieben, die richtige Kombination zu erraten. (*Sept-et-le-va*, sagte er sich selbst.) Aber wie früh vor Sonnenaufgang begannen die Dienstboten bereits mit ihrer Arbeit? Nein, es sprach zu viel dagegen; das Risiko war zu hoch.

Könnte er den Safe aufsprengen? Womit? Mit Pulver aus d'Aumonts Waffenraum. Aber die Explosion würde alle im Haus aufgeregt herbeieilen lassen und er säße in der oubliette in der Falle. Genau, wie es beabsichtig war.

Wie wäre es mit einem von diesen Drucklufttanks? Für die Girandoni? Ohne Zweifel würde es zu einer Explosion führen, wenn man ein Loch in einen bohrte – der Druck darin war einfach enorm. Aber würde das ausreichen? Er hatte keinen Vergleichswert, aufgrund dessen er schätzen konnte. Und es würde mindestens den gleichen Lärm wie ein knallendes Gewehr erzeugen. Zusätzlich verstärkt von diesen runden Wänden.

Es hatte keinen Sinn. Es gab nur eine Möglichkeit, den Safe zu öffnen: mit der Spitze einer Schwertklinge. Hier gab es eine glückliche Überschneidung seiner zwei Missionen – morgen Abend, sobald die Damen nach oben gegangen waren, würde Grey sich irgendeine Ausrede überlegen, um d'Aumont in sein Arbeitszimmer zu begleiten und ihn dann zwingen, den Tresor zu öffnen.

Grey würde dann mit den Geheimnissen entkommen und die Leiche eines Jean-Anne d'Aumont zurücklassen. In seiner oubliette erstochen.

Grey drehte sich um, um die Treppe wieder hinaufzusteigen.

Dann wandte er sich aber noch einmal dem Tresor zu. War d'Aumont ein fauler Mann? Nein. Aber nur für den Fall …

Grey drehte die Drehscheiben auf 1–1–1 und zog. Nichts. 1–2–3 und zog. Nichts.

Na gut. Ausprobieren schadete nie. Er drehte die Drehscheiben wieder auf die Kombination zurück, in der er sie vorgefunden hatte, zog auch so einmal daran, nur um sicherzugehen, und kehrte dann wieder ins Arbeitszimmer darüber zurück.

17

Als Grey am nächsten Tag zum Frühstück hinunterging, kam er an den zwei jungen Töchtern, Christine und Yvette, vorbei, die im Foyer standen, warteten und sich unterhielten. Er verbeugte sich freundlich vor ihnen und hätte ein wenig höfliches Geplauder angefangen, wenn er nicht von einem ernst wirkenden d'Aumont davon abgehalten worden wäre, der ihn mit einem Wink dazu aufforderte, ihm in das leere Speisezimmer zu folgen und die Tür hinter sich schloss.

»Captain Grey, ich muss etwas ... Vertrauliches mit Ihnen besprechen.«

Sofort ratterten Greys Gedanken durch die Ereignisse des vergangenen Tages und der Nacht. War er gesehen worden, wie er aus Julias Zimmer kam? Hatte er in d'Aumonts Arbeitszimmer oder seinem Keller etwas am falschen Platz zurückgelassen? Schrie etwas auf der Karte nach Betrug?

»Sie werden mir hoffentlich verzeihen«, sagte d'Aumont, »wenn ich persönlich werde. Sind Sie katholisch? Ich weiß, dass das in England nicht sehr gewöhnlich ist, aber vielleicht wegen Ihrer offensichtlichen Sympathie für die Iren? Aber vielleicht ist das zu weit hergeholt. Es ist nämlich Sonntagmorgen« – das hatte Grey vergessen – »und ich habe mich gefragt, ob Sie nicht vielleicht gerne meine Familie und mich in die Messe begleiten würden. Natürlich müssen Sie keine Gewissensbisse haben, falls Sie ablehnen.«

Grey musste sich davon abhalten, erleichtert aufzuatmen.

»Es wäre mir eine Freude, Sie zu begleiten, Captain. Ich habe bei meiner Arbeit große Fortschritte gemacht und denke, dass ich mir den Morgen freinehmen kann.«

»Gut«, sagte d'Aumont. »Das freut mich sehr. Normalerweise gehen wir sonntags zu Fuß zur Kirche ins Dorf hinunter. Wir werden in zehn Minuten aufbrechen.«

»Sehr gut«, sagte Grey. »Gerade genug Zeit für eine Tasse Kaffee und dann stehe ich Ihnen voll und ganz zur Verfügung.«

Grey hatte gedacht, dass ihm der Spaziergang vielleicht die Gelegenheit geben würde, mit Julia zu sprechen, die nach dem Abendessen am Vortag schnell nach oben verschwunden war, aber sie war in eine Unterhaltung mit ihrer Mutter vertieft. Stattdessen fand er sich neben der jüngsten Tochter

Christine wieder – sie war sehr süß und sehr gesprächig, nicht allzu klug und ihrer pubertären Plumpheit noch nicht vollständig entwachsen.

Sie wollte alles über England wissen. Gab es dort wirklich noch einen König? Sie war fast zu jung, um sich noch an Louis XVI. zu erinnern. Regnete es die ganze Zeit über, so wie in der Normandie? Sie wusste, dass der Käse sehr hart war. In der Champagne aß man meistens Brie, der aus Brie stammte, was in der Champagne lag – wo sie sich jetzt gerade befanden! Wo hatte er gelernt, so gut Französisch zu sprechen? Sprach jeder in England Französisch? Sie würde so gerne Englisch lernen, aber ihre Gouvernante sagte, dass es wichtiger wäre, Deutsch zu lernen, obwohl sie anderer Meinung war, aber wahrscheinlich wusste es ihre Gouvernante am besten, obwohl ihre Gouvernante Deutsche war, das würde also auf ein gewisses Vorurteil hindeuten und sowieso, ihre Gouvernante sprach kein Englisch, also war es eine müßige Diskussion. Welcher Religion gehörte Grey an?, fragte sie sich ebenfalls. Sie hätten sich darüber unterhalten, bevor er heruntergekommen sei. Mama sagte, England sei ein Land mit tausend Religionen aber nur einer Soße. Sie hoffte wirklich, dass es eine gute Soße wäre. Und wie konnte es tausend Religionen geben? Sie kannte nur fünf: Katholisch, nicht katholisch, jüdisch, mohammedanisch und heidnisch. Sie hatte Juden in Paris getroffen – die Leute sagten, dass Mr Napoleon sie dafür bewunderte, Gesetzgeber zu sein, deshalb waren sie im Moment ziemlich *en vogue*, und dass Jean-Anne viele Mohammedaner getroffen hatte, als er auf hoher See war, obwohl einige sehr unfreundlich waren und Christen als Sklaven nahmen, wenn sie konnten, und nördlich von Afrika auf dem Meer unterwegs waren, was schrecklich weit weg schien, aber andere, sagte er, wären ziemlich freundlich und hätten Mr Napoleon geholfen, als er in Ägypten war. Aber sie hätte noch nie jemanden gesehen oder von jemandem gehört, der ein Heide gewesen wäre. Kannte Grey irgendwelche? Fand er, dass sie wie andere Leute aussahen? Sie hatte gehört, sie hätten schmale Augen, aber das konnte sie nur schwerlich glauben. Sie fragte sich, warum sie nicht einfach Christen wurden – Christ zu sein wäre doch so erfreulich –, obwohl es da vielleicht ein paar Hindernisse gab, da sie nun mal so weit weg lebten. Sie würde so gerne einmal den Orient sehen. Vielleicht würde Jean-Anne sie eines Tages ja einmal mitnehmen. Oder vielleicht ihr Ehemann? Sie kicherte. Grey und die Familie bogen um eine Ecke und endlich war da die Kirche. Angesichts Christines Ausdauer verschlug es ihm die Sprache. Wann holte sie bloß Luft?

Grey hatte vorher schon einige katholische Messen besucht; als er jünger gewesen war aus Neugier (er war tatsächlich etwas enttäuscht gewesen, als er herausgefunden hatte, dass es viel weniger »Firlefanz«

gab, als man ihm erzählt hatte) und dann später als Auftrag in katholischen Ländern, wenn die guten Manieren es geboten. Er war nicht besonders religiös, aber sogar für einen laissez-faire Anglikaner wie ihn war es unmöglich, an dem Tag, an dem man vorhatte, jemanden zu töten, vor einem Kruzifix zu knien, ohne sich Fragen über Sünde und die Hölle und Erlösung und das ewige Leben im Gegensatz zu ewiger Qual zu stellen. Jesus hatte den Menschen den Rat erteilt, die andere Wange hinzuhalten. Grey sah sich selbst eher als einen Christen des Alten Testamentes an. »Trag gegen deinen Bruder nicht Hass in deinem Herzen. Weise deinen Nächsten freimütig zurecht, damit du nicht seinetwegen Schuld auf dich lädst.« Grey war, hin und wieder, ein professioneller Zurechtweiser gewesen. Es war seine Aufgabe, dass Auge um Auge zurückgezahlt wurde, oder manchmal vorbeugend ein fremdes Auge zu nehmen, um dem Verlust eines solchen in Großbritannien zuvorzukommen. Vielleicht würde Jesus das nicht so sehen, aber Grey war sich sicher, dass Jesus' Vater das tat. Falls er sich überhaupt mit solchen Dingen beschäftigte.

Nach einigem Auf und Ab, einer Predigt (einer ziemlich guten, fand Grey) und der Kommunion (die er nicht annahm; Julia ebenso wenig), war der Gottesdienst beendet. Christine war bereit, ihre Unterhaltung mit Grey wieder auf zu nehmen – bereitete gerade ihre einleitende Wortsalve vor –, als Julia zu ihrer Familie sagte, dass sie gerne zurückbleiben und beichten würde.

Jean-Anne d'Aumont tadelte sie – »aber, aber« – , sagte, er hätte keine Zeit, auf sie zu warten, und dass er nicht wünschte, dass sie alleine zum Haus zurückging. Julia tadelte ihrerseits – »aber, aber« – und überlegte sich gerade eine Erwiderung, als Grey sich einschaltete.

»Würden Sie mir erlauben, Miss d'Aumont nach Hause zu begleiten?«

Jean-Anne wirkte unentschlossen, was den Vorschlag anging. Julia eigentlich auch. Aber nachdem er einen Augenblick überlegt hatte, sagte d'Aumont: »Ja, ich wäre Ihnen sehr verbunden, danke«, und dann zu seiner Mutter und seinen Schwestern: »Kommt, lasst uns gehen.«

Der Reihe nach traten sie mit den restlichen Gemeindemitgliedern aus der Kirche und nachdem der Pfarrer die letzte Hand zur Verabschiedung geschüttelt hatte, ging Julia auf ihn zu und die zwei verschwanden in einem Beichtstuhl.

Grey ging hinaus, um ihnen ihre Privatsphäre zu lassen. Er zündete einen Zigarrenstumpen aus einer Schachtel an, die er in Paris erworben hatte, dieser war aber bedauernswerterweise schal geworden. Es war ein warmer, stürmischer Tag. Eine Brise trug Greys Asche davon und brachte die Spitze seiner Zigarre zum Glimmen. Grey folgte dem umständlichen Weg des Rauchs durch die Luft, den es nach hier und dort wehte, und grübelte gerade über die Unwägbarkeiten von Wind in kleinen Maßstäben nach – wie Wind derart viel untersucht und genutzt, aber immer noch nicht zur Perfektion verstanden werden konnte –, als Julia wieder heraustrat.

»Ich hoffe, ich habe nicht zu lange gebraucht«, sagte sie und strich den Rock über ihren Knien glatt.

»Überhaupt nicht«, sagte Grey. »Sollen wir?« Er deutete nach oben auf die von Eichen gesäumte Straße zurück zu ihrem Haus.

Julia sagte nichts, bis sie eine respektable Entfernung zur Kirche erreicht hatten. »Ich nehme an, dass du weißt, was ich gebeichtet habe.«

»Jetzt sag mir nicht, dass das dein erstes Rendezvous war. Ich bin mir nicht sicher, ob ich das glauben könnte.«

»Wie ungalant, so etwas zu sagen.«, sagte Julia d'Aumont.

»Das habe ich nur im Spaß gemeint, meine Liebe.«

Sie lehnte den Arm ab, den er ihr anbot. »Wenn es dir nichts ausmacht, würde ich es vorziehen, nicht mehr weiter darüber zu sprechen.«

Für ein paar Augenblicke schwiegen beide, bis Julia schließlich fortfuhr: »Hast du irgendeine Meinungsverschiedenheit mit meinem Bruder? Ich weiß nicht, was es ist, aber dir und ihm steht es heute Morgen ins Gesicht geschrieben.«

»Nein, keine Meinungsverschiedenheit, nur eine Transaktion. Von beiderseitigem Interesse.«

»Lüg mich nicht an«, sagte Julia ungehalten. »Als er heute Morgen meinte, dass er dich sprechen müsste, stand Mordlust in deinen Augen. Genau wie auf der Treppe gestern Abend. Und vielleicht hast du mich ja nur geliebt, damit ich mich bei ihm für dich einsetzte.«

»Nein, natürlich nicht.«

»Mein Bruder hatte mir berichtet, dass du ein Gentleman wärst – dass du ihn mit deinem Verhalten auf dem Ehrenfeld so beeindruckt hättest. Was für ein Unsinn.«

»Also hätte ich deine Avancen ignorieren sollen? Oder dich vor mir warnen sollen?«

»Lass mich bitte in Ruhe.« Grey fasste sie am Arm; drehte sie zu sich um. Sie gab ihm eine schallende Ohrfeige, wiederholte: »Lass mich in Ruhe!«, und einen Augenblick später: »Wir haben uns einmal versündigt. Das wird kein zweites Mal passieren.«

Den Rest des Wegs legten sie schweigend zurück.

18

Leider würde Grey den Großteil seiner Besitztümer zurücklassen müssen – alles, was nicht problemlos in sein Jackett und seine Hosen passte. Er hatte einen langen Fußmarsch vor sich. Würde er eine Gelegenheit dazu bekommen, auf sein Zimmer zurückzukehren, nachdem er d'Aumont erledigt hatte, um einen kleinen Teil seiner persönlichen Gegenstände mitnehmen zu können? Vielleicht, aber er entschied, sich nicht darauf zu verlassen.

Er hörte ein Geräusch hinter sich. Grey drehte sich um. Es war ein Zettel, der unter der Tür durchgeschoben worden war. Er hob ihn auf. Es war seine Notiz; eine Entschuldigung, die er Miss d'Aumont vor einer Stunde hatte zukommen lassen. Ungeöffnet, immer noch verschlossen. Zurück zum Absender. Na gut. Er brauchte nichts mehr von ihr – aber es tat ihm leid, dass es ein schlechtes Ende mit ihr genommen hatte. Er hatte nicht vorgehabt, sie zu verletzten und bedauerte es – er bedauerte es immer, Unschuldige zu verletzen, und in dieser ganzen Angelegenheit war sie eine Zivilistin. Er konnte sich des Gefühls nicht erwehren, dass Paulette sie gutgeheißen hätte, auf eine generelle Art und Weise. Aber das war etwas, worüber er jetzt keine Zeit zum Nachdenken hatte. Julia war verletzt, er hatte sie verletzt. Sie war ein Kriegsopfer. Bedauerlich, aber so war es eben.

Wie Paulette?, fragte er sich selbst. Nein, natürlich nicht, du verdammter Dummkopf. Zum Teufel mit diesem Gleichstellungs-Unsinn. Überlass das den französischen Philosophen.

***

Als der Gong ertönte, damit man sich für das Abendessen umzog, hatte Grey seine Taschen bereits gefüllt – so viel, wie hineinpasste, ohne Aufmerksamkeit zu erregen – mit den kleinen Gegenständen, die zurückzulassen er nicht übers Herz brachte. Die meisten waren Andenken an seine Frau; außerdem nahm er seine wärmsten Socken mit. Er zog in Betracht, sein Schwert anzulegen. Es würde vielleicht ein wenig Aufmerksamkeit auf sich ziehen, aber er könnte behaupten, dass er erwartete, schon bald mit d'Aumont aufzubrechen, nachdem seine Arbeit fertiggestellt wäre, und wünschte, das Haus zum Abendessen mit seiner vollen Ausstaffierung zu beehren. Er könnte sogar behaupten, dass es eine Tradition der Shetlandinseln wäre und er einer Familie der Shetlands entstammte. Das hatte er in der Vergangenheit bereits einmal getan. Es hatte sich als schwer zu widerlegen herausgestellt; wer war je auf den Shetlands gewesen? Wie dem auch sei, der Plan, den er sich zurechtgelegt hatte, lautete so: Beim Abendessen würde er verkünden, dass der Bericht beinahe fertig wäre; andeuten, dass er stetig daran weitergearbeitet und den Fortschritt diskret behandelt hätte, um seiner finanziellen Arrangements willen. D'Aumont würde bitten, ihn sich ansehen zu können. Grey würde anbieten, den Bericht nach dem Abendessen in sein Arbeitszimmer zu bringen. Wenn Grey nach oben ging, um ihn zu holen, würde er in Wahrheit sein Schwert holen, das er in eine große Karte einrollen würde, die er vorher seinem Gastgeber entwendet hatte.

Das Abendessen selbst stellte sich als ereignislos heraus. Grey wurde mehrmals gefragt, was er von der Kirche und dem Gottesdienst hielt, und so weiter, wie sich sein Arm erholte (»Ich hatte ihn beinah vergessen, Ma'am.«) und wie seine Arbeit für Jean-Anne voranging. Als Grey ihnen mitteilte, dass sie so gut wie erledigt wäre und dass er sich darauf vorbereitete, am nächsten Tag nach Paris zurückzukehren, wenn Captain d'Aumont einverstanden wäre, beteuerten sie, dass dies bedauerlich wäre. Die Ankündigung traf Captain d'Aumont selbst unvorbereitet, aber er war erfreut, dies zu hören, und verlieh seinem Wunsch Ausdruck, den Arbeitsentwurf zu sehen.

»Sicher«, sagte Grey. »Ich könnte ihn in Ihr Arbeitszimmer bringen, nachdem die Damen nach oben gegangen sind?«

»Das würde ich sehr begrüßen«, sagte d'Aumont. Und das Abendessensgespräch wandte sich wieder anderen Themen zu. Champagner- und Weingärten-Themen. Da er sich auf eine Rückfahrt nach Paris am folgenden Tag einstellte, hatte d'Aumont einige Angelegenheiten, die er vor dem Aufbruch regeln wollte. Allerdings würde er nach Greys Plan niemanden mehr in Paris benachrichtigen, der ihn erwarten konnte: Die letzte Post war schon weg.

***

Als sich das Abendessen dem Ende zuneigte, wies Madame d'Aumont ihre Töchter an, in den Salon zu gehen und schlug vor, dass sich die Herren direkt den Geschäften zuwandten. Grey und d'Aumont erhoben sich, als die Damen den Raum verließen; erneut hielt Grey ihnen die Tür auf. Als Julia an Grey vorbei ging, steckte sie ihm einen Zettel zu.

Nachdem d'Aumonts Mutter und Schwestern gegangen waren, starrte Jean-Anne Grey einen Moment lang an, drehte sich dann um und ging in Richtung seines Arbeitszimmers.

»Kommen Sie bitte mit, Captain Grey«, sagte er.

»Soll ich meine Papiere holen?«, fragte Grey und folgte d'Aumont aus dem Raum.

»Noch nicht«, sagte d'Aumont. »Eins nach dem anderen.«

Keiner von beiden sagte etwas, bis sie die Bibliothek durchquert und die Arbeitszimmertür hinter sich geschlossen hatten.

Nun stand d'Aumont hinter seinem Schreibtisch, hatte einen feierlichen Ausdruck aufgesetzt und seine Hände hinter dem Rücken verschränkt. Seine Stirn lag in Falten, eher ein Ausdruck des Ärgers als der Besorgnis.

»Meine Schwester hat Ihnen einen Zettel gegeben?«, stellte d'Aumont seinen Gast zur Rede. »Ich muss Sie bitten, ihn mir zu zeigen.«

Grey hatte ihn selbst noch nicht angesehen, da er ihn so unauffällig wie möglich in eine Innentasche seines Jacketts hatte gleiten lassen. Nun holte er ihn hervor, faltete ihn auf und besah ihn sich:

Captain Grey,
vielleicht halten Sie mich für zu launisch, zu mädchenhaft. Es tut mir leid, dass ich Ihnen gegenüber so kalt war. Ich gebe Ihnen keine Schuld an dem, was zwischen uns vorgefallen ist. Ich habe einem unangebrachten Impuls nachgegeben. Bringen Sie mich nicht in Versuchung, es erneut zu tun.
Mit Bedauern,
Julia d'Aumont

Grey sah von dem Brief zu d'Aumont auf. Sein Blick war noch finsterer geworden.

»Mein lieber Captain d'Aumont«, sagte Grey und trat auf d'Aumonts Schreibtisch zu, »dieser Zettel betrifft eine sehr private Angelegenheit zwischen Ihrer Schwester und mir. Sicherlich verstehen Sie das« – Grey hielt den Brief in die Flammen des Kerzenständers auf der Arbeitsfläche – »... als Franzose.« Grey lächelte sein geschmacklosestes Lächeln. Es bereitete ihm keine Freude, Julias Namen in den Schmutz zu ziehen. Er tröstete sich mit der Tatsache, dass der Einzige, der ihn je dabei hören würde, in Kürze tot sein würde.

D'Aumonts Gesicht wurde puterrot. »*Schwein!*« Er krallte die Finger in die Rückenlehne seines Schreibtischstuhls und grub die Nägel in das Leder. »Sie werden keine weitere Nacht in diesem Haus verbringen!«

»Ich breche nur zu gerne auf, *mon capitaine*. Aber ich werde Julia mitnehmen.« Grey ließ die verkokelten Überreste des Zettels in d'Aumonts Aschenbecher rieseln, wo sie leuchtend unter den Stumpen von d'Aumonts gerauchten Zigarren lagen. »Und natürlich ... wird Julia auch mitnehmen, wen auch immer sie vielleicht bei sich trägt.«

D'Aumont stieß einen erzürnten Schrei aus, der die Wände erzittern ließ: »VERFLUCHT!«

Er stürmte um den Schreibtisch herum – Grey erwartete fast, dass der Mann ihn anfallen würde wie ein weidwunder Bär. Stattdessen stieß er die Tür zur Bibliothek auf, durchquerte den Raum und ging zielstrebig auf ein paar gekreuzte Säbel zu, die unter dem Porträt eines Marineoffiziers hingen.

Als Antwort auf d'Aumonts Schrei kamen Brodeur und ein Diener schnell den Flur entlanggelaufen.

»RAUS HIER«, brüllte er sie an. »Das ist eine persönliche Angelegenheit. Den nächsten Büttel, der mich unterbricht, HÄNGE ICH AN DEN DAUMEN AUF.« Der Diener zog sich bereits zurück. Brodeur zögerte noch. D'Aumonts Gesicht nahm ein noch dunkleres Rot an. »RAUS HAB ICH GESAGT – VERFLUCHT NOCH MAL!«

Als Brodeur zurückwich, riss d'Aumont die Säbel von der Wand.

»Diese gehörten meinem Vater; es ist ein gleiches Paar.« Er warf Grey einen zu. »Sie werden sich mit mir duellieren oder ich töte Sie auf der Stelle, bei Gott. Seien Sie auf der Hut.«

Grey betastete die Spitze der Klinge – scharf –, machte sich mit ihrer Krümmung vertraut – gut – und überprüfte, wie sie in der Hand lag – annehmbar. Er schwang den Säbel vor und zurück und prüfte den Klang, mit dem er sirrend durch die Luft schnitt. Dann holte er damit weit nach rechts aus und lauschte dem *knall* und *klirr*, als die Vase, die er vor zwei Nächten umgestoßen hatte, in tausend Porzellansplitter explodierte. Grey lächelte.

»Bereit.«

Mit seinem ausgestreckten Schwert zog d'Aumont langsame Kreise, parallel zum Boden. Grey hielt seinen eigenen Säbel gesenkt, richtete ihn ein wenig auf den Boden, und wartete darauf, dass d'Aumont auf ihn zukam.

Der Franzose machte einen schnellen Schritt nach vorne und stach nach Greys Brust. Grey wehrte den Schlag ab und stach seinerseits nach d'Aumont, der Greys Klinge nach oben bis zu seinem Griff rutschen ließ, bevor er sie wegstieß und zu einem schnellen Gegenschlag auf Greys Gesicht ansetzte.

Grey lehnte sich zurück und der Gegenschlag segelte weit an seinem Kopf vorbei; während d'Aumont auf der Suche nach seinem Gleichgewicht schwankte, lehnte Grey sich wieder nach vorne und stieß nach dessen Bauch. Ein Stück des Jacketts und des Hemdes blieben an der Klinge hängen und die zwei Männer wichen, sich umkreisend, zurück.

Jetzt war es an Grey, nach vorne zu springen – aber nicht auf ein lebensnotwendiges Organ zu zielen. Er musste diesen Tresor aufbekommen. Er schlitzte d'Aumonts Schwertarm auf; zwischen zusammengebissenen Zähnen stieß d'Aumont scharf die Luft aus und machte zwei Schritte rückwärts. Die Pflicht. Die verdammte Pflicht. Er hasst das Schwert, so wie er die Hölle, alle Montagues und Capitaine Jean-Anne hasste.

Grey parierte einen schwachen Stoß, während

d'Aumont versuchte, Grey in Schach zu halten und gleichzeitig einen blutigen Stofffetzen abzureißen, der sich um seine Hand gewickelt hatte. Grey trat einen Schritt zurück und hob sein Schwert. Ein Gefallen. D'Aumont riss seinen Hemdsärmel ab und rief erneut –

»*En garde.*«

Schlag, pariert, Schlag, pariert, Sprung, pariert. Grey war höchst konzentriert; d'Aumont war keine Niete mit dem Säbel. Sie fochten vor und zurück; Grey wartete auf seine Chance zu einem lähmenden Schlag, in d'Aumonts Augen stand immer noch Blutlust. Nach einem weiteren Ausweichsprung drehte sich Grey seitwärts und hieb nach d'Aumonts Hüfte. D'Aumont machte drei schnelle Schritte rückwärts, zurück durch die Tür in sein Arbeitszimmer, und stolperte leicht über die Schwelle. Erneut aus dem Gleichgewicht gebracht, fiel er rücklings auf seinen Schreibtisch und griff hinter sich, um sich abzustützen, da er gezwungen war, sich unter Greys Hieben nach seinem Kopf zurückzulehnen.

D'Aumont fiel gegen den Schreibtisch – seine Konzentration war dahin, mit einem Schnitt hieb Grey nach d'Aumonts Schwerthand und der Säbel segelte durch das Zimmer.

Nun befand sich nichts mehr zwischen der Spitze von Greys Schwert und dem bisschen Stoff, das d'Aumonts Herz bedeckte, außer 30 Zentimeter leerer, schwerer Luft.

»NUN?«, tönte Grey, aufgeladen mit Leidenschaft vom Kampf, und wartete darauf, dass d'Aumont um sein Leben bettelte. Stattdessen griff dieser hinter sich, schnappte sich den brennenden Kerzenständer und schlug damit nach Greys Gesicht.

Grey stach zwischen den Armen des Lüsters hindurch und entriss, mit der gekrümmten Klinge des Säbels, den Kerzenständer d'Aumonts Hand. Greys Bewegung war glatt und verächtlich. Der Kandelaber schlug lautklirrend auf dem Boden auf.

»Heben Sie ihn auf, bevor er Ihr ganzes verdammtes Haus abfackelt. JETZT.«

Mit Greys Schwert, das nach wie vor auf d'Aumonts Herz gerichtet war, kniete sich dieser hin, um den immer noch brennenden Kerzenständer zu holen. D'Aumont war rot vor Schande und Wut. Er platzierte den Kandelaber auf seinem Schreibtisch, auf dem er sich erneut abstütze und versuchte, wieder zu Atem zu kommen.

Grey spießte mit seiner Säbelspitze die Schwertscheide auf, die d'Aumont hatte fallen lassen, und schleuderte sie aus dem Zimmer zurück in die Bibliothek. Ohne sich aus den Augen zu lassen, lauschten die beiden Männer dem Geräusch von Metall, das über den Holzboden schlitterte.

»Nun?«, wiederholte Grey.

»Nun was? Erwarten Sie von mir, dass ich um mein Leben bettle?«, antwortete d'Aumont und wischte sich etwas Blut aus dem Mundwinkel.

»Das hatte ich ehrlicherweise erwartete, ja. Sie wollen es doch behalten, oder etwa nicht?«

Die zwei Männer starrten sich an ohne zu blinzeln und ohne eine Miene zu verziehen. D'Aumont unterbrach den Blickkontakt zuerst, drehte den Kopf nach links und atmete laut aus, mit einer Mischung aus Hass auf Grey und sich selbst.

»Nun gut«, sagte er. »Ich bitte um mein Leben.«

»Und ich werde es Ihnen lassen, wenn Sie tun, was ich sage.«

D'Aumonts Mund verzog sich zu einem noch finstereren Ausdruck.

»Und was wäre das?«

»Direkt unter uns befindet sich ein Tresor. Sie werden mir gehorchen und mit den Drehscheiben die richtige Zahlenkombination einstellen, die nötig ist, um ihn zu öffnen. Und ich werde Ihrer Bitte nachkommen und Sie am Leben lassen.«

GOTTVERDAMMT, dachte Grey – was habe ich da gerade getan? Ich habe dem Mann sein Leben versprochen. Was habe ich getan; ich bin doch hier, um ihn zu töten. Aber Grey wusste – hasste die Tatsache, dass er es wusste –, dass der Inhalt des Tresors wichtiger war als seine Rache. Zur Hölle damit, aber das war er. Wenn das bedeutete, dass er diesen Pakt mit dem Teufel schließen musste – dann war es eben so.

Langsam wurde d'Aumonts finsterer Blick von einem Ausdruck der Verwunderung abgelöst; dem des Verstehens, einer Erkenntnis.

»Ah«, sagte er, »darum ging es also die ganze Zeit. Sie sind kein Informant, Sie sind ein Spion. Diese ganze Angelegenheit … unsere ganze Vertraulichkeit … alles nur zur Schau.«

»Nicht ganz«, sagte Grey. »Ich fürchte, dass ich so viel Lob nicht anerkennen kann. Aber der Kern dessen, was Sie sagen, ist wahr. Sie haben Informationen in diesem Tresor, die ich brauche.«

»Dann werden Sie mich töten müssen.«

»Führen Sie mich nicht in Versuchung«, sagte Grey. »Sie haben keine Ahnung, wie dünn das Eis ist, auf das Sie sich begeben.«

»Dieser Tresor wird niemals für Sie geöffnet werden, solange ich am Leben bin«, antwortete d'Aumont und erlangte etwas von seiner Männlichkeit wieder. »Und auch nicht, wenn ich tot bin, wage ich zu behaupten.«

»Wie viele Finger können Sie sich erlauben zu verlieren, bis Sie Ihre Meinung ändern?«, fragte Grey und hielt sein Schwert bedrohlich nahe an d'Aumonts Unterleib.

»Nehmen wir einmal an, dass Sie die Dokumente wirklich aus meinem Tresor herausholen. Was tun Sie dann damit? Sie zu Fuß zu *la Manche* bringen« – er benutzte den französischen Namen für den Ärmelkanal – »und hinüberschwimmen? Wollen Sie durch den Rhein schwimmen? Zu den Pyrenäen laufen? Jedem Franzosen, jeder Truppenbewegung, jeder Patrouille zwischen hier und dort aus dem Weg gehen? Kommen Sie. Das ist absurd. Die Informationen, die Sie wollen, werden sich als nutzlos erweisen.«

»Dann gibt es keinen Grund, sie mir nicht auszuhändigen.«

Einen Augenblick lang schien d'Aumonts Blick abzuschweifen.

»Na gut«, sagte er. »Aber erst muss ich zu Atem kommen.«

D'Aumont sagte dies mit demselben herablassenden Knurren, mit dem er sprach, seit Grey den Zettel verbrannt hatte ... aber mit einem nahezu unmerklichen Funkeln in seinen Augen.

Grey fuhr gerade noch rechtzeitig herum, um die bestrumpfte Gestalt Brodeurs hinter sich zu sehen, der d'Aumonts Säbel hoch über seinen Kopf erhoben hatte.

Grey rammte seinen eigenen Säbel tief in Brodeurs Bauch. Dieser gurgelte Blut, ließ sein Schwert fallen und fiel dann daneben zu Boden, tot.

Nun war Grey an der Reihe zu knurren und wandte sich wieder d'Aumont zu. »Sollen wir also dann mit der Dezimierung von Fingern anfangen? Oder wäre es überzeugender, wenn wir mit der Dezimierung von Schwestern beginnen?«

D'Aumont starrte auf den leblosen Körper seines Butlers.

»Ich bringe Sie in mein Haus und so danken Sie es mir.«

Er schüttelte den Kopf – und Grey konnte nicht

anders, als einen stechenden Schmerz zu verspüren. Trotz des Hasses auf diesen Mann wusste Grey, dass d'Aumont sein Bestes getan hatte, sich ihm gegenüber ehrenvoll zu erweisen. Sogar bei der angedrohten Festnahme. Grey hatte nach Boston fliehen wollen, um weitere dieser Hässlichkeiten, die mit diesem Leben einhergingen, zu vermeiden.

Aber jetzt war es zu spät.

Wortlos ging der französische Kapitän um seinen Schreibtisch herum, trat den Teppich zur Seite und öffnete die Falltür.

»Wollen Sie vorausgehen?«, fragte er Grey.

»Nehmen Sie das Licht«, entgegnete Grey und deutete mit dem Kopf in Richtung des Kandelabers, »und setzten Sie sich in Bewegung.«

Mit Grey und Greys Säbel in seinem Rücken ging d'Aumont den spiralförmigen Weg in die oubliette immer weiter hinunter. Am Ende der Treppe gab d'Aumont Grey die Lampe, stellte die Drehscheiben auf 9–12–29 ein und trat einen Schritt zurück.

»Jemandes Geburtsdatum?«, fragte Grey. D'Aumont sah ihn an, antwortete aber nicht.

»Öffnen Sie ihn«, befahl Grey.

D'Aumont drehte das Verschlussrad des Tresors, womit die Bolzen mit einem ächzenden Geräusch herausgezogen wurden. Dann, mit einer wenig vornehmen Geste, riss er die Tür auf.

Im Inneren befanden sich vier Regale; die oberen

zwei waren eng mit säuberlich aufgeschichteten Türmen einer Goldwährung bestückt: eine Ansammlung vor-revolutionärer französischer Münzen – Louis d'or; Francs *à cheval* und *à pied* –, verschieden wertvolle spanische Dublonen zusammen mit ein paar kleineren Eskudos. Einige Schweizer Dublonen und preußische Friedrich d'ors. Genau ein schottisches Pfund. Alles in allem einige hundert englische Pfund.

Unter dem Gold lag Schmuck; offensichtlich wertvolle Familienerbstücke; ein Geschmeide ganz aus Rubinen und verschiedene, kleinere Schmuckstücke aus Diamanten und Halbedelsteinen.

»Ich nehme nicht an, dass ich Ihr Interesse dafür gewinnen kann, das Geld zu nehmen und die Dokumente zurückzulassen. Bei Ihrer Flucht mit dem Gold würde ich Ihnen gerne helfen. Ich würde meine eigene Kutsche entsenden, damit Sie unbehelligt zurück nach Spanien reisen können.«

»Sehr großzügig von Ihnen, d'Aumont, aber ich fürchte, Ihre Annahme ist korrekt.« Grey besah sich das untere Regal, auf dem ein sorgfältiger Stapel Zettel und Briefe aufgehäuft war, und daneben einige eingerollte Karten.

»Das ist ziemlich viel Geld. Erlauben Sie mir, es dem Inhalt meiner Brieftasche hinzuzufügen.« D'Aumont griff in sein Jackett.

»Lassen Sie Ihre Hände da, wo ich sie sehen kann, Captain.«

D'Aumont zog die Hand aus seiner Innentasche ... etwas darin blitzte auf ... und wurde dann mit einem Stich in Greys Bauch versenkt und riss eine Wunde in seinen Körper.

Das Messer ... dachte Grey, brach auf dem Boden zusammen und fühlte, wie er langsam von seinem eigenen Blut durchweicht wurde.

Das Messer ... aus dem Zigarrenetui ... das verdammte Zigarrenetui ... das verdammte Zigarrenetui ...

Grey verlor das Bewusstsein.

19

Das nächste Mal, als Grey aus der Bewusstlosigkeit auftauchte, lag er auf dem Boden einer Kutsche und wurde vor- und zurückgeschaukelt. Irgendwo in seinem Bauch saß ein stechender Schmerz. Er versuchte, ihn mit den Fingern zu ertasten, schaffte es aber nicht. Beide Hände hatte man an seine Beine gefesselt. Lag er auf einer Bahre?

Über ihm saß d'Aumont, der tief in Gedanken versunken aus dem Fenster sah. Quer über seinem Schoß lag die Girandoni.

Grey sank wieder in die Dunkelheit zurück.

Zwei Männer, Männer in Uniformen, zwei französische Soldaten, standen über ihm, hievten ihn aus der Kutsche auf eine Bahre und stießen mit seiner Schulter an die Türschwelle.

»Aufpassen!«, blaffte d'Aumont. Der Soldat bei Greys Füßen murmelte etwas zur Entschuldigung. Grey konnte nicht verstehen, was.

Nun kamen Turmspitzen in Sicht … irgendein

großes, graues Gebäude, dunkel, nicht einladend. Feindselig. Abscheulich. Die Conciergerie? Seine Sicht wollte einfach nicht scharf werden. All sein Blut schien sich in den Füßen gesammelt zu haben. Erneut schloss er die Augen.

***

Nun war er in einem weißen Behandlungsraum. Mit gewölbter Decke, die er von unten aus anstarrte. Jemand untersuchte seine Taille. Ein stechender, flammender Schmerz. Er wollte vor Schmerzen aufschreien, aber es schien, als hätte er keinerlei Luft in sich, nichts in seinen Lungen, keine Zunge in seinem Mund.

»Diese Naht werde ich erneuern, aber keine schlechte Arbeit für einen Mann vom Land«, sagte jemand, der bei seiner Hüfte stand. »Ich sehe keine Infektion … er hat wirklich ziemliches Glück. Die Frage lautet jetzt: Hat er zu viel Blut verloren?«

ICH WERD MIR EIN ODER ZWEI LITER VON DEINEM HOLEN, DU SCHUFT, wollte Grey brüllen, aber innerlich war er immer noch leer … seine Augen hatten sich anscheinend wieder geschlossen … er konnte die Decke nicht mehr sehen.

»Aber wenn er es bis jetzt geschafft hat, glaube ich, dass die Chancen nicht schlecht stehen.«

»Das hoffe ich, Dr. Legrand.« Das war jetzt

aber … die Stimme dieses Mannes, Jean-Anne d'Aumont? Ein Freund? Nein, ein Feind. Sein Erzfeind. Sein erbittertster Widersacher fuhr fort: »Dieser Mann ist von außerordentlichster Wichtigkeit für unseren Staat. Er muss überleben.«

Er muss überleben. Er muss überleben. Er muss überleben …

Nun lag Grey auf etwas Hartem, auf keiner Bahre mehr, einer Holzpritsche. Keine Matratze. Kein Stroh. Kein Licht. Nein – da war Licht, gerade die Andeutung eines Schattens auf dem Boden. Ein gestreifter Schatten. Schwaches Licht, das durch Gitterstäbe an einem Fenster fiel.

Schmerz. Schmerzen. Sein Kopf. Sein ganzer Körper, er fühlte sich, als habe man ihm etwas genommen. Einer lebenswichtigen Versorgung beraubt. Wie … wie der schlimmste Kater, den man sich vorstellen konnte. War er deswegen hier, um seinen Rausch auszuschlafen? Bei dem Gedanken lachte er einmal grunzend auf und Schmerzen schossen durch seinen Bauch.

Er tastete nach dessen Quelle. Seine Hände waren frei. Da war eine dicke Bandage über der linken Seite seines Leibs, er war angezogen. In seinen eigenen Kleidern. Zumindest in seinen eigenen Hosen und den Fetzen, die von seinem Hemd übrig waren.

Grey nahm den Blick von sich selbst und richtete ihn auf seine Umgebung. Er war in einer Zelle. Überraschend geräumig. Für zwei gedacht? Ja, an der gegenüberliegenden Wand konnte er eine andere Holzpritsche sehen. Sie war leer. Und daneben einen Eimer. Er hoffte, dass der auch leer war. Sonst gab es nichts in dem Raum. Das Fenster, mit seinen Stäben, und die schwere Eichentür waren die einzigen Unterbrechungen in den dunklen Steinwänden.

Die Tür hatte ein kleines Guckloch, damit eine Wache nach den Insassen der Zelle sehen konnte. Grey raffte sich aus dem Bett hoch – auf einmal war ihm sehr schwindlig und er stützte sich rasch mit einem Arm an der Wand ab, um das Gleichgewicht zu halten –, dann schleppte er sich hinüber zur Tür. Durch das Loch spähte er hinaus. Aber sosehr er sich auch den Hals von rechts nach links verrenkte, er konnte bloß einen verlassenen Steinkorridor erkennen.

Er drehte sich um und ging ans Fenster. Es war ungefähr 60 Zentimeter groß und fast so breit wie seine Schultern. Ziemlich nett für ein Gefängnis – es musste als etwas anderes gebaut worden sein. War die Conciergerie nicht ursprünglich ein Schloss gewesen? Dies hier oben waren vielleicht einmal Dienstbotenquartiere gewesen, in einem Turm mit Blick auf den Fluss.

Er war tatsächlich in der Conciergerie auf Paris' zentraler Insel, der Île de la Cité, in der Mitte der Seine. Das zweitbekannteste Gefängnis der Revolution. Wie viele Männer hatten in diesem Raum auf ein schicksalhaftes Klopfen, auf eine Augenbinde, eine Fahrt in einem Ochsenkarren zu dem Podest auf dem Place de la Concorde, zur Guillotine gewartet? Erwartete ihn dasselbe? Würde sein Kopf schon bald von seinen Schultern geschlagen werden?

Wie zur Antwort drehte sich ein Schlüssel im Schloss seiner Tür. Natürlich, dachte Grey. Im Gefängnis klopft niemand an.

Grey drehte sich um. Der Gefängniswärter, der die Tür geöffnet hatte, machte einem zweiten Mann Platz; eingefallene Wangen, dicke Galliernase.

»Captain Grey. Mein Name ist Duquette. Wenn Sie mich bitte nach unten begleiten würden.«

Grey richtete sich auf.

»Natürlich, mein guter Mann. Soll ich mich ankleiden oder handelt es sich eher um eine informelle Angelegenheit?«

»Ach, was Sie gerade anhaben, ist ganz passend, Captain.«

Mr Duquette bedeutete Grey, vor ihm zu gehen, hinter dem Gefängniswärter her – der eine Fackel trug – und so stiegen sie im Konvoy eine enge Wendeltreppe hinunter, einen Stock, zwei, drei, vier – in einen dunklen Keller.

»Gibt es etwas Unerfreulicheres als kalte Feuchtigkeit, Mr Duquette?«, sagte Grey

»Ich glaube schon, Captain Grey.«

Der Gefängniswärter stellte seine Fackel in einer Wandhalterung ab, eine von vielen, welche entlang der Wände befestigt waren und den Raum erhellten. In ihrem flackernden Licht musterte Grey das Objekt, das vor ihm stand: So etwas wie ein Holztisch, etwa einen halben Meter länger als die Größe eines Mannes, mit einem horizontalen Gewinde an beiden Enden.

»Wissen Sie, was das ist, Captain?«

»Ich glaube schon ... Natürlich habe ich aber noch nie zuvor eine gesehen. In England sind sie seit 200 Jahren illegal.«

»Ja«, sagte Duquette, »ich weiß. Eine beliebte Anekdote in meinem Beruf erzählt davon, dass Guy Fawkes wegen des englischen Gesetzes nicht gestreckt werden konnte, bis eine Sondergenehmigung von King James eingeholt wurde.«

»Exakt«, sagte Grey.

»Normalerweise«, sagte Duquette, »würde man mit einer Unterhaltung beginnen und dann vielleicht mit ein paar ... weniger ernsten Foltermethoden, bevor man sich auf meine Ebene begibt. Aber wie ich höre, herrscht in Ihrem Fall eine gewisse Dringlichkeit.«

Duquette trat zwei Schritte zurück und rief in den Korridor: »Herrschaften?«

Zwei stämmige, dümmlich aussehende Männer kamen herein, ihre Schuhsohlen klackerten bedrohlich auf dem Steinboden.

»Wenn Sie mir helfen würden, Captain Grey auf der Streckbank zu platzieren.«

Der Gefängniswärter hatte sich hinter Grey gestellt, fasste ihn nun um die Schultern und zwang ihn so, seine Arme unten zu behalten. Grey schüttelte ihn mit einem Ruck ab, fuhr herum und platzierte einen gewaltigen rechten Haken in den Unterkiefer des Mannes. Zähne brachen heraus und flogen auf den Boden.

Aber nun hielten die zwei großen Männer Grey fest, schnappten sich jeder eine seiner Schultern, hoben ihn vollständig vom Boden hoch, ließen ihn grob auf den Foltertisch fallen, zwangen Greys Arme über seinen Kopf und fesselten sie mit Seilen an das Gewinde über ihm, während der Gefängniswärter – aus dem Mund blutend und fluchend – Greys Füße an das andere fesselte.

»So, Captain. Jede dieser Fragen werde ich nur einmal stellen. Haben Sie das verstanden?«

»Nein – könnten Sie das wiederholen?«

»Eine Umdrehung«, befahl Duquette dem Gefängniswärter, der an dem Gewinde zu Greys Füßen stand, nun nach dem Rad an einer Seite griff und es langsam drehte.

Auf einmal stand Greys kompletter Körper unter Spannung. Seine Schultern wurden in einen unnatürlichen Winkel gezogen und wollten sich aus ihren Gelenksockeln drehen.

»Das ist jetzt ungemütlich, Captain. Aber ich versichere Ihnen, dass das hier die Definition von banal ist, im Vergleich zu dem, was als Nächstes kommt.«

Duquette beugte sich über Grey, sodass er dessen Gesicht sehen konnte.

»Haben Sie das mit meinem Arzt abgesprochen?«, fragte Grey. »Ich glaube, es war die Rede davon, dass ich verbluten könnte.«

»Ja, ich habe gerade erst vor einer Stunde mit ihm gesprochen«, antwortete Duquette. »Er sagte mir, dass sie genauso wenig sterben würden wie jeder andere, vorausgesetzt, ich reiße keine Wunden auf. Aber dass Sie sich ungewöhnlich langsam erholen würden. Das können Sie ja im Hinterkopf behalten, wenn Sie möchten. Vielleicht erspart uns das ein wenig Zeit. Eine Umdrehung.«

Der Gefängniswärter umfasste erneut das Rad zu Greys Füßen. Eine neue Anspannung fuhr durch Greys Körper. Er konnte sich nicht daran erinnern, dass sich seine Wirbelsäule jemals so gerade oder seine Organe so straff angefühlt hatten.

»Aber bitte unterbrechen Sie mich nicht wieder, beantworten Sie einfach die Fragen genau so, wie ich sie Ihnen stelle.« Duquette stand auf und entfernte sich ein paar Schritte, bevor er sich wieder umdrehte und seinem Opfer ins Gesicht blickte.

»Captain Grey: Sie sind ein Geheimagent. Richtig oder falsch?«

»Falsch.«

»Eine Umdrehung.« Nun schoss ein Blitz aus Schmerzen durch Greys Körper. Seine Ellenbogen knickten komplett nach innen weg. »Das war eine

Lüge, Captain. Bitte belügen Sie mich nicht mehr. Ihr Gepäck wurde durchsucht und Ihre versteckten Dietriche entdeckt. Sie haben auf der Ebene eines ausgebildeten Geheimsoldaten gehandelt. Sie haben beachtliche, detaillierte Informationen an das Maison Militaire weitergegeben, die, ohne eine einzige Ausnahme, entweder veraltet oder nicht verifizierbar sind. Das sind nicht die Taten eines Mannes, der seine Seele für Geld verkauft und dann unter den Qualen eines schlechten Gewissens leidet. Das sind die Taten eines Professionellen.«

Wieder beugte sich Duquette über Grey.

»Stimmen Sie mir zu oder nicht?«

Grey bemerkte, dass das Sprechen schwierig geworden war.

»Stimme nicht zu.«

»Zwei Umdrehungen.«

Höllische Schmerzen fuhren durch Greys Körper. Etwas in seiner Hüfte schien zu reißen.

»Sie können schreien, wenn Sie möchten.«

Grey öffnete den Mund, um den Mann zu verfluchen – aber es kam nur ein Schrei heraus.

»Wussten Sie, Captain«, sagte Duquette, »dass ein Muskel, der zu lange überdehnt ist, seine Fähigkeit verliert, sich wieder zusammenzuziehen? Es wäre doch eine Schande, wenn Sie den Rest Ihres Lebens als Gummimännchen verbringen müssten.«

Grey sog gerade genug Luft in seine Lungen, um seinem Peiniger eine einzige Obszönität an den Kopf zu werfen. Duquette schnalzte zwei Mal mit der Zunge und schüttelte den Kopf.

»Wir werden Sie ein bisschen so liegen lassen. Zu Ihrem eigenen Besten, ich hoffe, dass Ihr Wille vor Ihrer Wirbelsäule bricht.«

Tatsächlich knickte als Erstes Greys Bewusstsein ein. Nachdem er ohnmächtig geworden war, kontrollierte Duquette Greys Puls, machte sich ein paar Notizen und rief dann erneut nach seinen zwei großen Assistenten. Sie schleppten Grey wieder auf seine Zelle, angeführt von der Fackel des Gefängniswärters, vier Stockwerke die Wendeltreppe nach oben und ließen ihn auf den Zellenboden fallen.

*

Grey war zurück auf Malta. Er blickte nach rechts. Da war Paulette, in ihren Lieblingsfensterplatz gekuschelt, las ein Duodez und ließ die salzige Brise durch ihr Haar wehen.

Grey sah auf seine Hände hinunter – sie waren ganz schmierig und er hielt einen feinen Pinsel, mit dem er Pulver aus dem Schloss einer Pistole entfernte.

»Komm her, mein Liebster«, sagte Paulette und lächelte ihn an, mit einem Leuchten, das tief aus ihrem Inneren kam.

»Ich werde dich ganz schmutzig machen – schau mich an.« Er hielt ihr seine Handflächen hin.

»Ach, das macht nichts«, sagte Paulette. »Komm und lies mit mir.«

»Was ist das?«, fragte Grey, deutete mit dem Kinn auf das Buch und wischte seine Hände an einem Tuch ab.

»›Twelfth Night‹«, sagte Paulette. »Komm, setz dich neben mich. Lies den Teil des Dukes. Er befiehlt Viola, die ihn liebt und als Mann verkleidet ist, der Countess Olivia seine Liebe, die Liebe des Dukes, zu überbringen.«

Grey schüttelte den Kopf und schmunzelte. »Na gut, meine Liebe. Ab wo?«

Sie deutete auf die Seite.

»Einmal noch, Cesario – begib dich zu der schönen Grausamkeit …«

»Doch, Herr, wenn sie Euch nun nicht lieben kann?«, fragte Paulette.

»Die Antwort nehm' ich nicht.«

»Ihr müsst ja doch. Denkt Euch, ein Mädchen, wie's vielleicht eins gibt, fühl' eben solche Herzenspein um Euch als um Olivien Ihr; Ihr liebt sie nicht, Ihr sagt's ihr: muss sie nicht die Antwort nehmen?«

»Nein, keines Weibes Brust erträgt der Liebe Andrang, wie sie klopft in meinem Herzen; keines Weibes Herz umfasst so viel; sie können nicht beharren. Ach, deren Liebe kann *Gelust* nur heißen – nicht Regung ihres Herzens, nur des Gaums – die Sattheit, Ekel, Überdruss erleiden; doch meine ist so hungrig wie die See, und kann gleich viel verdaun; vergleiche nimmer die Liebe, so ein Weib zu mir kann hegen, mit meiner zu Olivien!«

»Ja«, sagte Paulette, »doch ich weiß –«

»*Was weißt du? Sag mir an!*«

»*Zu gut nur*, was ein Weib für Liebe hegen kann. Fürwahr, sie sind so treuen Sinns wie wir. Mein Vater hatt' eine Tochter, welche liebte …«

»Was war ihr Lebenslauf?«

»Ein leeres Blatt, mein Fürst. Sie sagte ihre Liebe nie, und ließ Verheimlichung, wie in der Knospe den Wurm, an ihrer Purpurwange nagen. Sich härmend, und in bleicher, welker Schwermut, saß sie wie die Geduld auf einer Gruft, dem Grame lächelnd. Sagt, war das nicht Liebe? Wir Männer mögen leicht mehr sprechen, schwören, doch der Verheißung steht der Wille nach. Wir sind in Schwüren stark, doch in der Liebe schwach.«

*

Die Glocke wirft mir *Zeitverschwendung vor* … Als Grey wieder zu sich kam, hatte er bereits einen klaren Gedanken gefasst: Er musste entkommen, bevor er hier zu Grunde ging. Er traute sich selbst nicht zu, noch eine Befragung wie die heutige zu überstehen. Falls er zugeben sollte, dass er ein englischer Geheimagent war, würden sich die Fragen den Informationsquellen Seiner Majestät auf dem ganzen

Kontinent zuwenden. Er hatte seine Zeit in Malta dazu genutzt, sein Aufgabengebiet zu sehr zu erweitern. Er wusste zu viel. Er hatte zu viele Netzwerke aufgebaut, die sich von der Adriaküste bis zurück nach Paris erstreckten. Er war ein verdammter Narr gewesen, sich selbst in diese Position bringen zu lassen.

Er musste entkommen oder sterben. Eine dritte Option gab es nicht.

Als Erstes – obwohl jeder Muskel in seinem Körper danach schrie, still liegen zu bleiben – riss er einen kleinen, blutigen Fetzen seines Hemds ab und stopfte ihn in das Guckloch seiner Zellentür. Dies würde natürlich von der ersten Wache, die irgendwann vorbeikam, bemerkt werden und ohne Zweifel irgendeine Art von Vergeltungsprügel zur Folge haben, aber die Entdeckung und die Entfernung des Stofffetzens würden ihm einige Extrasekunden Zeit verschaffen, um seine ausgeklügelteren Machenschaften zu verschleiern.

Weiter. Metallschrauben waren in England allgegenwärtig, schon seit er geboren worden war. Hatten sie den Kontinent erreicht? Kontinentale hinkten für gewöhnlich in einigen industriellen Angelegenheiten etwas hinterher und Grey hatte bisher noch keinen besonderen Grund gehabt, herauszufinden, wie sie zuvor ihr Holz befestigt hatten …

Er hob den Latrinenkübel hoch und warf einen kurzen Blick auf die Konstruktion. Keine Schrauben: Nägel. Diese Wilden. Weniger ideal. Aber man konnte damit arbeiten.

Er versuchte, einen davon mit seinem Fingernagel zu fassen zu bekommen. Sinnlos. Er käme an die Nägel, indem er den Eimer zertrümmerte, aber vermutlich würde deswegen auch die Kavallerie den Gang entlanggerannt kommen. Das konnte er nicht riskieren. Aber der Boden des Eimers ... er war weich, leicht verwittert. Verwittert von was auch immer dort drin vor sich hingemodert hatte.

Grey drehte den Eimer auf den Kopf und stellte sich – vorsichtig – darauf. Er bog sich leicht in der Mitte, brach aber nicht durch. Er stieg wieder herunter.

Die Ecke seines Bettes war ein rechter Winkel aus hartem Holz. Er hielt den Boden des Eimers dagegen, ging kleine Schritte nach hinten und drückte mit seinem ganzen Körpergewicht auf und durch den Eimer, auf diesen einzelnen Punkt aus Holz. Er drückte so fest er konnte und sah dabei aus wie ein Mann, der seine Kutsche aus einem Graben herausschieben wollte.

Er fühlte, wie der Boden des Eimers nachgab ... er drückte mit jeder Muskelfaser seines Körpers ... und *krach*, der Boden barst und zersplitterte.

Gott. War das so laut gewesen, wie er sich einbildete? Wie der Knall eines Salutschusses? Er wartete. Keine Schritte draußen.

Nun war es Grey ein Leichtes, den Rest des Bodens aus dem Eimer herauszubrechen und dann die Nägel mit Gewalt herauszuziehen, die diesen entlang der Bodenkante an seinem Platz gehalten hatten: acht dreieinhalb Zentimeter lange Nägel, im Abstand von 45 Grad. Er hielt sie in der Hand wie einzelne Perlen, stellte den Eimer wieder an seinen Platz und sorgte dafür, dass alles ziemlich normal aussah. Seine Perlen trug er zum Fenster.

Die Gitterstäbe – es gab zwei – waren lange nach der Fertigstellung des Gebäudes hinzugefügt worden. Vertiefungen waren in den Steinvorsprung gebohrt und die Stäbe mit einer Art Zement an ihren Platz betoniert worden. Er hätte ihn lieber mit einem Schraubengewinde weggefeilt. Mit Nägeln musste der Zement herausgemeißelt werden. Aber es hatte keinen Sinn, sich zu beschweren.

Zwei Stunden und vier stumpfe Eisennägel später waren Greys Knöchel aufgeschürft und blutig, aber er war ziemlich zufrieden mit seinem Fortschritt. Bald wäre der Zementsockel des linken Gitterstabes ausreichend gelockert, damit er ihn nach innen ziehen konnte. Und wenn er ihn aus seiner unteren Verankerung bekäme, würde er oben herausfallen. Dann konnte er den ersten Stab dazu benutzen, den zweiten herauszustemmen.

Dann – plötzlich – gab es irgendeinen Aufruhr draußen im Flur. Er hörte, wie Duquette dem Gefängniswärter befahl, das verstopfte Guckloch zu befreien. Sollte Grey es wagen, nach dem Gitterstab zu greifen und ihn mit einem Ruck herauszureißen? Sich durch den engen Spalt zwängen und versuchen, an die Außenwand zu klettern? Wenn er es nicht schaffte, würde es keinen weiteren Versuch geben.

Aber konnte er eine zweite Runde auf der Streckbank überstehen?

Das würde er wohl müssen. Lieber Folter als Scheitern … angenommen, er konnte einen Zusammenbruch verhindern. Er hatte gerade noch genug Zeit, den Zementstaub wegzupusten und die Nägel unter sein Bett zu werfen, bevor die Tür aufflog.

Diesmal gab es keine Einladung: Mr Duquette winkte einfach seine beiden Hünen in den Raum. Ohne ein Wort schnappten sie sich Grey und schleiften ihn hinunter in den Keller zu der Folterkammer.

Sie schmissen ihn grob auf die Streckbank, fesselten ihn und dann nahm Duquette seine Befragung schnell wieder auf.

»Sind Sie ein Spion, Sir, ja oder nein?«

»Nein.«

»Fünf Umdrehungen.«

Grey biss sich auf die Zunge, solange er konnte, und fing dann an zu schreien.

*

Nachdem man ihn als Häufchen wieder in seiner Zelle abgeladen hatte, war Grey einige Minuten lang völlig unfähig, sich zu bewegen. Er hatte das Gefühl, ein Teigklumpen zu sein, den jemand auf einen Bäckerstisch geschleudert hatte und der nun langsam wieder seine Form annahm. Als seine Muskeln wieder zum Leben erwachten – von der Taubheit zu höllischen Schmerzen –, robbte Grey langsam auf seine Holzpritsche zu, unter die er seine wertvollen Werkzeuge geschleudert hatte. Seine wertvollen Fluchtwerkzeuge, seine einzige Rettung – verdammt, wo waren sie? – die Nägel, mit denen er den Zement herausmeißeln konnte. Er tastete nach ihnen in der rabenschwarzen Dunkelheit, der Verzweiflung nahe, und fuhr vergeblich mit den Armen über den Boden, vor und zurück. Er war verwirrt. Hatte er geschlafen? Wann war das Tageslicht an ihm vorübergegangen? War dies eine ewige Nacht? War das die Hölle? Er hatte jegliches Zeitgefühl außer dem Tick-Tick-Tick in seinem Kopf verloren, das ihm sagte, dass die Frist zugunsten der Freiheit oder des Todes schnell verstrich.

Eine Wache kam hinter ihm herein – Grey hatte die Tür nicht aufgehen hören; er hörte nur das Gelächter des Mannes angesichts dessen, was ausgesehen haben musste wie die Krämpfe eines Wahnsinnigen. Die Wache verschwand und mit Schwierigkeiten blickte Grey über seine Schulter. Man hatte ihm eine Schüssel Haferschleim und eine andere mit Wasser vorbeigebracht. Er schleppte sich darauf zu, stürzte das Wasser hinunter, zwang etwas von dem Essen hinterher und fiel in einen Halbschlaf, aus dem er sich nur dank der Schreie eines anderen Mannes irgendwo unter ihm schüttelnd befreien konnte – die Schreie waberten die Stufen hinauf und sickerten unter Greys Zellentür hindurch wie giftige Rauchschwaden.

Greys rechte Hand war zu einer Faust geballt. Es dauerte einen Augenblick, bis ihm wieder einfiel, warum. Ja: Die Nägel waren darin. Er öffnete die Faust. Zumindest ein paar der Nägel. Sechs von ihnen. Zwei stumpfe. Er schüttelte den Kopf, versuchte, ein paar Spinnweben loszuwerden, warf die zwei stumpfen Nägel weg und bemühte sich, mit der Agilität eines Neugeborenen, auf die Beine zu kommen.

Klack-klack-klack. Hier war er wieder am Wetzstein und meißelte weiter winzig kleine Stückchen Zement heraus. Aber Gott im Himmel, er war so nah dran. Vorne an seinem Loch konnte er sehen, wo der Gitterstab aufhörte. Er steckte sich die Nägel in den Mund, so wie eine Näherin Nadeln hielt, umfasste dann den Stab fest mit beiden Händen, stemmte einen Fuß gegen die Wand und zerrte mit seiner ganzen Kraft an dem verdammten Ding.

Der Stab bewegte sich nicht. Er zog nochmals. Wieder bewegte er sich nicht.

Er änderte seinen Griff, stemmte beide Füße gegen die Wand und versuchte es noch mal – reizte die

Kraft jeder verletzten Sehne seines geschundenen Körpers aus.

KRACH. Er und der Stab flogen quer durch den Raum. Die Begeisterung über seinen Erfolg wurde von der Sicherheit getrübt, gehört worden zu sein. Die Uhr in seinem Kopf tickte nun noch schneller.

Er rannte zurück zum Fenster und begann, mit der rechten Vertikale des Fensterrahmens als Hebelpunkt, den zweiten Stab herauszubrechen.

Komm schon, verdammt! Er war sich sicher, dass gleich irgendeine Ader in seinem Kopf platzen würde ... KOMM SCHON, VERDAMMT! GIB ALLES! STEMM DICH DAGEGEN! STEMM DICH DAGEGEN!

KRACH! Da brach der zweite Stab heraus; Grey fiel zu Boden – und die Tür zu seiner Zelle flog auf.

»FALLEN LASSEN!«, rief der Gefängniswärter und der Fuß einer von Duquettes großen Männern schnellte auf Greys linke Hand hinunter, die Hand, die den Gitterstab umklammerte.

»Aufstehen«, befahl Duquette. Die Zelle war nun voll mit den vier Franzosen und Grey.

Grey hustete – hustete die Nägel, die er zwischen den Lippen eingeklemmt hatte, in seine rechte Hand.

Während er so tat, als würde er sich zurück auf die Beine kämpfen, drehte Grey die Nägel in seiner Faust so, dass drei davon mit der Spitze nach vorne zwischen seinen Fingern herausstachen.

»Hebt ihn hoch«, sagte Duquette zu einem seiner Hünen.

Als der Mann Grey auf die Füße zog, schlug Grey ihm seitlich in den Nacken – ließ die Nägel in seinen Hals und seine Halsschlagader fahren und zog sie wieder heraus.

Der Mann fing an zu schreien; der zweite von Duquettes großen Männern holte zum Schlag nach Greys Kopf aus; Grey duckte sich und rammte die Nägel in dessen Oberschenkel. Der zweite große Mann schrie und Grey schlug wieder zu, ein Kinnhaken, und stieß die Nägel von unten in den Kiefer des Mannes, und ein drittes Mal in die Seite seines Kopfes.

Dort blieben die Nägel stecken – und ragten aus dem Schädel des Mannes hervor.

Der Gefängniswärter schnappte sich Grey und warf ihn zu Boden. Grey kam wieder hoch, mit einem der Eisenstäbe in der Hand, mit dem er auf das Genick des Gefängniswärters eindrosch und es mit einem lauten Knack brach.

Drei Männer lagen tot oder sterbend zu Greys und Duquettes Füßen … Duquette, der stocksteif und leichenblass den wirbelwindartigen Kampf verfolgt hatte.

»Für einen Kampf sind Sie wohl nicht so gut zu gebrauchen, nicht wahr, Mr Duquette?«

Duquette, die Augen vor Angst weit aufgerissen, schwieg.

»Kommen Sie«, sagte Grey – und fasste Duquette bei den Schultern, mit der Energie des plötzlichen Kampfes, die immer noch durch seinen Körper rauschte.

Da die Stäbe nun herausgebrochen waren, war das Fenster schön offen und Grey ließ Duquette draußen in der kühlen Nachtluft baumeln.

»Nun«, sagte Grey, »jede dieser Fragen werde ich nur einmal stellen. Haben Sie das verstanden?«

»Ja!«, schrie Duquette.

»Gut. Sie arbeiten für das Sicherheitskomitee des Maison Militaire, ist das korrekt?«

»Ja! Ich stehe unter Befehl – ich führe nur Befehle aus! Das müssen Sie mir glauben!«

»Schnauze halten. Wo trifft sich das Komitee?«

»Das weiß ich nicht!«

»Dann denken Sie besser mal nach, diese Pflastersteine dort unten sehen ziemlich hart aus.«

»Ich weiß es nicht, das schwöre ich! Ich bin ein niederer Diener, nur ein Funktionär! Ich habe sie nie getroffen!«

»Na gut«, lenkte Grey ein, »ich glaube Ihnen.«

Wie ein Sack Mehl fiel Duquette nach unten. Er musste in Ohnmacht gefallen sein, als Grey seinen Griff gelockert hatte, denn er war stumm gefallen.

Grey fluchte – er hatte den Mann nicht fallen lassen, sondern ihm seine Kleider ausziehen wollen … alles andere würde vor Blut nur so triefen. Aber er war so verdammt müde, so müde. Und es gab noch viel zu tun, bevor er die Aussicht auf Erholung hatte.

Grey machte sich das Hemd des Gefängniswärters zu Eigen; von allen vieren, sein eigenes eingeschlossen – das sowieso in Fetzen hing –, war es am wenigstens blutig. Die Jacke des Gefängniswärters erwies sich stattdessen als ziemlich eng, aber nicht als unmöglich. Die restliche Kleidung des Mannes und die der zwei Hünen war zerrissen; Grey knotete sie zu einem Seil zusammen, das er an einem der Stäbe befestigte. Der Stab war nur ein klein wenig länger als das Fenster breit war. Grey hoffte, dass er während seines Abstiegs nicht verrutschen würde.

Mit einem letzten, wehmütigen Blick auf die harte Holzpritsche – die nach Grey rief wie eine Sirene auf einer felsigen Klippe; ihn rief, sich schlafen zu legen – zog sich Grey, mit den Beinen voraus, durch das Fenster, platzierte den Stab hinter sich, und begann vorsichtig seinen Abstieg durch die Dunkelheit auf die Straße darunter.

Hand unter Hand, Fuß unter Fuß, die Wand hinunter, gleichzeitig behielt er im Hinterkopf, dass er Duquette hatte fallen lassen und er genauso leicht selbst fallen konnte.

Und dann der Boden, wo er das Seil losließ und sich die letzten Meter auf die Leiche seines Peinigers hinunterfallen ließ. Zum Glück hatte ihn noch niemand gefunden. Zum Glück sah er aus wie einer von vielen Betrunkenen, die in Paris auf der Straße schliefen.

Grey widerstand dem Impuls, Duquette nächstes Mal mehr Glück zu wünschen, zog die Jacke des Gefängniswärters enger um seine Schultern und machte sich auf in die feuchte Pariser Nacht.

20

Als Grey mit Branson auf diesem Debütantinnenball gewesen war – Gott, das schien so lange her zu sein –, hatte Branson dem Diener an der Tür seine Einladung übergeben und dabei hatte Grey auch dessen Pariser Adresse erkennen können.

Es war eine kleine Wanderung, den Berg Richtung Saint-Georges hinauf. Nicht die beste Gegend, oder, unter diesen Umständen, nicht die mit dem passendsten Namen. Offensichtlich war die französische Regierung nicht allzu bestrebt, dass sich ihre keltischen Gäste willkommen fühlten.

Eine interessante Veränderung in Paris, seit Grey das letzte Mal dort gewesen war – ein Teil von Bonapartes Reformen, ohne Zweifel: Die Häuser waren alle nummeriert, und das ziemlich markant. Was für eine Schande, dass diese kleineren Arrondissements ihr Chaos einbüßten, das herrliche *laissez-faire* des nicht-royalen Paris. Aber keine Zeit, um den Lauf der Dinge zu bedauern. Zumindest konnte er Bransons Wohnung so leichter finden.

Zwei Männer hinter ihm, die Irisch sprachen, bestätigten Grey darin, dass er in die richtige Richtung ging.

Bransons Adresse gehörte zur ersten Etage eines einstöckigen Holzhauses mit einer Außentreppe; Grey stieg leise hinauf und legte ein Ohr an Bransons Tür, um sicherzugehen, dass der Mann keinen spät-nächtlichen Ballhausschwur für irische Rebellen veranstaltete.

In der Gewissheit, dass Branson, wenn er überhaupt da war, schlief, klopfte Grey an die Tür. Unbeschwert. Nicht nötig, ihn mitten in der Nacht zu ängstigen. Es war unsicher, ob die Neuigkeiten von Greys Tücke bereits so weit nach unten durchgesickert waren: Branson könnte ihn immer noch als Freund ansehen. Oder, in jedem Fall, als einen alliierten Söldner.

Grey musste ungefähr eine Minute lang ohne Unterlass klopfen, bis er, endlich, mit dem Geräusch eines schläfrigen Mannes, der nach einer Kerze und Streichhölzern kramte, belohnt wurde.

Dann das Ratschen eines Streichholzes, das entzündet wurde; schwaches Licht unter der Tür und dann ging sie auf.

In Bransons Gesicht stand unverhohlene Überraschung.

»Captain Grey? Was in Gottes Namen …?«

»Könnten wir eintreten, Mr Branson? Ich fürchte, hier draußen zieht es ziemlich.«

Verengten sich da seine Augen ein wenig? War ein Anflug von Ärger darin zu erkennen?

»Ja, sicher. Kommen Sie herein.«

Grey trat über die Türschwelle und sah sich um. Wie Branson war der Raum in seiner Ausstattung etwas zu detailliert ausgestattet, etwas dandyhaft. Grey kam in den Sinn, dass Branson vielleicht homosexuell sein könnte. Ihm mit Erpressung zu drohen, könnte vielleicht gröbere Gewalt verhindern, falls Branson über Greys Doppelspiel informiert worden war. Aber den Gedanken verwarf er schnell wieder, als ein Mädchen Anfang zwanzig aus dem Zimmer kam, von dem Grey annahm, dass es Bransons Schlafzimmer war. Auch in Ordnung: Es hätte nützlich sein können, aber Grey fand ein Druckmittel solcher Art irgendwie viel verwerflicher als Gewalt. Einen Mann zu töten ist eine Sache – in sein Privatleben einzudringen eine ganz andere.

Das Mädchen sagte etwas auf Irisch zu Branson, er schüttelte den Kopf und sagte auf Französisch: »Geh wieder ins Bett, meine Liebe.« Dann wandte er sich Grey zu:

»Setzen Sie sich, Captain – was kann ich für Sie tun? Ich gebe zu, dass mich Ihre Anwesenheit verwirrt; Captain d'Aumont hat mich nicht über Ihre Pläne informiert, in die Stadt zurückzukehren. Aber auch wenn er das getan hätte, verstehe ich nicht genau, warum Sie hierherkommen sollten. Oder woher Sie überhaupt wissen, wo ich wohne – ich glaube, dass ich mich daran erinnern würde, wenn ich es Ihnen gesagt hätte.«

Grey setzte sich auf eine Chaiselounge; Branson ließ sich ihm gegenüber auf einem Orkney-Stuhl nieder.

»D'Aumont schickt mich. Sehen Sie, ein britischer Agent hat den französischen Sicherheitsapparat infiltriert. Er fürchtete, dass ich eventuell das Ziel eines Mordanschlages sein könnte, deshalb hat er mich hergeschickt. Um unterzutauchen, sozusagen, bis die Luft wieder rein ist.«

»Ich verstehe«, sagte Branson. »Nun, was kann ich für Sie tun? Würden Sie gerne etwas trinken?«

»Tatsächlich«, sagte Grey, »hatte ich gerade eine sehr wichtige Erkenntnis – ein Gedanke, wie französische Eindecker es vielleicht schaffen könnten, die englische Blockade zu durchbrechen, etwas, das mit deren Wendemanövern mit und gegen den Wind während der Patrouille zu tun hat. Es ist mir erst jetzt eingefallen und es könnte ausschlaggebend sein. Ich möchte unbedingt das Sicherheitskomitee informieren.«

»Ich verstehe«, sagte Branson.

»Aber ich habe keine Möglichkeit, es zu erreichen, so wie d'Aumont auch. Da Sie ja mein Verbindungsmann sind, dachte ich, dass Sie ihnen vielleicht meine Neuigkeiten übermitteln könnten.«

Branson nickte. »Ja, natürlich. Selbstverständlich, allerdings werden sie zu dieser nachtschlafenden Zeit keine Sitzung mehr abhalten.«

»Nein, sicherlich nicht. Aber vielleicht morgen. Wissen Sie, wo sie sich treffen? Ich hätte d'Aumont fragen sollen; wenn ich doch nur früher daran gedacht hätte.«

»Ich bezweifle, dass er es Ihnen gesagt hätte. Sie wissen, wie die Franzosen da sind, seit der Revolution« – als viele des alten Sicherheitsapparats von Robespierre in einem Staatsstreich ermordet worden waren, sozusagen.

»Richtig«, sagte Grey, »Richtig, aber wissen *Sie* es?«

Grey und Branson starrten sich an. Ja, Branson wusste es ganz genau. Er wusste, dass Grey nicht der war, der er behauptete zu sein. Wieder verengten sich seine Augen.

»Ja. Kommen Sie, ich gebe Ihnen etwas zu trinken«, sagte Branson, stand auf und drehte sich zu seinem Getränkeschrank um.

»Das ist nicht nötig, danke«, sagte Grey. (Tatsächlich hätte ihn unter diesen Umständen ein einziges Getränk wahrscheinlich umgehauen.)

»Nein, ich bestehe darauf«, sagte Branson, öffnete den Rosenholzschrank, griff hinein, drehte sich blitzschnell um und zielte mit einer Pistole auf Greys Kopf. Oder dorthin, wo Greys Kopf gerade noch gewesen war.

Grey war bereits in Bewegung, beugte sich nach unten, stürzte nach vorne und rammte seine Schulter in Bransons Bauch. Branson schlug Grey mit dem

Pistolengriff auf den Rücken; Grey warf sich auf ihn, nahm dessen rechte Hand – Bransons Schusshand – und schlug diese auf den Boden. Einmal, zweimal, dreimal – der Griff des Iren lockerte sich; die Pistole fiel ihm aus der Hand und auf das Parkett. Grey stieß sie weg, hinter sich zu der Chaiselongue. Branson hieb mit derselben Hand, der rechten, nach Greys Hals und dann nach seinem Kiefer. Grey zuckte zurück, Branson stieß ihn von sich herunter, rollte sich weg und griff nach der Pistole.

Grey war wieder auf den Beinen – trat die Pistole weiter weg; gleichzeitig schnappte sich Branson Greys anderen Fuß, zog daran, sodass er das Gleichgewicht verlor, und kam auf die Beine, gerade als Grey hinfiel. Er trat Grey in den Magen, holte zu einem zweiten Tritt aus. Grey hielt Bransons Fuß fest und stieß ihn nach hinten, auf einen Kaffeetisch – der unter ihm zu Splittern zerbarst. Nun sah sich Grey hektisch um, suchte nach der Pistole – die er fand, und zwar in den Händen des Mädchens aus Bransons Schlafzimmer. Sie zielte damit auf Greys Kopf. Diesmal dorthin, wo Greys Kopf immer noch war.

Er erstarrte. Branson ebenso, zwischen den Überbleibseln seiner Einrichtung, und sah verdattert aus. Für einen Augenblick stand alles still. Das Mädchen drückte den Abzug.

Nichts. Es fiel kein Schuss. Grey machte zwei große Schritte auf sie zu und riss ihr die Pistole aus den Händen.

»Verzeihung«, sagte er und verpasste ihr einen leichten Schlag auf den Kiefer, der sie in Ohnmacht fallen ließ. Er fing sie im Fall auf und legte ihren zierlichen Körper auf den Orkney-Stuhl, der es irgendwie geschafft hatte, während der Rauferei heil zu bleiben.

Grey drehte sich zu Branson um, der immer noch auf dem Hosenboden saß.

»Sie hat sie nicht geladen«, sagte Grey, ließ das Steinschloss der Pistole zurückschnappen und zielte auf Bransons Gesicht. »Nun. Wo waren wir stehen geblieben? Ich glaube, Sie wollten mir gerade mitteilen, wo sich das Sicherheitskomitee trifft.«

Branson wollte sich langsam wieder auf die Füße ziehen.

»Nicht aufstehen«, sagte Grey.

»Was zur Hölle wird es Ihnen nutzen, zu wissen, wo sich das Sicherheitskomitee trifft?«, fragte Branson. »Was planen Sie – einem Treffen beizuwohnen? Oder wollen Sie einfach deren Mitglieder ermorden? Die alle mehrere Leibwächter haben.«

»Es wurde ein Plan zur Invasion Englands aufgestellt. D'Aumont hat ein Exemplar davon bekommen; ich nehme an, dass die anderen Komiteemitglieder auch eines bekommen haben. Und Sie werden mir sicher zustimmen, dass es bestimmt ein Exemplar in den Akten in den Büroräumen des Komitees gibt. Bis jetzt war dies eine Nacht voller letzter Aufforderungen; nichtsdestotrotz werde ich Ihnen folgendes Angebot unterbreiten: Wenn Sie mir helfen, den Invasionsplan zu bekommen, werde ich Ihnen einen ministerialen Straferlass für Ihre Rolle, welche auch immer sie gewesen sein mag, im Aufstand von 98 garantieren und eine kostenlose Schiffspassage zurück nach Irland.«

Branson grinste. »Lieber tot«, erklärte er, »als in einem besetzten Irland zu leben.«

»Ja«, gab Grey zurück, »ich hatte erwartet, dass Sie das sagen würden.«

Branson räusperte sich.

»Wenn Sie mich jetzt umbringen, lassen Sie mich zuerst aufstehen.«

»Ich werde Sie nicht umbringen. Wenn Sie mir die Adresse des Komitees geben und Ihr Wort darauf, dass Sie sich nicht einmischen werden, werde ich mich auf Ihre Ehre verlassen.«

In diesem ziemlich blutigen und unzivilisierten Krieg hatte zumindest ein Quäntchen Ehrenhaftigkeit überlebt: Die Praxis, dass ein sich ergebender Gentleman sein Wort gab, von weiterer Kriegsführung abzusehen, und dass dieses Wort verbindlich war. Er war dann frei, in seine Heimat zurückzukehren und sein Leben weiterzuführen – indem er sich ehrenhaft davon lossagte, in irgendeiner Form, direkt oder indirekt, an den Kämpfen teilzunehmen –, bis zu dem Zeitpunkt, da ein schriftlicher Gefangenenaustausch ihn davon befreite und er in den Dienst zurückkehren konnte.

»In diesem Fall«, fuhr Grey fort, »da Sie, wie es sich verhält, ein zufälliger Gefangener sind – werde ich mich als Ihr Gegenstück betrachten. Sobald ich von der Bildfläche verschwunden bin, sind Sie von Ihrer Pflicht entbunden.«

Branson nahm sich einen Augenblick Zeit, um darüber nachzudenken. Greys Appell an seinen Sinn für Ehre hatte ihn unvorbereitet erwischt.

»Na gut«, sagte Branson. »Ich nehme das Angebot an und gebe Ihnen mein Wort. Das Komitee trifft sich in einem Gebäude in der Rue de l'Université, an der Rive Gauche, wo sie zur Rue Jacob wird. Der Name des Gebäudes lautet ›l'École Nationale d'Histoire Militaire‹. Auf dass es Ihnen viel Nutzen bringe. Sie werden es niemals lebend hinein schaffen.«

»Ich danke Ihnen, Mr Branson.« Grey sicherte die Pistole. »Ich fürchte, die werde ich mitnehmen«, fügte er hinzu und ließ die Pistole in seine Jackentasche gleiten.

»Wie sehr ich mir wünsche, Ihnen nie begegnet zu sein, Captain Grey«, sagte Branson.

»Wenn Sie mir nie begegnet wären, Mr Branson, würde ich nun in der Sonne an einem Strand in New England dösen. Aber kein Mann ist Herr über das Schicksal. Guten Tag, Mr Branson.«

»Guten Tag, Captain Grey.«

*

»Tag« war eine großzügige Beschreibung, der Himmel draußen war immer noch stockdunkel. Wie auch immer, bis zur Dämmerung war es nicht mehr lange hin, gerade lange genug, um über die Seine zur Rive Gauche … nein, das war nicht genug Zeit. Zumindest hoffte Grey das. Die Alternative war, dass er sich selbst belog, als Ausrede, um schlafen zu können. Aber wie dem auch sei, Schlaf war nun sein oberstes Ziel.

Zum Glück war Saint-Georges voller anrüchiger Häuser, die gerne zu jeder Nachtzeit Kunden aufnahmen, ohne den Drang zu verspüren, sich in irgendjemandes Angelegenheiten einzumischen. Grey ging in das erstbeste Bordell, an dem er vorbeikam. Er fand die morgendliche Hausmutter – eine Frau von vielleicht 50 –, die in der Mitte eines leeren Holzraumes über einen Tisch gebeugt eine Patience legte.

Als er eintrat, sah sie zu ihm auf, zog angesichts seiner verlotterten Kleidung und Haare eine Augenbraue hoch und blickte dann wieder hinunter auf ihre Karten.

»Willst 'n Mädchen?«, fragte sie.

»Nein«, sagte er. Sie zog die zweite Braue hoch.

»Nur ein Bett, danke. Aber ich zahle gerne für beides.«

»Für wie lange willst du es?«, fragte die Hausmutter.

»Wie spät ist es denn?«, wollte Grey wissen.

Die Hausmutter seufzte gerade laut genug, um zu verdeutlichen, dass sie keine Lust auf diese triviale Art des Verhandelns hatte. Sie nahm eine Kette von ihrem Hals sowie einen Schlüssel, der daran hing, und schloss eine Schublade in ihrem Schreibtisch auf. Darin lag eine silberne Taschenuhr, die sie herausholte und beäugte.

»Halb fünf«, antwortete sie.

»Dann«, überlegte Grey, »sagen wir 16 Stunden.«

»16 Stunden? Was bist du denn, ein Mann oder ein Bär im Winter?«

»Ich nehme an«, sagte Grey, der die Brieftasche des toten Gefängniswärters aus seiner zerschlissenen Jacke holte, »dass Sie im Voraus bezahlt werden wollen?«

»Das will ich. Das kostet einen Sou pro Stunde.«

»Sehr gut«, entgegnete Grey und gab der Frau einen Goldfranken. »Das ist für 20 Stunden. Schlafen Sie eine Runde auf meine Rechnung.«

Sie lächelte nicht. »Nimm Nummer 12, letztes übriges Zimmer« – sie machte eine Kopfbewegung über ihre Schulter nach hinten – »es ist nicht abgeschlossen.«

Grey dankte ihr höflich und ging den Flur hinunter.

»Schicken Sie ein Mädchen, das mich um acht Uhr an diesem Abend aufweckt, ja?«

»Wie du willst. Blond oder brünett?«, fragte die Hausmutter trocken.

Grey drehte sich zu ihr um. Jetzt lächelte sie. Er schmunzelte.

»Überraschen Sie mich. Oder kommen Sie selbst.« Er zwinkerte. Sie schüttelte den Kopf, kehrte zu ihren Karten zurück und sagte gerade laut genug, damit er es hören konnte: »Es muss schon für alle was dabei sein, oder?«

Innerhalb von drei Minuten – sich seiner Anonymität bewusst und mit einem ziemlichen Gefühl von Sicherheit – schlief Grey tief und fest und träumte.

21

Paulette Grey wischte sich mit dem Handrücken über die Stirn und griff nach einem Wassersack an den Satteltaschen des Wallachs. Bereits drei Tage ritten sie von Mogador aus durch die trockene, braune, von Steinen und Buschwerk überzogene marokkanische Wüste und sie meinte, genug Sand und Staub eingeatmet zu haben, um einen ganzen Strand auszuhusten. Aber endlich erschienen an diesem Morgen – keine halbe Stunde, nachdem die Zelte abgebaut und aufgerollt worden waren – die Gipfel des Hohen Atlasgebirges über dem Horizont. Nun konnte man dort vorne, hoch oben auf den gewundenen Pfaden, einen Grünstreifen erkennen: Ein dichter und auffällig unpassender Wald, der die Bergspitzen einhüllte. Drei Tage lang hatten sie keine Tiere außer Schlangen und vorüberhuschenden Eidechsen gesehen. Nun waren da Vögel, die ihre Kreise zogen – bärtige Geier, dachte sie – was etwas Gutes bedeutete. Nicht als eine Art Vorzeichen, Gott bewahre. Wo Geier waren, gab es Kadaver; wo tote

Tiere waren, gab es aber auch lebende. Bären, Eber, Rehe, Affenarten, die sie vorher noch nie gesehen hatte – einige, die der Wissenschaft vermutlich noch verborgen waren. Und wie sie sich danach sehnte, einen Leoparden oder einen Atlaslöwen zu sehen!

Mit zwei tüchtigen Seemännern und einem Marinesoldaten – der Mannschaft der *Constance*, der Schaluppe, die sie und ihren Mann von Malta hergebracht hatte – ging Paulette mit einem Berber-Wüstenführer auf das Gebirge zu, zusammen mit einem zweiten Berber, der übersetzte. Der Marinesoldat hatte, in ziemlicher Jagdmanier, jede Eidechse, die ihnen über den Weg gelaufen war, entweder gefangen oder erschossen, damit Paulette ihr abends die Haut abziehen, sie sezieren und untersuchen konnte. Nun führte er einige dieser Häute und Dutzende von kleinen Skeletten in seinen eigenen Satteltaschen mit. Er hatte beim Aufbruch darauf bestanden, sie lieber griffbereit zu haben, als sie den Zelte tragenden Packeseln zu überlassen – da Skelette ziemlich zerbrechlich waren. Paulette hatte sich für die Geistesgegenwart bedankt, ihn aber gewarnt, dass sie ganz schrecklich zu stinken anfangen würden. Er hatte auch darauf bestanden, dass er sich als Soldat vor keinen Gerüchen fürchtete. Nun aber, am Morgen des vierten Tages ihrer Reise, stand ihm sein Unbehagen ins Gesicht geschrieben. Die aufgehende Sonne fing langsam an, richtig herunterzubrennen und ihre Sammlung hatte die Verwesung wieder aufgenommen. Sein Pferd war das letzte im Konvoy. Paulette wurde etwas langsamer und winkte die beiden Seemänner vorbei, damit sie neben ihm herreiten konnte.

»Leutnant Gillum«, sagte sie zu dem Marinesoldaten, der sich nun an einem rein stoischen Gesichtsausdruck versuchte, »dass Sie es so lange mit meinen Arbeitsproben aushalten, die neben Ihren Schienbeinen baumeln, würde zu einer von Herkules' härtesten Proben gezählt werden. Aber Sie haben genug getan. Lassen Sie mich diese Taschen über die Zeltstangen hängen; ihnen wird nichts passieren.«

»Unsinn, Mrs Grey«, sagte er mit der leicht heiseren Stimme eines Mannes, der zu seicht geatmet hatte. »Ich könnte den ganzen Kontinent so durchqueren. Bis zum Golf von Aden.«

»Galant von Ihnen, Leutnant, aber ich fürchte, dass ich insistieren muss: Geben Sie sie mir.«

Anmutig streckte Paulette eine Hand aus und der Marinesoldat grinste angesichts ihres schiefen Lächelns.

»Wenn Sie darauf bestehen, Mrs Grey, werde ich mich ihrer entledigen. Aber lassen Sie mich das erledigen.«

Sie stimmte mit einem Kopfnicken zu. »Wie Sie meinen.« Er verlangsamte seinen Ritt auf die gleiche Schrittgeschwindigkeit wie die der Maultiere und sie spornte ihren Wallach zu einem etwas schnelleren Trab an, um wieder zurück an die Spitze der Kolonne zu kommen. »Glauben Sie nicht, dass Ihre Bemühungen unbemerkt geblieben sind!«, rief sie über die Schulter.

Gillum berührte mit den Fingerspitzen der flachen Hand zum traditionellen Seemannsgruß seine Stirn. »Meine Pflicht, Madame.«

Zurück an der Spitze der Karawane sagte der Führer Aziz etwas zu dem Dolmetscher Hamza, der übersetzte: »Aziz sagen, Missus, dass wir mittags am Fuß der Berge sein und vor Einbruch der Dunkelheit bei der Oase Aderdour.«

»Danke, Hamza«, antwortete sie und nickte beiden Männern nacheinander zu. »Bitten Sie ihn, besonders nach Säugetierspuren Ausschau zu halten, während wir uns nähern.«

»Ja, Missus; Aziz sagen, dass die Leoparden in Aderdour zu Hause. Sie Eigentum von Pascha, werden nicht gejagt von Musel- oder Sahwari-Männern, nur von Pascha-Leuten wie Missus, und Löwe auch. Viele dort. Viele viele.«

Paulette spürte, wie sich Aufregung in ihr breitmachte. »Danken Sie ihm bitte an meiner Stelle, Hamza, ja?«

»Ich danke ihm schon, Missus. Wenn ich ihn beschäme, wir langsamer werden.«

Er lachte. Paulette auch.

Die Oase Aderdour begann als kleines Rinnsal, das aus einem Spalt in einer bröckeligen Felswand entsprang und in eine sehr kleine Tümpelquelle hinabfloss – nicht breiter als sechs Meter an seiner breitesten Stelle, die von der Form her an ein Dreieck erinnerte. Da sie aber immer noch ein halbes Dutzend Meilen von der Regenfallgrenze des Gebirges entfernt waren, war dieser erste Vorgeschmack von Feuchtigkeit am Rande der Wüste genug, damit sich die umliegende Hügellandschaft in üppigem Grün vor ihnen ausbreitete, wie ein Smaragd im Sandgestein.

Über dem Steinpfad erstreckte sich ein weiterer breiter Wüstenstreifen und jenseits davon der legendäre Zedernwald des Hohen Atlasgebirges. Ein romantischer Dunst schien zwischen den Bäumen aufzusteigen, über den Pfad hinunter und auf das Lager zuzuwabern – von dem sie, als sie sich umsah, umgeben waren.

Die beiden Seemänner bauten Paulettes Zelt auf – eine aufwendige, bestickte Angelegenheit mit vier Stangen; ein Geschenk des Paschas, auf den ihr Mann Tom gerade wartete –, während Leutnant Gillum und die zwei Berbermänner ihre eigenen, weniger beeindruckenden Unterschlupfe aufstellten.

»Ho!«, rief Aziz, deutete auf etwas und gestikulierte zu Hamza, der zu ihm herüberkam. Sie sprachen kurz miteinander, diskutierten etwas, dann rief Hamza Paulette zu: »Missus, dort drüben sind Spuren, ein weiblicher Leopard mit einem Jungen! Aziz sagen zwei Jungen. Das ist aber falsch.«

Paulette ging schnell zu der Stelle, wo Aziz und Hamza nun in eine hitzige Debatte über die Beschaffenheit der kleineren Fußabdrücke des (oder der) Jungen vertieft waren.

Sobald Paulette sich einmischen konnte, fragte sie.

»Wie frisch sind sie?«

Hamza übersetzte die Frage und das Thema der Diskussion änderte sich.

»Aziz sagen weniger als halber Tag. Das aber falsch. Sie sehr frisch, weniger als eine Stunde.«

»Könnten wir sie einholen?«

Hamza fragte Aziz; Aziz antwortete und Hamza schnaubte verächtlich.

»Leoparden in der Nacht jagen und am Tag schlafen – sie nur jetzt wach, weil wir kommen. Aziz sagen, dass wir sie vielleicht fangen können, aber dass sie sich wieder verstecken werden. Sehr schwierig zu finden untertags. Schwierig zu sehen, sie wie Holz und Steine aussehen. Sie haben Punkte. Also haben Aziz Angst. Er sagen es nicht, aber ich sehe in seinen Augen.«

»Ja«, sagte Paulette. »Ich verstehe.«

»Ich kann Ihnen helfen, Ma'am, wenn Sie möchten«, bot sich Leutnant Gillum an, der am Rande der Unterhaltung aufgetaucht war. »Ich habe Tiger während meiner Stationierung in Indien und Löwen am Kap gejagt, ich glaube nicht, dass es mir Probleme bereiten wird, diesen hier zu folgen« – er deutete mit dem Fuß auf die Spuren. »Wildkatzenspuren sind für mich ein alter Hut. Und es ist meine Pflicht, auf Sie aufzupassen und Sie vor Bedrohungen zu schützen.«

»Das ist sehr freundlich von Ihnen, Leutnant – aber ich fürchte, dass ich Ihr Pflichtbewusstsein zu sehr ausreize. Sie müssen sich nicht verpflichtet fühlen, es mit einem Leoparden aufzunehmen.«

»Keine Sorge, Mrs Grey – ich versichere Ihnen, dass die Freude ganz meinerseits ist. Ich bin kein Naturforscher, aber ein schöner Kampf mit einem wilden Tier, das seinerseits weiß, wie man kämpft, bereitet mir Freude. Eine zahlenmäßige Übereinstimmung der gegnerischen Seiten ist bei einer Jagd sogar noch seltener als bei einer Seeschlacht, wissen Sie.«

»Wenn Sie sich sicher sind, dann lassen Sie uns gleich aufbrechen; die Flut und die Zeit warten auf niemanden, sagt Thomas – Mr Grey – immer. Ohne einen Augenblick zu verlieren.«

»Lassen Sie mich nur die Waffen laden, Ma'am, dann bin ich bei Ihnen. Wir werden zu Fuß gehen.«

***

Die Spur war gut und der Pfad frei, aber es dauerte: Nachdem sie sich am Rande der Oase und im rechten Winkel zum Pfad gehalten hatten, schlug die Leopardenspur eine Richtung nach oben ein, durchquerte die letzten Meilen trockener Wüste unter der

Baumgrenze und verschwand schließlich in dem ausgeprägten, alpinen Wald.

Hier am Waldrand hielten Paulette und der Leutnant an, um wieder zu Atem zu kommen und sich kurz über ihre Verfolgung zu beraten. Die Schatten wurden länger und die Sonne würde schon bald hinter einen der südlichen Gipfel sinken. Paulette fragte Gillum, ob er, falls sie der Spur weiter folgten, ihren Weg in der Dunkelheit zurückfinden würde.

Gillum lächelte ein höchst selbstbewusstes Lächeln und versicherte ihr, dass er das könnte.

»Dann führen Sie uns weiter«, beschloss sie und hoffte, dass die Hybris des Mannes nicht mit ihm durchging – aber sie wollte die Gelegenheit ergreifen, um ihren *Panthera pardus* zu sehen.

Als sie den Wald betraten, war es wie in einer Märchen-Menagerie; auf einmal waren die beiden Engländer von einem Schwarm tropisch aussehender Vögel in allen Farben umgeben. Die Bäume waren nicht übermäßig dick – das hier war kein Dschungel –, und doch schien die Intensität ihres Grüns, und das Grün des hohen Grases, das sie umgab, mehr zum Río de la Plata zu passen (oder zu einem Fresco, dachte Paulette) als zu einem Ort, der von knochentrockenen Tälern umgeben war.

Mrs Grey war vielleicht nicht die bewandertste Vogelkundlerin; sie befasste sich mehr mit Landtieren; aber dennoch war dies unleugbar ein Wunderland. Lerchen mit einem Dutzend verschiedener Federkleider, Schwalben und Drosseln, Gelbspötter, Trauerschnäpper, Finken, Reiher – Reiher? Ja – Wasservögel überall. Rohrdommeln, Fischreiher und Ibisse schossen in großen, unbekümmerten Schwärmen über sie hinweg. Wo kamen sie her? Die Antwort erhielten sie, nachdem sie sich durch etwas mehr Dickicht geschlagen hatten: Eine Wasserstelle, eine sehr große – eigentlich ein See –, dessen halbe Oberfläche von Flamingos bedeckt war. Ein Schock von Pink.

Paulette ging am Wasser entlang, streifte Schilfrohr, das am Ufer wuchs, kletterte über einige niedrige Felsbrocken und war froh, dass sie ihre Segeltuchhosen angezogen hatte, während Gillum seine Gewehre geladen hatte.

Und dann plötzlich: Da waren sie. Die Leopardenjungen. Zwei spielten in einem Nebenbecken, spritzten mit Wasser und balgten sich. Ach, schöne neue Welt, in der es wasserliebende Katzen gab! Dann hinter ihr: Ein sägendes Geräusch? Ein leises Grummeln … das sich zu einem Knurren steigerte. Paulette fuhr herum, gerade rechtzeitig, um zu sehen, wie die Leopardin durch das hohe Gras auf sie losging. Paulette trug ein Messer an ihrem Gürtel – kein großes –, das zum Blumenabschneiden gedacht war – besser als nichts – aber ihre Reflexe sagten ihr, dass keine Zeit mehr war, es loszuschnallen.

Die Leopardin schlich immer noch auf sie zu – brüllte wieder, sprang in die Luft.

Dann der Knall eines Gewehrschusses und das Tier fiel zurück, taumelte, kam wieder auf die Füße, stieß ein lautes Jaulen aus und verschwand im Dickicht mit den Jungen an ihrer Seite.

Und da war Leutnant Gillum, beißender Rauch stieg aus dem Lauf seines Gewehrs auf und er sagte etwas zu ihr, seine Lippen bewegten sich, aber kein Laut, nichts drang an ihre Ohren.

»Geht es Ihnen gut?«, wiederholte er.

»Gott, ja, danke, mir geht es gut. Wie verdammt dumm von mir, ich hätte es in dem Moment wissen müssen, als ich die Jungen gesehen habe.«

Ihr Herz hämmerte, nach einem langen Anstieg mit wenig Wasser und ohne Essen fühlte sie sich auf einmal sehr schwach. Sie schwankte, der Leutnant fing sie auf und führte sie sanft zu dem sandigen Boden, kniete sich neben sie und nahm einen Ausdruck der Besorgnis an, während er ihr Gesicht betrachtete.

»Sind Sie sicher, dass es Ihnen gut geht?«

Sie lächelte ihn dankbar an. »Das bin ich«, sagte sie. »Dank Ihnen.«

Er lächelte Sie ebenfalls an, beugte sich leicht nach vorne und küsste sie auf den Mund.

Sie zuckte zurück und wandte das Gesicht ab. »Ich bin *verheiratet*, Leutnant. Wie Sie sehr genau wissen.«

Er beugte sich wieder nach vorne, küsste diesmal ihren Hals, ließ seine Hand nun ihr Bein hinauf zu ihrem Oberschenkel wandern.

»Stopp! *Aufhören!*«, schrie sie ihn an. Er warf sie zu Boden und fing an, an ihrer Hose zu zerren.

Sie kreischte erneut – diesmal keine Worte, nur ein hasserfüllter Schrei drang aus ihrer Kehle. Für den Bruchteil einer Sekunde stellte sie sich vor, dass der Leopard zurückkehren könnte – sie bekämpfte die Hand an ihrer Hüfte, an ihren Oberschenkeln – sie griff nach unten – das Messer lag in ihrer Hand, glitt aus seiner Scheide.

Sie rammte es ihm in den Hals. Nun schrie er – rollte von ihr herunter – kam mühsam auf die Beine – fiel auf die Knie am Rande des Wassers – mit dem Gesicht nach vorne, Wasser spritzte auf – ein kleines Rinnsal aus Blut, das sich verdickte und mit dem frischen Wasser vermischte.

Und sie keuchte und keuchte im Versuch, wieder zu Atem zu kommen.

Es war lange nach Einbruch der Dunkelheit, als Paulette zurück in das Lager an der Oase stolperte. Von den anderen vier Männern ihrer Gruppe war nur einer da – einer der Seemänner, der angewiesen worden war, dortzubleiben, falls Paulette oder Gillum wieder auftauchten. Der andere Matrose und die zwei Berber suchten nach ihnen. Der Seemann gab einen Schuss in die Luft ab; das Zeichen, dass sie gefunden worden waren. Oder zumindest Mrs Grey gefunden worden war.

Als die anderen zurückkamen und Paulette sich

gesammelt hatte, berichtete sie ihnen, dass Leutnant Gillum von einer Leopardenmutter, die ihre Jungen verteidigte, getötet worden war.

Nach ihrer Rückkehr nach Mogador erzählte Paulette ihrem Mann allerdings die ganze Geschichte, ohne ein Detail auszulassen. Aus dem kalten, stählernen Hass in seinen Augen konnte sie deutlich Toms Bedauern darüber erkennen, dass er Gillum nicht mehr persönlich töten konnte. Sie konnte ebenfalls sehen, dass er viel dieses Hasses gegen sich selbst richtete, wegen seiner Entscheidung, ihr eine Eskorte zur Seite zu stellen; dass er ihr erlaubt hatte, überhaupt mitzukommen.

Als sie dann, weniger als eine Woche später, tot war, trug das Bild des Kapitäns des französischen Schiffes, das sie getötet hatte – das Bild, das Greys Fantasie heraufbeschwor – Leutnant Gillums Gesicht. Das Bild blieb bestehen, bis er Jean-Anne d'Aumont persönlich kennengelernt hatte; den besagten Mann selbst. Doch in seinen Träumen waren ihre Gesichter verschwommen, vermischt, wie ein Porträt, dessen Vorbild nach der Hälfte des Gemäldes ausgewechselt worden war.

22

Ein lautes Klopfen an der Tür riss Grey aus seinem langen Traum, eine Stimme vor der Tür rief: »Es ist acht Uhr, Sir«, und Grey versuchte, wieder ins Land der Lebenden zurückzukehren, nachdem er 16 Stunden wie ein Toter geschlafen hatte. Er konnte immer noch Paulettes Gesicht sehen, schmerzerfüllt, rot vor solch unverdienter Schande, wie sie ihm von diesem Tier Gillum erzählt hatte. Als Grey die Beine über die Bettkante schwang und nach seinen Stiefeln tastete, versuchte er, es beiseitezuschieben. Wenn schon nichts anderes, so hatte die lange Erholung sein Verlangen nach Rache doch wieder aufgefrischt. Gillum – nicht Gillum, d'Aumont – d'Aumont zu töten war eine Vollendung, die er andächtig herbeiwünschte. Er würde nicht mehr sehr viel länger warten müssen.

Aber zuerst musste er sich die Arbeit des Komitees der Staatssicherheit ansehen. Erst die Arbeit. Er seufzte – gähnte – zog sich sein Hemd an, stand auf und ignorierte den ächzenden Protest seiner Muskeln.

Zuerst die Arbeit. Paulette hatte einmal etwas zu ihm über die Arbeit gesagt, hatte ihn gepiesackt, als er auf irgendeine Mission nach Illyrien musste. Er konnte sich nicht mehr genau erinnern. Die Arbeit aller Untertanen ist die des Königs, aber die Seelen aller Untertanen sind ihre eigenen, so etwas in die Richtung. Aber sie war schon immer recht freigeistig gewesen.

Er trat auf den Flur hinaus, wo er einen gesunden Strom aus Kunden und Mädchen antraf, die kamen und gingen. Er verabschiedete sich von der Hausmutter am Tisch – nicht dieselbe Frau, die am Morgen zuvor da gewesen war – und trat in eine weitere Pariser Nacht hinaus.

Bis zur Rue de l'Université dauerte es eine Stunde zu Fuß und weitere zehn Minuten, bis er dort ankam, wo sie zur Rue Jacob wurde. Dort standen einige gutbesuchte Gebäude, ein halbes Dutzend auf jeder Straßenseite, mit verschiedenen akademischen Namen. Was für fleißige Studenten, die ihre Bibliotheken erst um neun Uhr abends verließen; sollten die Kinder der Revolution nicht eigentlich gierig und faul sein? Ein Mann hatte einen Stand an einer Ecke aufgebaut und verkaufte Tabak und Zigarettenpapier an die nach Hause eilenden Gelehrten. Grey kaufte einen Beutel und ein paar Streifen Papier und drehte sich in aller Ruhe eine Zigarette, während er gegenüber der École Nationale d'Histoire Militaire stand und unauffällig zu ihr hochschaute.

Es war ein unscheinbares, aber durchaus schönes, neoklassizistisches Gebäude, im Stil der Royal Academy und hatte an beiden Seiten ziemlich wenig Abstand zu seinen Nachbargebäuden. Obwohl es, wie Grey sah, das einzige Gebäude in der Straße war, das überhaupt von seinen Nachbarhäusern getrennt war – alle anderen Gebäude des Häuserblocks berührten das Gebäude neben sich, wohingegen das Sicherheitsgebäude von schmalen Gassen abgegrenzt wurde, die ungefähr anderthalb Meter breit waren. Es war auch das einzige Gebäude, das von der Straße aus etwas nach hinten versetzt war, mit einem kleinen Hof, der die Eingangstür von einem eisernen Zaun und einem verschlossenen Tor trennte. Die Eingangstür war ebenfalls eingelassen in eine seltsame Rokoko-Mauernische, die auf beiden Seiten mit Spiegeln ausgekleidet war. Halb versilbert, ohne Zweifel, damit jeder, der Einlass begehrte, erst von Kopf bis Fuß unter die Lupe genommen werden konnte, bevor die Tür geöffnet wurde.

Dies war eindeutig ein Gebäude, dessen Funktion äußerste Sicherheit war. Und doch musste Grey – insgeheim – zugeben, dass seine Erscheinung höchst effektiv war. Hätte er nicht gewusst, wonach er suchte, wäre es unwahrscheinlich gewesen, dass sich ihm irgendeines dieser Details selbst offenbart hätte.

Wie auch immer, so offensichtlich gut bewacht, wie die Eingangstür war, konnte das nicht der Weg sein, auf dem Grey hineingelangte.

Das nächste Gebäude in der Straße war die École Nationale de Musique, mit einer sehr viel einladenderen Fassade. Dort im Eingang diskutierten zwei junge Männer darüber, wie man eine Geige stimmte, deren Saiten einer von ihnen immer wieder in regelmäßigen Abständen anschlug. Grey ging auf sie zu und fragte, ob einer vielleicht Feuer für seine Zigarette hätte. Als keiner der beiden damit dienen konnte, zuckte Grey mit den Schultern und ging ganz selbstverständlich an ihnen vorbei in die Musikschule hinein.

Die Eingangshalle war ein großer, barocker Raum mit einer zentralen, gewundenen Treppe, die Grey hinaufstieg – an ein paar anderen Studenten vorbei, die im Aufbruch waren – mit der kompletten Autorität eines Mannes, der hierher gehörte. Oben angelangt, führte ein kurzer Korridor an ein paar Vorlesungsräumen vorbei zu einer zweiten, eher weniger anmutigen Treppe in ihrem eigenen Treppenhaus, das zu den Etagen darüber führte. Grey stieg ganz nach oben, bis das Treppenhaus vor dem unteren Ende einer Leiter aufhörte, die durch eine Falltür hinauf auf das Dach führte.

Nachdem er sich rasch vergewissert hatte, dass er alleine und ihm auch niemand gefolgt war, ging Grey hinauf und gab acht, dass der starke Wind oben auf dem Dach die Falltür nicht mit einem lauten Knall zufallen lassen würde.

Die Musikschule und das Sicherheitsgebäude hatten die gleiche Höhe, was Grey einen guten Blick auf sein Ziel ermöglichte: Von der Straße aus war nicht zu sehen gewesen, dass der Rand des Sicherheitsgebäudes zur Täuschung mit so etwas wie venezianischen Stacheln »dekoriert« war, die dort angebracht waren, um genau das zu vereiteln, was Grey geplant hatte: über den Spalt zu springen. Grey kehrte zu der Falltür zurück und kletterte wieder nach unten in das oberste Stockwerk der Musikschule.

In dem Korridor, der vom Treppenhaus wegführte, befanden sich auf beiden Seiten Büroräume. Grey ging an den Türen vorbei, deren Fenster auf das Sicherheitsgebäude blicken mussten, drehte probeweise an den Knäufen, fand aber alle verschlossen vor. Die letzte Tür gehörte zu dem am weitesten von der Straße und von dem Treppenhaus entfernten Büro – was, wie Grey hoffte, das Risiko verringerte, gehört zu werden. Er trat ein paar Schritte zurück, rannte auf die Tür zu und warf sich mit der Schulter dagegen.

Das Schloss brach, die Tür flog auf und Grey trat in das Büro. Er stand in einem kleinen, dunklen Raum, der nur von einem Fenster erhellt wurde, das, glücklicherweise, ziemlich groß war. Es ließ sich in der Mitte öffnen; das tat Grey und schaute hinüber zur *École d'Histoire Militaire*. Das Fenster, an dem Grey stand, gab den Blick auf ein Fenster im Sicherheitsgebäude frei, nicht direkt gegenüber, aber fast. Dazwischen lagen gut anderthalb Meter gähnende Leere, auf der Höhe des vierten Stockwerks.

Grey wandte sich zu dem Schreibtisch in der Mitte des Büros um, auf dem Stapel von Papieren und Notizen lagen. Grey wählte einen schönen, schweren Briefbeschwerer aus – geschliffener Stein, ungefähr die Größe eines Cricketballs – zielte und ließ ihn hinübersegeln. Mit einem *krach* zerbarst das Glas im Zielfenster. Zumindest ungefähr zwei Drittel davon. Grey schnappte sich einen zweiten Briefbeschwerer und schlug den Rest mit einem zweiten Wurf ein.

Er setzte seinen Fuß auf den Vorsprung des Fensters der Musikschule ... er würde seine Schritte gründlich abzählen müssen. Nun ging er zurück, um Anlauf zu nehmen, bis er an der Bürotür stand, atmete tief ein, rannte vorwärts – mit einem festen Tritt platzierte er seinen Fuß auf dem Vorsprung, drückte sich ab und stürzte hinaus in die Luft.

Die Zeit schien sich zu verlangsamen.

Er flog durch das eingeschlagene Fenster und landete, klein zusammengerollt, in den Glassplittern.

Grey kam auf die Beine und klopfte sich den Staub von der Kleidung. Er stieß einen langen, erleichterten Seufzer aus und nahm seine Umgebung in Augenschein.

Er stand in einem großen Raum, viel länger, als er breit war. Er erstreckte sich über die gesamte Länge des Gebäudes. Es hätte unerfreulich dunkel sein können, dank eines braunen Wandmotivs, das in die Deckenmalerei überging, doch das schwache Licht, das durch die drei mit Fenstern gesäumten Wände hereinfiel, wurde reflektiert, konzentriert, und verstärkt von der vierten, verspiegelten Wand – jeder Spiegel davon hatte dieselbe Größe wie die große, mittige Tür in der Wand, und war in individuellen, mit Bossen verzierten Rahmen gefasst. Die Spiegelwand warf das Licht hin und her, kleinere Spiegel waren auch in die Zwischenräume der Fenster gehängt worden. Dies war ein Raum, dachte Grey, der von einem Mann ausstaffiert worden war, der Versailles vermisste. Oder vielleicht zu viel Zeit in teuren Bordellen verbracht hatte.

Im Zentrum des Raumes dominierte ein langer, schmaler, ovaler Tisch, um den Stühle mit hohen Lehnen herumstanden. Hier traf sich also das Komitee der Staatssicherheit. Er hatte Glück – die Tür war mit einer ledernen Dichtung verkleidet, anscheinend war der Raum schalldicht. Auch gut. Grey hatte schon fast erwartet, dass eine Wache durch die Tür gestürzt kam, als er durch das Fenster geflogen war, vom Geräusch von zersplitterndem Glas alarmiert. Grey hatte immer noch Bransons Pistole, was ihm die Sicherheit von einer Kugel verschaffte. Nur eine Kugel. Er war froh, sie immer noch in Reserve zu haben.

Greys kurze Durchsuchung des Raums förderte keinen Tresor, keinen Geldschrank und kein Schließfach zutage. Dies war ein offizieller Konferenzraum, kein Büro. Wo bewahrte das Komitee seine Arbeitsunterlagen auf? Sicherlich würde es einen Raum zur

Ablage in der Nähe geben. Grey umrundete den Tisch, öffnete die Tür und trat hindurch in ein kleines Vorzimmer. Vielleicht war dies ein weiterer (unbeabsichtigter) Schalldämpfer. Als Grey die Tür des Vorzimmers zu einem Flur hinaus öffnete, stand er auf einmal einer französischen Wache – einem Soldaten in Uniform – gegenüber. Kalt erwischt.

Zu Tode erschrocken drehte der Soldat ruckartig seinen Kopf und schaute über seine Schulter. Grey schnappte ihn sich, zog ihn nach hinten, warf ihn zu Boden und schloss – so leise er konnte – wieder die Tür.

Bevor der Soldat überhaupt verstehen konnte, was geschah, hatte Grey schon Bransons Pistole gezogen und hielt sie ihm an die Stirn.

»Wo ist der Raum, in dem die Akten aufbewahrt werden?«, fragte Grey auf Französisch.

»Im Keller«, antwortete der Soldat, beinahe in Schock.

»Wie komme ich dorthin?«

»Die Treppe runter, bis ganz unten.«

»Wo ist die Treppe?«

»Den Flur entlang auf der linken Seite.«

»Gibt es mehr als eine?«

»Nein.«

»Wie viele Wachen?«

»Ein Dutzend, vielleicht mehr.«

»Die was tun?«

»Bewachen!«

»Gehen sie keine Runden?«

»Nur im Erdgeschoss.«

»Wie gut kennen die Wachen einander?«

»Nicht gut, sie werden regelmäßig ausgewechselt, zur Sicherheit. Wer sind Sie?«

»Ist der Aktenraum bewacht?«

»Ja.«

»Ist er verschlossen?«

»Ja.«

»Haben Sie den Schlüssel?«

»Nein.«

»Na großartig.«

Grey zog dem Soldaten mit Bransons Pistole eins über den Schädel und dieser fiel nach hinten um, bewusstlos. Grey begann, den Mann auszuziehen. Die Uniform würde ihm passen. Aber verdammt, sie roch höchst unerfreulich.

Seine neue Uniform bestand aus weißen Hosen und Kniestiefeln, einem weißen Hemd unter einer weiß-blauen Jacke und einem hohen, zylindrischen Tschako-Hut, den Grey unter dem Arm trug, Bransons Pistole darin versteckt. Er hatte sich auch die Muskete des Soldaten und ein zusätzliches Bajonett über die Schulter geworfen. Das erste Mal seit Langem fühlte sich Grey entsprechend ausgerüstet.

Grey ging den Korridor entlang, weiter in das Treppenhaus und nach unten. Die Messingknöpfe an seiner Uniform blitzten im Licht von mehreren

Wandfackeln – und der Kerze der Wache, die Grey nun trug – auf. Einen Stock, zwei, noch kein Anzeichen für eine weitere Wache. Im Erdgeschoss konnte Grey die Stiefel von Soldaten auf den Marmorfliesen klacken hören, während sie ihre Runden drehten, aber er sah niemanden. Noch eine Treppenflucht hinunter und Grey erreichte das Untergeschoss, wo sich ein einziger, langer Korridor bis zu einer großen Metalltür erstreckte, vor der eine Wache stand.

Grey ging direkt auf die Wache zu, ohne auch nur einen Moment zu zögern: »Ich muss ein Dokument für Captain d'Aumont aus dem Raum entnehmen.«

Einen Augenblick lang schwieg die Wache, sah ihn nur an. Grey zuckte nicht mit der Wimper, sondern wartete mit seiner lange geübten, kühlen Geduld auf die Antwort.

»Und?«, sagte die Wache schließlich. »Haben Sie einen Pass?«

»Ach ja«, sagte Grey, verdrehte die Augen und schüttelte den Kopf. »Wie dumm von mir.«

Grey griff in seinen Hut, suchte einen Moment herum und zog erneut Bransons Pistole hervor, die er – in einer einzigen flüssigen Bewegung – dem Wachmann ins Gesicht schlug. Dieser fiel zu Boden, seine gebrochene Nase blutete stark.

Grey suchte mit den Händen den Gürtel des Bewusstlosen ab, fand einen Schlüssel an einer robusten Kordel und sperrte die Tür auf. Sie schwang nach außen auf und zwang Grey, den bewusstlosen Mann aus dem Weg zu schieben, bevor er ihn in den Aktenraum und außer Sichtweite zerrte.

Drinnen schloss Grey hinter sich die Tür. Vor ihm: drei Regalreihen, jede ungefähr zweieinhalb Meter hoch und dreieinhalb Meter lang, jede mit individuellen Holzkisten gefüllt und sorgfältig nach Inhalt beschriftet: Kostenabrechnungen, Hintergrunduntersuchungen, die Bewegungen politisch verdächtiger Individuen, Details von Agenten – alle inländisch, leider; schließlich war das Komitee für Staatssicherheit eine geheime Polizeiorganisation. Nur dadurch, wie sie mit wichtigen Spionen umgegangen waren – Grey und anderen Maulwürfen, die Bransons Zirkel ans Tageslicht befördert hatte –, befassten sie sich mit der ausländischen Seite von Napoleons Reich. Grey hatte aber Glück, denn je diktatorischer die Herrschaft eines Tyrannen, desto vollständiger dessen Bürokratie – und da lag ein schmales Fallköfferchen, auf dem stand *Vom Maison Militaire: Pläne für zukünftige Ärmelkanaloperationen und Operationen in England und Irland.*

Grey öffnete den Koffer und besah sich dessen Inhalt.

Da gab es Karten und Listen, genau wie d'Aumonts Briefe angedeutet hatten, von den Werften, wo die Schiffe gebaut wurden, über die Schiffe, welche die Truppen transportieren sollten, die Einheiten, die Kommandanten, die Versorgungsleitungen, die Rationen, die erforderlichen Zahlungen, alles, was der kleine Korse für seinen ersten Vorstoß nach Großbritannien so im Sinn hatte. Pläne für einen Aufstand in Irland, der von französischen Truppen unterstützt werden sollte. Überall mussten sie sich einmischen, verdammt. Aber das hier, das war unbezahlbar. In seinen Händen hielt Grey Informationen, die Zehntausende von englischen Leben retten konnten, und irischen (sowie französischen; nicht, dass Grey sich selbst erlaubte, solchen sentimentalen Gedanken nachzuhängen), ganz zu schweigen davon, dass sie das Vereinigte Königreich und die Demokratie in Europa retten würden. Vorsichtig faltete Grey die Papiere zusammen – ein Exemplar von allem; aus irgendeinem Grund bestanden diese Leute darauf, alles in dreifacher Ausführung zu haben – und ließ sie behutsam in seinem Unterhemd verschwinden.

Dann wandte er sich den Personenunterlagen zu. Unter »A«, *d'Aumont, Capitaine Jean-Anne, adjoint de so-und-so*, und die Adresse seiner Pariser Wohnung in der Rue des Gravilliers, drittes Arrondissement, hinten auf der Rive Droite.

Nachdem er sich die Adresse fest eingeprägt hatte, blieb ihm nur eines übrig – natürlich wäre er gerne noch geblieben, hätte gelesen und jedes Detail herausgepickt, das er finden konnte, jedes Dokument mitgenommen, das nützlich sein konnte, was gut und gerne alle sein konnten – aber er wusste, dass er vielleicht nur ein paar Sekunden hatte, bis die Abwesenheit der Wache vor der Tür bemerkt und Alarm geschlagen wurde. Er konnte die Papiere, die er bereits an sich genommen hatte, nicht aufs Spiel setzen. Nein, ihm blieb einzig und allein übrig, ein Dutzend Patronen aus dem Pulversack der bewusstlosen Wache zu nehmen, als Zündstoff, und den Raum in Brand zu stecken.

Nachdem das Pulver sorgfältig und gleichmäßig überall verteilt war – als Grey sich sicher war, dass alles brennen würde –, riss er einen Fetzen Papier von irgendeiner Akte ab, hielt ihn an seine Kerze und warf ihn auf das Pulver. Als der Raum mit einem gewaltigen *Wuschhhhhh* in Flammen aufging, wuchtete er die bewusstlose Wache über seine Schulter, lief – oder stolperte eher – den Korridor entlang und schrie: »FEUER! FEUER! FEUER IM KELLER! FEUER IM AKTENRAUM! FEUER! HILFE! HILFE! HILFE!«

Er hustete und keuchte, als Chaos ausbrach; Männer in Uniformen kamen die Treppe heruntergerannt, holten Eimer mit Sand, halfen ihm die Stufen hinauf und widmeten sich der bewusstlosen Wache.

In dem Aufruhr – und immer noch den durch Rauch vergifteten, hustenden Mann mimend – schlüpfte Grey nach draußen an die frische Luft. Als eine Alarmglocke zu schrillen begann, verschmolz Grey mit der Menge aus Zuschauern in der Nacht.

23

Als Thomas Grey die panischen Wachen, die schnatternden Zuschauer und das Geratter der ankommenden Feuerwehr hinter sich gelassen hatte, bemerkte er schließlich, dass er angesichts einer gut ausgeführten Arbeit keine überbordende Befriedigung verspürte, oder den Hass, der ihn die letzten, verzweifelten Tage lang angetrieben hatte – sondern Hunger. Alles übertönenden Hunger. Gott im Himmel, war er hungrig. Warum war ihm das nicht schon vorher aufgefallen? Sein Magen hatte anderes zu tun gehabt, nahm er an. Nun konnte er aber nicht mehr länger abgelenkt werden. Einen Augenblick lang musste er sich sogar an einem Laternenpfosten abstützen, um aufrecht stehen zu bleiben, als eine Welle des Schwindels über seinen Körper hinwegrollte.

Mit der Autorität seiner Uniform hielt er einen zweirädrigen Einspänner an – der Fußverkehr hatte sich schleunigst auf den Weg zum Feuer begeben – und rief dem Fahrer zu: »Mein guter Mann, wo ist der nächste Ort, an dem man etwas zu essen bekommt?«

Der Kutscher schaute Grey mit diesem besonderen Ausdruck an, den sich gebürtige Städter für Außerstädtische aufsparen und wies mit dem Daumen über seine Schulter nach hinten.

»Im Palais Royal, mein Freund«, sagte er. »In den Kellern unter den Arkadengängen. Einziges Lokal, das um diese Zeit nachts noch warmes Essen hat. Und ist die ganze Nacht geöffnet, inklusive aller anderen Dienste, die ein Mann wie Sie vielleicht in Anspruch nehmen möchte.«

Dieser Mann war ganz schön unverschämt, dachte Grey.

»Danke Ihnen, mein Freund«, entgegnete er und kämpfte sich weiter vorwärts, genervt, dass es auf dieser Seite der Seine nirgendwo anders etwas zu essen gab. Was hatten diese Pariser nur mit ihrem gottverdammten Palais Royal?

»Gern geschehen, mein Freund«, antwortete der Kutscher, genervt, dass ihm für seine Dienste nicht einmal ein Centime zugeschnippt worden war.

Bis zum Palais dauerte es nur zehn Minuten – unerträgliche zehn Minuten allerdings –, und zwei weitere Minuten, um den Weg nach unten zu den Kellern zu finden, wo die Auswahl an Cafés und Restaurants tatsächlich überraschend groß war. Und überraschend demokratisch. Bauern und Arbeiter waren durch und durch mit Handwerkern und Angestellten vermischt. Sogar die Oberschichten waren alle vertreten, diejenigen, die nach dem Abend in der Comédie-Française in die Arkadengänge gekommen waren und, als die feineren Lokale der Oberschicht ihre Türen für den Abend geschlossen hatten, noch nicht bereit waren, die Nacht zu beenden.

Grey war nicht in der Laune, zu hohe Ansprüche zu stellen. Er betrat das erstbeste Café, das einen freien Tisch hatte, und winkte einem Kellner zu.

»Willkommen, Sir, im Café des Aveugles«, begrüßte ihn der Kellner. »Die Vorstellung wird in dreieinhalb Minuten beginnen; und bitte erlauben Sie mir, Ihnen die Gerichte des heutigen Abends zu zeigen.«

»Bitte tun Sie das«, sagte Grey und, bevor der Kellner anfing, schob er hinterher: »Was für eine Vorstellung?«

»Nun, Sir, das blinde Orchester. Unser wunderbares Orchester der blinden Meister.« Er schien verwirrt zu sein, dass Grey das nicht gewusst hatte.

»Nun gut. Das Essen?«

»Ja, Sir«, entgegnete der Kellner, gab Grey eine Karte mit Metallverzierungen und deutete dann auf eine Seite nach der anderen, während er sprach: »Zu Beginn haben Sie die Auswahl aus neun verschiedenen Suppen, alle gefolgt von sieben Arten von Pies; diejenigen, die keine Pies mögen, können Austern bekommen, je ein Dutzend. Danach gibt es 31 *entrées* von Wild- oder Zuchtvögeln und 28 vom Kalb,

Hammel oder Rind. Dann gehen wir zum Fisch über, von dem es 14 Arten gibt, in Begleitung von *entremêts* in 48 Varianten; Eier und Pfannkuchen, Gelees und Cremes, Maroni und Trüffel in Champagner, Champignons und Krabben, Kirschen und Aprikosen sowie eine große Auswahl aus frischem Gemüse. Und schließlich, sollten Sie immer noch ein bisschen Platz übrig haben, werden Ihnen 31 Desserts die Möglichkeit geben, diesen zu füllen. Wenn Sie sich nichts aus Süßem – Eingemachtem, Konfekt, frischem oder getrocknetem Obst – machen, werden Sie vielleicht eine Scheibe *fromage de Rochefort*, *de brie*, *de Neufchâtel* oder sogar *de Cheshire* nicht ablehnen.«

Cheshire!, dachte Grey. Was für industrielle Schmuggler diese Gourmets beschäftigten. Der Kellner fuhr fort: »Und natürlich, um die ganze Substanz etwas aufzuweichen: 22 Rot- und 17 Weißweinsorten; sieben Arten Likörweine und 16 Liköre.«

Der Kellner verbeugte sich tief.

»Ist das alles?«, fragte Grey. Der Kellner lächelte stolz. »Ich fürchte, ja, Sir, aber unser Koch kann Ihnen etwas Besonderes zubereiten, wenn Sie möchten.«

»Bringen Sie mir ein Rumpsteak, ein bisschen Brie und eine Kanne Kaffee, bitte.«

Der Blick des Kellners verfinsterte sich und er – wie Grey in dem schummrigen Licht fand – errötete leicht.

»Kein Kaffee, Sir. Wegen der Blockade ist er bereits stark rationiert.«

»Keine Sorge. Haben Sie Champagner?« Das Gesicht des Kellners hellte sich wieder auf.

»Ja, Sir, natürlich, eine große Auswahl.« Bevor er anfangen konnte, die Weingüter aufzuzählen, unterbrach ihn Grey.

»Château d'Aumont?«

»Ja, Sir, ich glaube schon.«

»Dann bringen Sie mir einen guten Jahrgang davon und aus dem Steak machen Sie wohl lieber einen Vogel. Die *galantine*? Und bringen Sie mir eine Kanne Tee.«

»Es wird mir eine Freude sein, Sir«, ereiferte sich der Kellner und verbeugte sich erneut. »Kommt sofort.«

Er entfernte sich vom Tisch (sein Abgang erfolgte zur perfekten Zeit), als ein Vorhang an der gegenüberliegenden Wand aufging und den Blick auf eine kleine Bühne freigab, wo ein Streichquartett Vivaldi zu spielen begann, etwas aus den *Vier Jahreszeiten*. Sehr fröhlich und offensichtlich ein Publikumsliebling, da ungefähr ein Dutzend Gäste im Takt klatschte und mitsummte.

Während Grey dasaß und zuhörte – unerwartet entzückt; die Violinisten waren sehr gut – kam eine Flasche von d'Aumonts Champagner und eine Stimme ertönte vom Nachbarstisch: »Ach, Captain Grey – wie ich sehe, bekommen Sie jetzt eine Provision.«

Grey erstarrte. Natürlich, inzwischen würde sich sein Ausbruch aus der Conciergerie herumgesprochen haben. Dagegen konnte er nichts tun. Zum Glück hatte er nicht genug Leute kennengelernt, als dass sein Gesicht ein Risiko darstellen würde … dachte er zumindest. Grey blickte nach links.

Sein Blick wurde erwidert von Sébastien Berger, dem Arzt, der seinen linken Arm nach dem Duell genäht hatte.

»Ach, Dr. Berger – was für eine unerwartete Freude.« Grey erhob sich von seinem Stuhl und verbeugte sich, der Doktor ebenfalls.

»Unerwartet sollte es eigentlich nicht sein«, sagte Dr. Berger. »Meine Praxis liegt direkt über uns; ich esse oft hier unten, nachdem die letzten Blutspritzer aufgewischt sind.« Bergers Abendbegleitung verdrehte die Augen. »Verzeihen Sie mir meinen vulgären Humor. Captain Grey, erlauben Sie mir, Ihnen Mr August von Kotzebue vorzustellen.«

Grey nickte höflich; Kotzebue nickte zurück: »Eine Freude, Captain.«

»Ebenso, Sir«, antwortete Grey.

»Wie geht es Ihrem Arm, Captain?«, fragte Berger.

»Er ist wunderbar verheilt, danke.« Das mochte stimmen oder auch nicht; nach der Streckbank hatte Grey nur eine vage Vorstellung davon, welche seiner Körperteile normal funktionierten und welche nicht.

»Das freut mich zu hören. Speisen Sie alleine heute Abend?«

»Ja, um meine Sünden abzubüßen. Gelegentliche Einsamkeit weiß ich zu schätzen.«

»Nun, dann lassen Sie sich von mir nicht stören«, erwiderte der Arzt, der offensichtlich schon gut getrunken hatte, was sich in Redseligkeit manifestierte. »Obwohl ich sagen muss, dass ich die Einsamkeit für eine höchst gesundheitsschädliche Schauspielerin halte, beruflich gesprochen. Unser Freund Jean-Anne, zum Beispiel. Er legt einen guten Auftritt hin, wenn er sich offiziell in der Gesellschaft zeigen muss, aber davon abgesehen hat er sich ziemlich zurückgezogen seit dem Tod seiner Frau. Ich sage ihm immer, dass er noch jung ist, er jemand anderen treffen soll. Aber meinen Sie, er würde auf mich hören? Auf einen langjährigen Veteranen, einen alten Kampfgenossen? Nein.«

»Captain d'Aumont ist Witwer? Das wusste ich gar nicht.«

»Ja, ich fürchte schon – leider sehr gewöhnlich; nur allzu gewöhnlich. Seine Frau starb bei der Geburt – und das Kind auch – vor einigen Jahren jetzt schon – im Jahr eins, glaube ich. Ich sage ihm immer wieder, dass das zum Leben dazugehört – dass die Müttersterblichkeit eins zu fünf beträgt; dass es auch so bleiben wird, bis wir das Kindbettfieber besiegen. Ich sage ihm auch immer wieder, dass der Tod zum Leben, zur Geburt dazugehört. Aber meinen Sie, er würde mir zuhören? Na ja. Er wird es überwinden – das tun alle nach gewisser Zeit. Zumindest hat er keine mutterlosen Kinder, um die er sich sorgen muss.«

Falls Berger noch etwas anderes zu sagen gehabt hatte, wurde er von einer plötzlichen Steigerung in der Geschwindigkeit und der Lautstärke der Musiker unterbrochen. Der Arzt und sein Tischgenosse wandten sich wieder der Musik zu. Grey blickte hinunter auf seine Champagnerflöte, leerte sie, füllte sie nach und wartete darauf, dass sein Essen kam.

*

Es war ein 20-minütiger Fußmarsch bis zu dem Haus, in dem d'Aumont wohnte, und ein kurzer Treppenaufstieg zu seiner Wohnung im dritten Stock. Auf dem Weg dorthin dachte Grey intensiv darüber nach, was der Arzt ihm erzählt hatte. D'Aumont war also auch Witwer? Na ja, was machte das für einen Unterschied. D'Aumont hatte seine Frau durch einen Akt Gottes verloren. Grey hatte seine durch einen Akt d'Aumonts verloren. Zweifelsohne hätte sich d'Aumont gerne an Gott gerächt. Dass er diese Gelegenheit nicht bekommen würde, war wohl kaum Greys Schuld. Zumindest – wenn Grey seinen Willen bekam – hätte d'Aumont schon in Kürze die Gelegenheit, die Bekanntschaft Gottes zu machen.

Grey klopfte an d'Aumonts Tür. Es kam keine Antwort.

Grey klopfte erneut.

»Einen Augenblick, ich komme schon«, hörte er Captain Jean-Anne d'Aumonts Stimme.

Ein Moment verstrich, dann ging die Tür auf – und währenddessen sagte d'Aumont ziemlich kurz angebunden: »Was ist denn? Wissen Sie überhaupt, wie spät es-?«

Als d'Aumont sah, wer es war, schwieg er. Das Blut schoss ihm ins Gesicht. Als Grey ihm eine Pistole auf die Brust setzte, wich es jedoch schlagartig wieder daraus.

»Zurück ins Zimmer und keinen Mucks«, befahl Grey.

»Als ich von Ihrem Ausbruch erfahren habe«, sagte d'Aumont und tat wie ihm geheißen, »nahm ich an – wie alle –, dass Sie zu einer Grenze unterwegs wären ... Der Verkehr auf den Straßen aus Paris heraus wird aufgehalten und kontrolliert, während wir sprechen ... was in aller Welt kann in Sie gefahren sein, dass Sie hierherkommen? Hegen Sie einen Todeswunsch?«

»Ja«, sagte Grey. »Aber nicht nach meinem eigenen Tod. Hinsetzen.« Mit dem Lauf seiner Pistole deutete Grey auf einen Stuhl an einem kleinen, runden Esstisch.

»Und warum sind Sie so besessen von mir? Ist das die Rache für den kleinen Messerstich in Ihren Bauch? Oder reicht das weiter zurück? Vielleicht waren Sie von unserem 86er Jahrgang enttäuscht. Das waren wir alle.«

»Sie haben meine Frau getötet«, erklärte Grey und setzte sich gegenüber seines Gefangenen.

Die Stille hing schwer im Raum. Die zwei Männer starrten sich an.

»Das glaube ich nicht«, sagte d'Aumont.

»Meine Frau Paulette«, fuhr Grey fort, »war mit mir Passagier auf einer Schaluppe unter britischer Flagge auf dem Weg nach Malta. Der *Constance*. Ungefähr vor einem Jahr. Vielleicht erinnern Sie sich.«

D'Aumont schwieg.

»Unsere Schaluppe wurde von einem einzigen Schuss getroffen, der von der französischen Fregatte *Fidèle* abgegeben wurde. Ihr Kommando, glaube ich.«

Einen Augenblick später sagte d'Aumont einfach: »Ja, so war es.«

»Der Schuss zerschmetterte eine der Schiffsstreben, als er einschlug. Sie sind ein Mann der See, ich weiß, dass Sie Männer gesehen haben, die an Splitterwunden gestorben sind.«

Grey war an seinem angestammten Platz gewesen, oben, inmitten der Takelage der Schaluppe – mit einem Teleskop und einem Gewehr –, als der Schuss abgefeuert wurde. Er hatte Paulette sicher im Laderaum zurückgelassen und wusste nichts davon, dass irgendetwas schiefgegangen war, bis einer der Schiffsjungen hektisch die Webleinen heraufgeklettert kam und nach ihm rief.

Panisch war Grey ein Achterstag heruntergerutscht, durch die nächstgelegene offene Luke gestürzt, an der Geschützmannschaft vorbei zur Plicht, wo er Paulette fand, die immer noch bei Bewusstsein war – aber fast nicht mehr erkennbar unter den ganzen Splittern aus Holz, die aus ihrem Gesicht – ihren Gliedmaßen – ihrer Brust – ihrem Bauch herausragten – wie jemand, der auf ein Bett aus Glas gefallen war.

Der Arzt der Schaluppe hatte sein Bestes getan, um die Fleischwunden über den Arterien zu schließen. Aber es war einfach nicht genug Zeit; Paulette hatte nicht mehr genug Zeit für seine Versuche, als dass es noch etwas geholfen hätte. Grey hatte sie in seinen Armen gehalten, ihr gesagt, dass alles gut werden würde, als das Leben aus ihr heraussickerte auf das durchweichte Deck. Sie war mit offenen Augen gestorben, die schreckensstarr zu ihm aufblickten, ihr Mund zu einem Schmerzensschrei verzogen, für den sie keine Zeit mehr hatte, Luft zu holen.

Die Beerdigung hatte auf See stattgefunden. Grey hatte gewollt, dass Paulette anständig begraben wurde mit einem Pfarrer in Sliema, aber ihr Körper konnte der Hitze nicht trotzen und ihm waren die Hände gebunden. Der Kapitän der Schaluppe hatte das Gebet gesprochen und Paulette wurde von der englischen Flagge bedeckt, in Anerkennung ihrer Verdienste um die englische Krone an Greys Seite.

... Unergründlich ist seine Einsicht. Er gibt dem Müden Kraft und dem Ohnmächtigen mehrt er die Stärke. Jünglinge ermüden und ermatten, und junge Männer straucheln und stürzen. Aber die auf den Herrn hoffen, gewinnen neue Kraft; sie heben die Schwingen empor wie die Adler, sie laufen und ermatten nicht, sie gehen und ermüden nicht.

Du kennst, Herr, die Geheimnisse unserer Herzen; schließe nicht deine barmherzigen Ohren vor unseren Gebeten; aber verschone uns, Herr, der Allerheiligste, o Gott, der Mächtigste. O heiliger und barmherziger Retter, Du würdigster Richter ewig, lass uns nicht in unserer letzten Stunde leiden, damit alle Schmerzen des Todes von Dir abfallen. Nachdem es dem Allmächtigen Gott nach Seiner weisen Vorsehung gefallen hat, die Seele unsrer entschlafenen Schwester aus dieser Welt zu sich zu nehmen, legen wir ihren Leib in Gottes Acker [...] in Erwartung der allgemeinen Auferstehung am jüngsten Tage und des Lebens der zukünftigen Welt [...], wenn das Meer soll ihre Toten wiedergeben.

Grey blickte hinunter auf die Pistole in seiner Hand. D'Aumont blickte ebenfalls darauf.

»Wissen Sie«, sagte d'Aumont in einem Ton, mit dem er hoffte, Mitleid auszudrücken und es ebenso zu erbitten, »im Krieg gibt es immer ungewollte Opfer. Es war nicht meine Absicht, Ihre Frau zu töten. Und es war auch nicht meine Entscheidung, sie auf einem Kriegsschiff anzutreffen, das unter der Flagge einer feindlichen Macht segelte. Ich bedaure, dass ich eine Rolle bei ihrem Tod gespielt habe. Aber sicher sehen Sie ein, dass es absurd ist, dies als persönliche Tat, die nach Rache ruft, anzusehen. Das ist unlogisch.«

»Ja«, gab Grey zu, »das sehe ich ein.« Er klang wehmütig, beinahe traurig, als ob er wieder auf Paulettes Beerdigung wäre. Nach einer kurzen Pause fuhr Grey fort: »Allerdings ist es nicht unlogisch, einen hohen Stabsoffizier der feindlichen Marine zu töten.«

Seine Pistole war auf d'Aumonts Herz gerichtet und er wollte wirklich nichts anderes, als den Abzug drücken. Schließlich war es der ganze Sinn der Übung gewesen, diesen Mann zu finden und umzubringen, sein einziger Grund, warum er nach Frankreich gekommen war. Warum hätte er sonst Leib und Leben riskieren sollen, wenn nicht, um seine geliebte Paulette zu rächen?

Und doch: Wie ein Jäger, der sich um Kopf und Kragen ritt, um einen Fuchs in die Enge zu treiben, und es dann nicht über sich bringen konnte, ihn zu erlegen, erkannte Grey langsam seine Unfähigkeit, d'Aumont zu töten. Grey hatte nichts auch nur annähernd so sehr geschätzt wie seine Frau. Und doch, von den Dingen, die er jetzt noch besaß, schätzte er nichts so sehr, wie seine eigene, pure Rechtschaffenheit. Was d'Aumont sagte, war wahr und ihn zu töten wäre Mord. Es wäre vielleicht ein Mord, über den Grey keine Träne vergießen würde, wenn er hörte, dass er von einem anderen Mann begangen worden war. Grey war auf Rache aus. Er war ein Killer.

Aber er war kein Mörder. Jetzt, wo d'Aumont in der Falle saß, ohne weitere Entschuldigungen, die das Ableben des Mannes hinauszögern konnten, war es vielleicht an der Zeit, mit dem Selbstbetrug aufzuhören. Er würde den Mann einfach nicht kaltblütig töten. Vielleicht war es an der Zeit, die Vorstellung zu begraben, Trauer durch Wut ersetzen zu können. Oder Dinge zu berichtigen, die nie berichtigt werden konnten.

Grey reckte das Kinn und ließ die Pistole sinken. »Ich würde Sie wirklich sehr gerne töten«, sagte er zu dem französischen Captain. »Wenn Sie mir allerdings Ihr Wo –«

Bevor er »Wort« zu Ende sprechen konnte – sobald die Pistole nicht mehr auf d'Aumont gerichtet war –, stieß der Franzose den Tisch, an dem die beiden Männer saßen, nach vorne, und rammte ihn hart in Greys Bauch, sodass ihm die Luft wegblieb. Bevor Grey sich erholen konnte, hatte d'Aumont den Tisch umgeworfen und sich auf ihn gestürzt, ihn aus dem Stuhl und auf den Boden geworfen. Die Pistole kam außer Greys Reichweite auf und d'Aumont begann, ihn zu würgen. Grey streckte den Arm aus und tastete nach der Waffe. Er konnte den Kopf nicht drehen, um zu sehen, wo sie lag; d'Aumont hielt seinen Hals fest wie in einem Schraubstock. Nun tastete Grey d'Aumonts Seiten ab und versuchte, etwas in die Hände zu bekommen, womit er d'Aumont abschütteln konnte.

Stattdessen fand seine Hand die rechteckige Form von d'Aumonts Zigarrenetui.

Grey hatte nicht mehr viel Zeit, als er zwei Finger in die Tasche gleiten ließ, in der sich das Etui befand. Sein Sehvermögen war auf die Größe eines Stecknadelkopfs geschrumpft; d'Aumont sah nun sehr weit weg aus, wie er rittlings auf ihm saß und ihn erwürgte.

Grey war beinahe bewusstlos, als er das Zigarrenmesser herausholte, es in seiner schwachen Faust zurechtlegte und in d'Aumonts Hüfte stieß.

Der Franzose schrie und ließ Greys Hals los. Grey schnappte nach Luft, die zurück in seine Lungen und sein Gehirn schoss. Er zielte nun auf d'Aumonts Hals, hielt das Messer hoch und zog es einmal von Ohr zu Ohr.

D'Aumonts Hände fuhren hoch zu dem Schlitz, urplötzlich kalkweiß im Gesicht. Er starrte entsetzt auf Grey hinunter und fiel dann seitlich zu Boden.

»Gottverdammt, Mann«, sagte Grey, wischte sich d'Aumonts Blut aus den Augen und sprach zu d'Aumonts Leiche. »Ich wollte Sie doch am Leben lassen.«

24

Nachdem er so viel Blut abgewaschen hatte, wie er konnte, und d'Aumonts Leiche mit einem Laken zugedeckt hatte, begann Grey, die Wohnung sorgfältig zu durchsuchen.

In seiner Pariser Wohnung hatte d'Aumont keine Diener; anscheinend hatte er für die Großstadt ein enthaltsameres, professionelles Soldatenleben gewählt. Oder zumindest einen enthaltsameren, professionellen Soldatenanschein gewahrt.

Der Schreibtisch war verschlossen, ließ sich aber mit einem der Schlüssel an dem Bund in der Tasche des toten Mannes öffnen. In dem Schreibtisch befanden sich verschiedene Reporte zu Marineangelegenheiten des Maison Militaire, die Grey zu seinen anderen Raubdokumenten hinzufügte. In d'Aumonts Schlafzimmer war ein Schrank; darin befand sich noch ein Tresor – glücklicherweise ein gewöhnlicher, hier hatte er es nicht mit Drehscheiben zu tun. Das Schloss öffnete sich mit einem zweiten Schlüssel von d'Aumonts Bund.

Der Safe barg nichts Bedeutendes; ein paar vereinzelte Schmuckstücke und noch ein bisschen Geld. Grey nahm sich etwas von Letzterem – aber nur so viel, wie er glaubte, für seine Heimreise zu benötigen, den Rest überließ er d'Aumonts Familie. Er war kein Dieb. Nur ein einfacher Soldat, der seine Arbeit tat, obwohl er diese Nacht natürlich schon einiges gestohlen hatte, erinnerte er sich selbst, immer noch in den Uniformstrümpfen eines anderen Mannes steckend. Apropos: Er öffnete die Schranktür gegenüber des Tresors, die Seite, auf der tatsächlich Kleidung hing, und zog eine Kapitänsuniform heraus. Sie würde ihm mehr Bewegungsfreiheit verleihen als seine Infanteriekleidung. Auf der anderen Seite … er riss die Schulterstücke ab; und verwandelte sie so in die Uniform eines Leutnants. Ein guter Kompromiss. Er wollte auch keine Aufmerksamkeit in die andere Richtung auf sich lenken, indem er zu wichtig erschien.

Eine sehr viel wertvollere Prise versteckte sich allerdings – oder stand zumindest – in d'Aumonts Schrank hinter der Kleidung: die Girandoni-Windbüchse.

Grey hielt sie in Händen wie ein Herrscherzepter. Und wenn er die Wahl zwischen beidem gehabt hätte, hätte er immer die Flinte bevorzugt. Was für eine Waffe! Er schüttelte den Kopf vor Bewunderung. Bei Gott, es war beinahe ein Kunstwerk. Er warf die Muskete, die er im Sicherheitsgebäude an sich genommen hatte, auf den Boden und schwang sich stattdessen die Girandoni über die Schulter, zusammen mit der Ausrüstungs- und Kugeltasche des Gewehrs.

Schnell durchsuchte er den Rest des Schranks – und klammerte sich kurz an irgendeine Hoffnung, dort auch sein St.-Vincent-Schwert zu finden. Dem war aber nicht so. Eine Schande. Aber schlussendlich war es nur Metall und Holz, kein Freund, der ihm jahrelang durch dick und dünn beigestanden hatte. Grey seufzte.

Zufrieden, nichtsdestotrotz, dass er nichts Wichtiges zurücklassen würde, kehrte Grey an d'Aumonts Schreibtisch zurück, setzte sich einen Augenblick, nahm ein Blatt Papier, tauchte eine Feder in ein Tintenfässchen und begann einen Brief an Julia:

Meine liebe Miss d'Aumont,
Ich habe das Gefühl, dass es meine Pflicht ist, mein Verhalten Ihnen gegenüber zu erklären.

Grey zerriss den Bogen und begann von neuem:

Meine liebe Miss d'Aumont,
Ich möchte erneut meine aufrichtige Entschuldigung dafür vorbringen.

Nein, das war auch nicht richtig.

Meine liebe Miss d'Aumont,
Wir werden uns sicherlich nie mehr wiedersehen. Ich bin in Ihr Zuhause eingedrungen, um eine private Angelegenheit zwischen Ihrem Bruder und mir zu regeln. Bitte akzeptieren Sie mein Bedauern darüber, dass die Dinge so ausgehen mussten, wie sie nun ausgegangen sind.
Mit aller mir verfügbaren Aufrichtigkeit,
Thomas Grey.

Grey las den Brief nochmals durch, hielt ihn an eine Kerze auf d'Aumonts Schreibtisch und ließ ihn in einen Aschenbecher fallen. Die Asche der zerrissenen Entwürfe folgte. Es gäbe keine angebrachte Erklärung und keine davon wäre Julia irgendein Trost. Grey war froh, dass d'Aumont sein Handeln letztendlich erzwungen hatte, aber es hätte keinen Sinn, ein Familienmitglied darauf hinzuweisen.

Auf jeden Fall gab es für ihn wichtigere Dinge, um die er sich sorgen musste.

Mit seinem Unterarm wischte Grey alles von d'Aumonts Schreibtisch auf den Boden und benutzte die freie Arbeitsfläche dazu, seine Pistole zu kontrollieren und nachzuladen – die Pistole, die er Branson entwendet hatte und die während des Kampfes mit d'Aumont auf dem Boden gelandet war. Er überprüfte, dass das Magazin der Girandoni vollgeladen war und füllte den Drucklufttank mit der dazugehörigen Handpumpe auf. (Gar nicht so leicht, wie sich herausstellte.) Dann stand er auf, trat durch die Tür, ging die Treppe hinunter und schließlich hinaus auf die Straße, wo er nun endlich bereit war, Frankreich hinter sich zu lassen.

25

So. Hier war er nun. Ein schwer bewaffneter, flüchtiger Spion im Zentrum der feindlichen Hauptstadt, mit Dokumenten, deren erfolgreiche Überlieferung nach England den Ausgang des Krieges beeinflussen könnte. Aber wie konnte er sie sicher übersiedeln?

Er hatte den Hauch eines Plans. Nachdem er seine Rechnung im Café des Aveugles bezahlt hatte, hatte er dem Kellner vor dem Gehen den Rest aus dem Geldbeutel des Conciergerie-Gefängniswärters zugesteckt, ihn seine Geheimhaltung schwören lassen und sich nach den Details des Weges erkundigt, auf dem englischer Käse auf französischen Restauranttischen landete. Grey gab sich als Kenner aus und der Kellner verriet ihm gerne alles, was er über den Schmugglerpfad wusste. Diesem Pfad wollte Grey nun heimlich folgen.

Für zwei Länder, die sich beinahe die gesamten letzten elf Jahre über bekriegt hatten, hatten Frankreich und Großbritannien einen lebhaften Handel aufrechterhalten, gänzlich durch Schmuggel. Kleidung, Wein und Spirituosen aus Frankreich überquerten den englischen Ärmelkanal nach Norden, während Kaffee, Zucker, Gewürze und anscheinend auch Käse in die andere Richtung zurückflossen.

Leider hatte der Aveugles-Kellner trotz der Expertise auf seinem Feld nur eine ungefähre Kenntnis von diesem Schmugglerpfad. Aber zumindest konnte er Grey in die richtige Richtung lotsen: zu einer Kneipe auf dem Boulevard de Rochechouart, gleich innerhalb der Mauern der Ferme Générale.

Wie viele Probleme diese Mauer Frankreich, Europa und der Welt bereitet hatte! Die Ferme Générale war die Organisation der französischen Zöllner. Die Erbauung der Mauer rund um Paris – um Steuern auf alles zu erheben, was in die Stadt eingefahren wurde – war einer der letzten Tropfen, die das Fass für den bereits armen Teil der französischen Bevölkerung zum Überlaufen gebracht hatte. Zu der Mauer gab es ein provozierendes Wortspiel, das um die 1780er erfunden und zu Zeiten der Revolution in ganz Europa bekannt war: *Le mur murant Paris rend Paris murmurant*: »Die Mauer, die Paris umgibt, lässt die Pariser mosern.« Die Mauer war beinahe fertiggestellt, als die Bastille gestürmt wurde, und daraufhin wurden mit als Erstes die dort fälligen Zollzahlungen von der revolutionären Regierung abgeschafft.

Natürlich fand sich die revolutionäre Regierung

letztendlich, was die Wirtschaft anging, wieder in derselben Situation wie auch die königliche zuvor; Preiskontrollen und Produktionsaufträge wurden eingeführt und im Jahre 98 hatten die tapferen Revolutionäre die Zollzahlungen wieder eingeführt, da sie erkannt hatten, dass es natürlich die patriotische Pflicht eines jeden Franzosen war, seine Taschen für die neue patriotische Regierung zu leeren.

Napoleon hatte die Dinge etwas ins Verhältnis gerückt, indem er einige der Preiskontrollen beibehielt, während er einige der Zollzahlungen an der Mauer abschaffte; Wein wurde allerdings weiterhin stark besteuert. Dies hatte drei unbeabsichtigte Hauptfolgen: Erstens schossen plötzlich Kneipendörfer gerade außerhalb der Mur de la Ferme Générale aus dem Boden, wo die niedrigeren Klassen für die Hälfte dessen trinken konnten, was sie in der Stadt bezahlt hätten; zweitens hatten Bars in Paris nun ein sehr viel schickeres Durchschnittsklientel; und drittens war der Erdboden unterhalb der Mauer derart von Schmugglertunneln durchlöchert, dass der Tunnelaufsicht eine spezielle Polizeieinheit hatte gewidmet werden müssen. Zumindest behauptete das der Kellner, der sagte, dass dieses Jahr bisher nicht weniger als 17 Tunnel entdeckt und wieder zugeschüttet worden waren. Einer davon, schwor der Kellner, war beinahe eine Viertelmeile lang gewesen und es hatten sich 60 Fässer *vin rouge* darin befunden, als die Gendarmerie gekommen war. »60 Fässer«, hatte der Kellner voller Ehrfurcht geflüstert, ohne den Fluss seines vertraulichen Schmugglervortrags zu unterbrechen, »das sind *18 000* Flaschen.«

Wie auch immer – die Ferme Générale-Mauer hatte berühmte 62 Zolltore, eines an jedem legalen Eingangspunkt in die Stadt. Grey war gezwungen, anzunehmen, dass ein Mann oder mehrere Männer an jedem auf einen Fluchtversuch von ihm warten würden. Ein Schmugglertunnel war daher die weitere logische Vorgehensweise.

Der Kellner kannte einen solchen Tunnel für Wein und Ähnliches, der sich bei der Yellow Fish Kneipe auf dem Boulevard de Rochechouart befand, 50 Yards innerhalb der Mauer. Sein Ausgang war ein Getreidelagerhaus 50 Yards außerhalb der Mauer, auf dem Hügel von Montmartre. Der Zugang zum Tunnel wurde gegen zehn Francs gewährt – wenn man wusste, wen man fragen musste. Laut dem Kellner musste man den Freund eines Freundes eines Freundes des Käsemannes des Cafés fragen: einen großen Bretonen mit leuchtend rotem Haar. Das war alles, was Grey wusste. Er hoffte, dass es ausreichen würde.

*

Eine Stunde später trat Grey durch die offene Tür des Le Poisson Jaune in ein wildes und rauchiges Etablissement. Der Hauptraum der Kneipe war zweistöckig und hatte einen Balkon, der einmal um die erste Etage herum und dahinter zu privaten Zimmern führte (zur Miete, für die Nacht oder stundenweise). Im Erdgeschoss fiedelte wild eine Band und die Gäste tanzten etwas, von dem Grey annahm, dass dies zu Anfang einmal ein Seemannstanz gewesen war.

Grey bahnte sich durch die Menge einen Weg zur Bar und bestellte einen Brandy. Als der Barmann ihn ihm brachte, gab Grey ein großzügiges Trinkgeld und fragte, wo er einen großen, rothaarigen Gentleman aus der Bretagne finden könnte. Für einen Sekundenbruchteil musterte der Barmann Grey, dann machte er eine Kopfbewegung nach oben und sagte: »Nummer zwei. Folgen Sie dem Wermutgeruch.«

Grey trank seinen Brandy aus und erklomm die Stufen. Auf der Tür, die er für die »Nummer zwei« hielt, waren zwei weiße Streifen gemalt; Grey klopfte an und als keine Antwort kam, hämmerte er gegen die Tür, da er fürchtete, von dem Gefiedel übertönt zu werden.

»WER HÄMMERT DA AN MEINE TÜR SCHEISSE NOCH MAL«, brüllte eine Stimme aus dem Inneren. Die Tür flog auf und gab den Blick auf einen sehr großen, sehr muskulösen rothaarigen Mann frei, der Grey am Schlafittchen packte und ihn einfach von den Füßen hob.

»WER ZUR HÖLLE BIST DU DENN, DER KLABAUTERMANN?«, wollte der Riesen-Bretone wissen. Grey schlug mit der Faust auf den Adamsapfel des Mannes; der Mann gab ein würgendes Geräusch von sich und ließ Grey zurück auf seine Füße fallen. Grey beugte sich vor, schnappte sich den Kopf des Mannes und flüsterte direkt in sein Ohr: »Ich bin hier, weil ich mich für einen Ausflug zum Lagerhaus interessiere.«

Einen Augenblick lang war das Gesicht des gewaltigen Rotschopfs ausdrucklos. Dann verstand er und fing an, vor Lachen loszubrüllen; er hustete jetzt und haute Grey auf die Schulter, als wären sie alte Freunde.

»Zum Teufel noch mal, warum hast du das nicht gleich gesagt?« Er wischte sich eine Träne aus dem Augenwinkel, holte tief Luft und sagte: »Mir nach.«

Der Bretone führte ihn ins Erdgeschoss hinunter, hinter die Bar, durch eine Tür auf eine Treppe zu und hinunter in einen Keller.

»Ich glaube«, sagte der große Mann, »dass dieser Absinth – hast du davon gehört? Er kommt aus der Schweiz. Er ist grün! Aus Kräutern! Anis. Und Alkohol. Und Wermut. Kommt aus der Schweiz! Man sagt, er ist Medizin. Ich glaube, dass er mich vielleicht zu einem besseren Mann gemacht hat. Aber wer weiß das schon! Ich sicher nicht. Hier sind wir.«

Im Keller saß ein anderer Mann und las Zeitung bei Kerzenlicht. Er blieb stumm, stand auf und begann mit der Hilfe des Bretonen, eine Pyramide aus sechs Weinfässern von der Wand wegzuräumen, hinter der ein unauffälliger Ausschnitt der Holzvertäfelung des Raums zum Vorschein kam. Der große Bretone drückte gegen die Wand, eine Ein-Quadratmeter-Tür schwang an einer Angel nach innen auf und gab den Blick auf einen stockdunklen Tunnel dahinter frei.

»Hast du deine zehn Francs?«

Grey griff in seine Tasche und holte zwei große Silbermünzen heraus, die er in die ausgestreckte Pranke des rothaarigen Mannes legte. Dieser steckte sie in seine rechte vordere Tasche und aus seiner linken holte er eine kleine Kerze.

»Die Kerze«, sagte er und zündete sie mit einem Streichholz an, »ist im Preis mit inbegriffen. Bist du ein Mörder? Die meisten Leute, die hier langgehen, sind Mörder, oder Päderasten. Wen hast du umgebracht? Nein, sag's mir lieber nicht. Aber diesen Absinth kann ich wirklich empfehlen, weißt du. Er kommt aus der Schweiz.« Er lachte ein bauchiges Lachen, gebot Grey, leise zu sein, und winkte ihn an die Öffnung heran.

»Komm gut durch«, sagte er, als er das Wandstück zuzog. »Die meisten Ratten sind freundlich, wenn du es auch bist.«

»Wie komme ich am anderen Ende raus?«

»Klopf an. Aber nicht zu laut. Der andere da« – der große Mann zeigte auf den Stummen, der zu seiner Zeitung zurückgekehrt war – »wird dir aufmachen.«

Durch die Wand hindurch konnte Grey hören, wie

die Fässer wieder zurück an ihren Platz gerollt wurden.

»Allmächtiger«, sagte Grey laut und gestattete sich selbst einen seltenen Fluch, »was für ein sonderbarer Mann.«

*

Die Kerze rauchte stark und gab kein besonders helles Licht; der giftige Geruch nach Talg, den sie verströmte, wurde von den engen Wänden verstärkt. Obwohl es für einen Tunnel eigentlich ziemlich geräumig war: breit genug, um ein Fass zu rollen, mit einer Decke, die hoch genug war, damit Grey aufrecht stehen konnte (wenn auch gerade so). Eine beeindruckende Konstruktion.

Und so kämpfte sich Grey vorwärts, umgeben von dreckigen Wänden und Holzbalken, eine leichte Biegung hinauf, wodurch er sich die Frage stellte, ob Schmuggler eigentlich manchmal von wegrollenden Weinfässern zerquetscht wurden.

Er zählte seine Schritte. Pi mal Daumen waren die beiden Ausgänge des Tunnels ungefähr 100 Yards voneinander entfernt. In Wirklichkeit machte der Tunnel hier und da leichte S-Kurven, um, wie Grey annahm, untergründige Pfeiler oder Gebäudesockel zu umgehen. Bei 120 Schritten konnte er einen leichten Windhauch spüren und die Flamme auf seiner Kerze wurde etwas heller.

Bei 148 Schritten erreichte Grey eine Sackgasse. Er schaute nach links und fand eine Leiter in einer kleinen Nische; er kletterte ungefähr drei Meter zu einem flachen Felsvorsprung nach oben und klopfte leicht an die hölzerne Wand vor ihm.

Er wartete. Nach ein paar langen Augenblicken wich die Stille dem Geräusch von Holz, das über Stein geschoben wurde, und die Wand schwang auf.

»Komm raus«, sagte ein Mann auf der anderen Seite. Grey ging an ihm vorbei und fand sich im Innenraum dessen wieder, was aussah wie eine große Scheune; überall standen hoch aufgetürmte Heuballen herum.

»Wo kann ich ein Pferd herbekommen?«, fragte Grey.

»Woher soll ich das wissen?«, gab der Mann zurück, bevor er auf das hintere Ende der Scheune deutete. »Aus der Tür raus und dann rechts, für eine gute Meile der Straße nach. Da ist eine Kneipe. Frag dort. Kutschen zu den Häfen kommen da auch vorbei, wenn du magst.«

Konnte er das wagen? Nun ja, warum nicht. Wer würde ihn schon erkennen? Wenn jemand die Kutsche anhielt, wäre er vorbereitet. Und zu sitzen … eine Zeit lang zu sitzen … sein sechster Sinn mochte wohl dagegen sein, aber der Rest von ihm war taub.

Zwanzig Minuten später sprach Grey mit dem Inhaber der Kneipe, bestellte ein Glas Wein und verzog sich in eine dunkle Ecke, um auf die Morgenkutsche zu warten. Für einen halben Sou hielt der Inhaber die Kutsche an, kontrollierte, ob es genug Platz gab, und holte Grey, damit dieser den sechsten und letzten Sitzplatz der gefederten Kutsche einnehmen konnte, zwischen zwei Fremden, entgegen der Fahrtrichtung. Grey bezahlte und bat den Kutscher, ihn in Ardres auf der Straße nach Calais aussteigen zu lassen.

30 Sekunden später fing die Kutsche an, leicht vor und zurück zu ruckeln und Grey beschloss, sich selbst etwas Optimismus zu gönnen. Während die Hügel Nordfrankreichs langsam vorbeizogen, sagte er sich selbst, dass er im Moment, realistisch gesehen, wenig zu befürchten hatte. An diesem Ende des Tunnels gab es Licht.

Er sah sich der Reihe nach die Gesichter der zwei Frauen und des einen Mannes an, die ihm gegenübersaßen. Alle drei starrten geistesabwesend aus den Kutschenfenstern. Links von Grey fing ein älterer Herr an zu schnarchen.

26

Grey war wieder ein Leutnant, trug seine beste, leuchtend rote Uniformjacke und stand vor dem Altar von Sherborne Abbey. Paulette, ebenfalls in leuchtendem Rot – in einem Seidenkleid – stand neben ihm. Nur eine kleine Gruppe war anwesend; Paulettes Familie und ihre engsten Freunde, Greys Familie und ein paar Offizierskameraden. Der Organist hatte Bach gespielt – ›Wachet auf‹, Paulettes Lieblingslied. Der Pfarrer hatte gesprochen, und nun war Grey an der Reihe.

»Ich, Thomas, nehme Dich, Paulette, zu meiner ehelichen Gemahlin, Dich zu haben und zu halten von diesem Tage an; es gehe besser oder schlimmer, reicher oder ärmer, in Krankheit oder Gesundheit, Dich zu lieben und zu hegen nach Gottes heiliger Ordnung, bis dass der Tod uns scheide, und dazu verpfände ich Dir meine Treue.«

»Ich, Paulette, nehme dich, Thomas …« Gott, sie war wunderschön. Wunderschön, perfekt, eine Frau ohne Gleichen. Womit hatte er sie verdient? Womit konnte irgendjemand sie verdient haben? »... bis der Tod uns scheidet, und hiermit gelobe ich dir meine Treue.«

Der Pfarrer legte einen Ring auf die aufgeschlagenen Seiten seines Gebetbuchs. Grey nahm ihn, ergriff dann Paulettes rechte Hand mit seiner Linken und steckte ihr den Ring an. Mit jedem Quäntchen Aufrichtigkeit, das er im Leib hatte, blickte er ihr in die Augen und sagte: »Mit diesem Ringe nehme ich Dich zu meiner ehelichen Gemahlin, und statte Dich aus mit allem meinem zeitlichen Gut: im Namen des Vaters und des Sohnes und des Heiligen Geistes. Amen.«

»Was nun Gott zusammengefügt hat«, sagte der Pfarrer, »das soll der Mensch nicht scheiden. Nachdem Thomas und Paulette miteinander eins geworden sind, in den heiligen Ehestand zu treten, so verkünde ich nunmehr, dass sie Mann und Weib sind.

Gott der Vater, Gott der Sohn, Gott der Heilige Geist, segne, behüte und erhalte euch; der Herr blicke mit Seiner Huld erbarmend auf euch nieder und fülle euch mit allem geistlichen Segen und Gnade, also in dieser Zeit miteinander zu leben, dass in der zukünftigen Welt ihr Erben seiet des ewigen Lebens. Amen.«

»Amen.«

Des ewigen Lebens ...

*

»Leutnant, *Leutnant.*«

Als Grey nach ungefähr sieben Stunden wachgerüttelt wurde, sah er als Erstes in die missbilligenden Gesichter seiner Mitreisenden. Sie waren müde, ihnen war heiß und sie beneideten Grey offensichtlich darum, dass er die Kutschfahrt schlafend meisterte; außerdem waren sie über einen unplanmäßigen Halt nicht äußert erfreut.

Der Kutscher streckte eine Hand durch die Tür herein, rüttelte an Greys Knie und teilte ihm mit, dass sie in Ardres wären. Da er so plötzlich aus dem Schlaf gerissen worden war, konnte Grey zuerst nicht verstehen, warum der Mann ihn immer wieder »Leutnant« rief … war er wieder in Sherborne und schüttelte Hände, ging unter den gekreuzten Schwertern hindurch …? *Nein, du Dummkopf. Deine Kleidung.*

Grey kletterte aus der Kutsche, gab dem Fahrer ein Trinkgeld und nachdem er der Kutsche beim Davonrollen zugesehen hatte, nahm er den Blick von der untergehenden Sonne. Von Ardres nach Ost-Nordosten zur Küste würden es ungefähr 15 Meilen sein. Das hatte ihm zumindest der Kellner aus dem Café Aveugles gesagt. Grey kaufte einen Apfel von einem Mann mit einem Pferd und machte sich auf den Weg durch ein Feld.

Es war später Abend, als Grey zum ersten Mal das Geräusch von sich brechenden Wellen hörte, das der Wind ihm entgegentrug. Hier endeten die Informationen des Kellners. Nun konnte Grey nur hoffen, dass Frankreichs Schmuggler ihre Gewohnheiten seit den frühen Tagen der Revolution nicht geändert hatten, als Grey immer noch im aktiven Dienst beim Ärmelkanalgeschwader war.

Normalerweise wehten die Winde hier aus nordnordöstlicher Richtung von Calais, deshalb legten die Schmuggler gerne westlich von Pas-de-Calais ab – immer noch nahe am Punkt der kürzesten Distanz zwischen Frankreich und England, aber genauso nahe an einer Stelle, von der sie sich die beste Chance erhofften, von den englischen Blockadeschiffen ignoriert zu werden: Es wäre sehr unwahrscheinlich, dass ein englischer Zweidecker auf Patrouille aus der Formation ausbrechen würde, um eine winzige Prise zu verfolgen, wenn die Jagd bedeuten würde, dass er dann gegen den Wind zurücksegeln musste, um seine Position wieder einzunehmen.

Als er zum Strand hinunterging, schien die salzige Brise Greys Körper neues Leben einzuhauchen, und obwohl die Nachtluft kühl war, gönnte er sich das Vergnügen, seine Stiefel auszuziehen und seinen müden Füßen in dem weichen, federnden Sand etwas Linderung zu verschaffen. Er war nun so nahe an seinem Zuhause, dass er es schon fast riechen konnte.

Er wandte sich nach Westen und ging die Küste entlang, wobei er ständig nach einem aufblitzenden Licht Ausschau hielt, das die Position eines »Tod-oder-Geld«-Bootes verraten würde, eines der kleinen Schmuggler-Schnellboote: unbewaffnet, ungeschützt, nur auf Geschwindigkeit ausgelegt – meistens Ruderboote mit Mannschaften von sieben oder neun Männern, die sich niemals um die Gezeiten oder die Strömung Sorgen machen mussten, sondern nur um den Wind, wenn er die See aufwühlte. Der »Tod«-Teil des Namens war keine Übertreibung. Die Aussicht, zu ertrinken hielt allerdings so viele Möchtegern-Schmuggler davon ab wie die Aussicht auf Gefängnis, oder darauf, von einem Kanonenboot oder einem Zollkutter oder sogar einem Linienschiff auf dem Wasser abgeschossen zu werden. Es konnte entweder gut oder schlecht ausgehen, beides war gleich wahrscheinlich.

Vielleicht erklärte dies Greys vergebliche Suche. Es konnte doch nicht sein, dass die örtlichen Schmuggler aus dem Geschäft ausgestiegen waren, oder? Aber auch nach vielen Meilen – lange nach Sonnenuntergang, kurz bevor der Mond aufgehen würde – gab es keinen Hinweis auf eine andere Menschenseele außer Grey. Wenn er kein Schiff finden sollte, würde er eine Höhle oder einen Hafendamm finden müssen, um sich dort bis zum nächsten Tag zu verstecken … und was dann? Auf nach Boulogne-sur-Mer und ein Fischerboot kapern?

KRACH.

Das Geräusch der Wellen wurde auf einmal von einem Schuss durchbrochen und eine Bleikugel sirrte genau an Greys Ohr vorbei.

Als Grey zu Boden hechtete, konnte er nicht anders, als zu lächeln: hier war also seine Fähre nach Hause!

»Hallo, Freund«, rief Grey. »Ich komme in guter Absicht. Ich möchte Ihnen ein Geschäft vorschlagen!«

»Nun denn, Freund, stehen Sie auf und machen Sie Ihr Angebot. Mit den Händen über dem Kopf, bitte.«

Grey kam auf die Füße und ließ seine Hände wohlweislich dort, wo sie klar und deutlich zu sehen waren. So klar und deutlich wie eben möglich, bei dem schwachen Licht des Mondes, der beinahe über dem Horizont aufgegangen war.

»Schau, schau, schau, was haben wir denn da?«, kam eine Stimme aus der Dunkelheit. »Ein Offizier im Marinedienst für die Republik ... und ein gut bewaffneter noch dazu. Mal sehen.«

Ein Mann mit grobem, wettergegerbtem Gesicht trat aus dem Schatten; er griff nach der Waffe in Greys Gürtel. In dem Moment schossen Greys Hände nach vorne zu der eigenen Pistole des Schmugglers, entwanden sie seinem Griff und richteten sie auf dessen Gesicht. Der Mann erstarrte.

»Fassen Sie die bitte nicht an, sie könnte losgehen«, sagte Grey. »Nun frage ich mich, ob Sie mir eine Passage nach Dover anbieten könnten oder etwas in der Richtung.«

Die Pistole immer noch auf das Gesicht des

Schmugglers gerichtet, griff Grey in seine eigene Tasche, holte den Rest seiner französischen Münzen heraus und zählte sie.

»Ich werde einen von diesen Goldkerlchen brauchen, um von der Küste nach London zu kommen. Aber ich habe nichts dagegen, dass Sie den Rest bekommen, vorausgesetzt, Sie benehmen sich. Das sind ungefähr 80 Francs.«

»Nun gut, nun gut«, willigte der Schmuggler ein und grinste breit, »das wäre höchst zufriedenstellend. Schlagen Sie darauf ein?«

Der Mann streckte seine Hand aus; Grey schüttelte sie und gab dem Mann dann seine Pistole zurück.

»Verzeihen Sie mir«, sagte Grey, als der Schmuggler die Waffe in seine Tasche zurücksteckte. »Der Zwang der Gewohnheit, Sie wissen schon.«

»Keine Sorge«, sagte der Schmuggler. »Sie ist nicht geladen. Es ist dieselbe, wegen der Sie sich auf den Boden geworfen haben.«

Grey schmunzelte und folgte dem Mann den Strand hinauf, dorthin, wo das Tod-oder-Geld-Boot unter dem Schilf versteckt war.

Sechs weitere Männer waren dort und zurrten ein paar Kisten fest – »die Frühlingsmode«, sagte einer, nachdem Greys Begleitung den aufgegabelten Passagier vorgestellt hatte. Sie losten durch Hölzchen ziehen aus, wer seinen Platz für Grey aufgeben musste, und nachdem der Mann mit dem kürzesten Hölzchen zum Gruß winkte, mit zehn unerwarteten Francs, die in seiner Tasche klimperten, begannen Grey und seine neuen Freunde, das Boot langsam zum Wasser hinunterzuschieben.

Guter Gott, ist das kalt!, dachte Grey, als sie das Tod-oder-Geld-Boot zu Wasser ließen, an Bord kletterten und alle mit vereinter Muskelkraft ruderten, um es schnell über die Brandungswellen zu bekommen. Und dann, ehe man sichs versah, waren sie auf den glatten Wellen weiter draußen und ruderten zu dem gleichmäßigen Rhythmus eines normannischen Ruderlieds auf England zu.

Und so ging es voran, drei oder vier Lieder lang, und noch mehr Verse, als Grey zählen konnte, bis das Land schon fast außer Sicht war. Bis plötzlich der Steuermann – Greys Freund, der Mann, der das Boot lenkte und der Einzige, der nach vorne schaute – zu singen aufhörte und seine Augen auf etwas jenseits der Steuerbordseite des Bootes richtete.

»Psst!«, ermahnte er und blinzelte ein paar Mal angestrengt.

Die Ruderer – Grey eingenommen – folgten dem Blick des Steuermannes hinaus in die klare, schwarze Nacht. Sie sahen nichts.

Aber einen Augenblick später hörten sie das leise Läuten einer weit entfernten Glocke.

Die Wachablösung auf einem Schiff. Sie waren noch nicht weit genug draußen im Ärmelkanal, als dass dies schon ein britisches Blockadeschiff sein könnte.

»Kanonenboot«, sagte der Steuermann. »Ruder hoch.«

Grey wagte es nicht, den Vorgang zu unterbrechen, indem er Fragen stellte oder diskutierte; offensichtlich war es der Erfahrung der Schmuggler nach zu urteilen das Beste, sich still und ruhig zu verhalten und zu hoffen, dass das Sternenlicht einer klaren Nacht nicht hell genug war, um der französischen Küstenwache ihre Position zu verraten.

Zehn Minuten lang trieben sie mit der steigenden Flut dahin, die sie weiter hinaus in den Ärmelkanal brachte, weg von Frankreich. Die schwarze Silhouette am Horizont war zu einem volldimensionierten Objekt im Meer geworden: ein französisches Kanonenboot, das zurück an Land kam und vermutlich knapp vor dem Bug des Tod-oder-Geld-Bootes vorbeifahren würde. Alle Männer in dem kleinen Boot hatten ihre Augen auf den Feind gerichtet, die Ruderer schauten über ihre Schultern zurück, die Lippen einiger bewegten sich, beteten, nicht gesehen zu werden.

Das erste Anzeichen dafür, dass ihre Gebete nicht erhört wurden, war ein aufblitzendes Licht. Der Schall erreichte sie erst nach einer ganzen Sekunde. Danach ein zweiter und eine eiserne Kanonenkugel flog über ihre Köpfe hinweg und ließ in 20 Yards Entfernung weiße Gischt in die Höhe spritzen.

Dies war ein Warnschuss. Der nächste wäre tödlich.

Eine Welle grimmiger Resignation erfasste die Schmuggler in ihrem Boot. Statt eines saftigen Zahltags an englischen Ufern wartete nun auf jeden das Gefängnis. Keine leicht zu schluckende Medizin.

Und Grey? England, Heimat, die Sicherheit seines Landes, alles in Reichweite ein paar weiterer Ruderstunden – es war zu bitter, statt einem Sieg nun die Niederlage zu erleiden.

Das schreckliche Kanonenboot-Ungetüm war nun nur noch einige 100 Yards entfernt und reffte die Segel. Die Niederlage schlechthin. Und für Grey bedeutete das nicht nur eine Gefängniszelle, sondern das Schafott und, in Kürze, das Messer der Guillotine.

Wenn das also seine Bestimmung war … nun ja, dann würde er sich nicht kampflos ergeben. Er zog seine Jacke und Stiefel aus (und ließ die ergatterten Papiere so unauffällig er konnte in den Letzteren verschwinden), dann zog er Bransons Pistole aus seinem Gürtel.

»Hier«, sagte Grey und gab sie dem Steuermann, der direkt vor ihm saß. »Schießen Sie nicht, bis Sie hören, dass Chaos ausbricht – und falls ich getötet werde, werfen Sie meine Sachen ins Meer.«

»Na gut–«, sagte der Mann verwirrt. »Aber was tun Sie da? Was ist mit Schießpulver, mein Freund?« Der Steuermann deutete mit einem Kopfnicken auf

Greys Gewehr, die Girandoni, die immer noch über seiner Schulter hing: Ein Gewehr mit nassem Pulver war in etwa so nützlich wie ein Schwert mit stumpfer Klinge.

Grey ließ sich bereits über die Seite hinunter in das eiskalte, tintenschwarze Wasser gleiten. »Dieses Gewehr braucht kein Pulver«, sagte Grey und dann verschwand sein Kopf unter den Wellen.

Gott im Himmel! Die Kälte des Wassers machte sich unverzüglich auf seiner Haut und in seinen Muskeln breit und er musste gegen einen übermächtigen, gedankenlosen Impuls ankämpfen, sofort wieder umzukehren und zurück ins Boot zu klettern. Aber er stieß nach unten aus, schwamm vorwärts und brachte unter Wasser so viel Entfernung zwischen sich und das Schmugglerboot, wie er nur konnte.

Eine Minute. Mit kräftigen Zügen vorwärts, von der Flut hin und her gerissen, von der Kälte durchdrungen. Vorwärts, vorwärts. 90 Sekunden. Seine Lungen schrien. Sein ganzer Körper schrie. Wie lange konnte er es wagen, noch weiterzutauchen? Vorwärts, vorwärts, vorwärts, noch ein paar Züge, noch ein paar Meter, jeder Zentimeter zählte.

Endlich atmete er aus und stieß sich an die Oberfläche. Er hatte ungefähr 50 Yards zurückgelegt, schätzte er – und nun, gut sichtbar mit den neu entzündeten seitlichen Bordlampen, lag das französische Kanonenboot zwischen ihm und den Schmugglern; ungefähr 30 Yards von diesen und etwas weniger als 20 Yards von ihm entfernt.

Es war eine Schaluppe von ungefähr 21 Metern, vermutlich mit einer zwölfköpfigen Mannschaft an Bord, eine 24-Pfund-Kanone vorne und eine weitere hinten. Als er die Backbordseite des Kanonenbootes betrachtete, sah er niemanden an Bord. Alle Hände wurden wohl gerade an der Steuerbordreling gebraucht, alle Augen ruhten auf dem Tod-oder-Geld-Boot. Jedes Augenpaar sah vermutlich einen Topf voller Gold vor sich und dachte an das Prisengeld, das ihnen das Kapern eines Schmugglerboots einbringen würde.

Nun rief eine Stimme vom Bug des Kanonenboots: »Im Namen der französischen Republik sind Sie hiermit festgenommen! Leisten Sie keinen Widerstand oder wir werden Sie töten! Unsere Drehbrassen sind nun auf Sie gerichtet; wir werden Sie in die Hölle oder auf den Grund befördern!«

Greys Brustschwimmzüge brachten ihn rasch zur Kette auf der Backbordseite des Kanonenbootes, zu der kleinen Plattform unter den Mastwanten. Er zog sich hoch, seine nackten Füße kämpften um Halt an dem glitschigen Holz. Die Stimme hatte begonnen, jeden Mann in dem Schmugglerboot aufzufordern, sich zu identifizieren.

Nun stand Grey auf der Kette, leerte das Wasser aus dem Lauf der Girandoni, schwang sie sich wieder über die Schulter, hob den Kopf über das Seitendeck und bekam so einen ersten Blick auf die Mannschaft des Kanonenboots – auf die Rücken von fünf Männern, von denen einer an der Steuerbordreling stand. Dies war der Mann, der den Schmugglern Anweisungen zurief. Vier weitere Männer standen, je zu zweit, bei den zwei Drehbrassen, eine auf dem Vorder- und eine auf dem Achterdeck. Und noch zwei Männer hingen in den Seilen der Takelage.

Keiner von ihnen hatte auch nur die leiseste Ahnung von Greys Anwesenheit und mit der Geschwindigkeit des Girandoni-Mehrladers würde es ein Kinderspiel sein, sie zu massakrieren.

Aber andererseits waren dies einfach nur Männer, die ihre Arbeit taten und ihnen in den Rücken zu schießen – ihnen keine Chance zur Kapitulation zu geben? Nein, das konnte man nicht machen.

»HÄNDE HOCH!«, bellte Grey. »ERGEBT EUCH ODER STERBT.«

Und Chaos brach aus an Deck. Der Mann, der am Seitendeck gestanden hatte, zog sein Schwert und fuhr angesichts Greys Stimme herum; zwei der anderen Männer an der Deckskante starrten Grey nun auch dümmlich an, während weitere zwei, als diese das Gewehr in Greys Händen sahen, zur Vorderluke hechteten, die unter Deck führte – und vermutlich zu einer kleinen Waffentruhe.

Greys Konzentration lag allerdings auf den Drehbrassen-Männern: Die hinteren reagierten schneller, drehten die kleine Kanone auf ihrer Achse herum und richteten sie auf Grey.

Pffft.

Pffft.

Kam es aus der Girandoni und die Köpfe der beiden Männer explodierten in Spritzern aus Blut und Schädelknochen.

Die andere Drehbrasse war nun ausgerichtet und mit einem ohrenbetäubenden Knall schoss eine Kugel durch die Wanten. Grey sprang nach vorne über das Seitendeck und verließ das Ziel der Kugel einen Sekundenbruchteil, bevor sie es traf; nun hechtete er hinter ein schweres, aufgerolltes Tau, kam dahinter zum Vorschein und richtete nun seinerseits das Korn der Kimme seines Gewehrs auf die beiden Männer.

Pfftt.

Pffft.

KLONG.

Der Mann mit dem Schwert hatte nun das Deck überquert – hatte zum Schlag nach Greys Kopf ausgeholt – Grey duckte sich weg, und die Klinge fuhr auf eine Eisenklampe nieder. Grey – immer noch geduckt – schnappte sich das linke Knie des Mannes, zog es nach vorne, sodass der Mann rückwärts taumelte und auf das Deck stürzte und dann –

Pffft.

Grey versenkte eine der 46-Kaliber Bleikugeln der Girandoni in der Brust des Mannes und zersplitterte das Deck unter ihm.

Die anderen zwei Matrosen, die überrumpelt neben dem toten Mann mit dem Schwert gestanden hatten, griffen nun an, als ob sie bis jetzt ein Brett vor dem Kopf gehabt hätten. Einer schwang einen Bootshaken, der andere einen kleinen Degen.

Pffft.

Pffft.

Und sie fielen – Grey musste über den stürzenden Körper des Mannes mit dem Bootshaken hinwegspringen, der, sogar nachdem sein Brustkorb und seine Lungen zerfetzt worden waren, von dem Schwung noch nach vorne getrieben wurde.

Grey schwang den Lauf der Girandoni nun nach oben auf die Takelage, wo die zwei Matrosen in den Masten festsaßen, unbewaffnet und verwirrt von dem Angriff. Grey zielte auf den Ersten.

Der Mann winkte und rief: »Ich ergebe mich! Ich liefere mich selbst aus!«

Grey lenkte sein Augenmerk auf den zweiten Mann, der zwei Mal schlucken musste, bevor er laut genug sprechen konnte, damit Grey ihn hörte: »Ich auch!«

Grey nickte den Männern einwilligend zu und wandte sich der Vorderluke zu, die zum Laderaum führen würde. Mindestens zwei Männer, vielleicht mehr, waren dort unten und lagen auf der Lauer, vermutlich bewaffnet.

Die Girandoni fest an seine Schulter gedrückt, duckte sich Grey vor die steile Kajütstreppe der

Luke. Schwaches Licht von einer Laterne flackerte nach oben. Er sah niemanden, keine Bewegung, keine Schatten.

Grey trat zurück, schwang sich die Girandoni wieder über die Schulter und schnappte sich einen der toten Drehbrassen-Männer vom Vorderdeck. Indem er die Leiche am Kragen zog, raffte er sie hinüber zur Luke, stemmte sie dann auf die Beine … und warf sie die Treppe hinunter, wie einen Mann, der von Deck in den Laderaum hechtete.

Zwei Schüsse ertönten; zwei Bleikugeln trafen den Körper des toten Mannes. Nun sprang Grey selbst die Leiter hinunter, bevor die zwei französischen Matrosen Zeit zum Nachladen hatten.

Pffft.

Der erste Mann fiel, seine Muskete in der einen Hand, in der anderen einen Ladestock. Grey drehte sich zu dem zweiten Mann, in der gleichen, unvorbereiteten Verfassung – er lud gerade seine Pistole nach –, aber bevor Grey schießen konnte, packte ihn jemand – ein dritter Mann – von hinten, brachte seine Arme gewaltsam an seine Seiten und hielt ihm ein Messer an den Hals.

Grey ließ die Girandoni fallen, versuchte, seine Arme aus dem Griff des Mannes zu befreien und warf sich zurück. Er landete auf dem neuen Angreifer, der einen schockierten Schrei ausstieß, als die Luft schlagartig aus seinen Lungen wich; gleichzeitig schnappte sich Grey die Hand mit dem Messer, drehte sich selbst einmal um die eigene Achse – so sahen er und sein Angreifer sich nun gegenseitig an – und ließ das Messer in die Brust des Mannes fahren, das an seinen Rippen schabte, als die Klinge in ihm versank. Der Mann röchelte und starb.

Nun fuhr Grey wieder herum und wusste ganz genau, was er zu sehen bekommen würde: den anderen Schützen, der mit nachgeladener Pistole auf Greys Kopf zielte. Der Finger des Mannes ruhte auf dem Abzug; ein unausgesprochenes Gebet kam Grey in den Sinn, eine letzte Bitte, dass ihm seine Sünden vergeben werden würden.

PENG.

Das Geräusch des Pistolenschusses schallte durch den Laderaum der kleinen Schaluppe.

Grey blickte nach oben. Ein feiner Rauchfaden stieg aus dem Lauf von Bransons Pistole auf, die in der Hand des Schmuggler-Steuermannes lag.

»Ihr Zeitgefühl, mein Freund«, sagte Grey, »ist einwandfrei.«

Grey lehnte sich zurück an die Kajütstreppe und stieß langsam den Atemzug aus, von dem er gedacht hatte, dass es sein letzter wäre.

»Ist da noch irgendjemand?«, fragte der Steuermann.

»Hier unten nicht«, sagte Grey. »Aber in der Takelage sind zwei Männer, die sich ergeben haben.«

»Ja«, sagte der Steuermann, »die haben wir an Deck. Wir werden sie töten müssen – wenn auch nur ein Wort hiervon ans Ufer dringt, geht es uns an den Kragen.«

Er betonte dies, indem er sich mit dem Finger über den Hals fuhr, als würde ihm der Kopf abgeschnitten werden.

Grey keuchte immer noch leicht vor Anstrengung. »Oder«, sagte Grey, holte tief Luft und stieß sie fest wieder aus, »was, wenn es einen Weg gäbe, auf dem wir sie davon abhalten können, an Land zurückzukehren, ohne sie zu töten – und der euch stattdessen dafür Kopfgeld einbrächte?«

Während Grey sprach, kletterte der Steuermann hinunter zu der Leiche des Mannes, den er getötet hatte. Er kniete sich hin, nahm einen Ring von einem seiner Finger und begann, seine Taschen zu durchsuchen. Mit einem nachdenklichen Ausdruck auf dem Gesicht sah er zu Grey auf.

»Das wäre höchst zufriedenstellend. Erklären Sie das bitte.«

»Das werde ich«, sagte Grey. »Aber zuerst geben Sie mir meine Stiefel zurück.«

27

Der Morgen brach bereits an, als das Schmugglerboot endlich auf die Schaluppe gehievt war. Nachdem man die erbeuteten Kisten an Bord gebracht hatte, wurde das Tod-oder-Geld-Boot selbst mit einem zwei Zentimeter dicken Seil vertäut und langsam mit der Ankerwinde des Kanonenbootes aus dem Wasser hochgezogen.

Die beiden gefangenen Mitglieder der Kanonenbootmannschaft – die Matrosen im Mast – hatte man wieder nach oben in die Takelage geschickt. Dorthin hatten sie sich bereitwillig verzogen, als Grey erst einmal erklärt hatte, dass er um ihr Leben gehandelt hätte und ihre besten Überlebenschancen darin bestünden, schnell außer Reichweite der Schmuggler zu geraten. Sie waren sofort wieder an die Arbeit gegangen, als ob sich an Deck nichts geändert hätte und halfen mit, die Segel der Schaluppe mit der kleinstmöglichen Verzögerung zu hissen. Der Schmuggler-Steuermann hatte das Steuer übernommen und da die anderen Schmuggler alle genug Seefahrer-Erfahrung hatten (genug, um das Segel zu setzen, zu reffen und zu lenken zumindest) befand sich das Kanonenboot – *Clémence* war ihr Name – wieder auf dem Weg, noch bevor die erste Stunde des Tageslichts verstrichen war.

Der Kurs wurde ost-nordöstlich gesetzt. Nach einer Stunde Fahrt kam ihr Ziel in Sicht: eine Reihe von Segeln über der Kimm.

Die englische Flotte.

Eine halbe Stunde später bemerkte die Flotte die *Clémence* und eine Fregatte löste sich mit dem üblichen Befehl, sie entweder als Prise zu nehmen oder sie zu versenken. Grey konnte nicht anders, als zu lächeln angesichts der Verwirrung, die er auf dem Achterdeck der Fregatte stiften würde, als er die Anweisungen an die Männer in der Takelage nach oben rief, damit sie die *Tricolore* abnahmen und stattdessen ein blütenweißes Quadrat noch jungfräulichen Segeltuches hissten. Er wollte die hart arbeitenden Männer der Calais-Blockade nicht enttäuschen – aber *Clémence* war eine Prise, die bereits ergattert worden war.

Als Grey die Schmugglermannschaft darüber informiert hatte, dass er Engländer war, hatten sie überrascht, verwirrt und etwas verärgert reagiert – schließlich sprach er Französisch wie ein Einheimischer und trug immer noch die Uniform eines französischen Leutnants. Glücklicherweise war jedes Mitglied der Schmugglermannschaft ein Halsabschneider, der sich selbst am nächsten war, ansonsten hätte es zu Gewalt kommen können. Und nachdem Grey ihnen erst einmal erklärt hatte, dass er als Engländer mit einem gefangenen französischen Kanonenboot Prisengeld machen würde – und dass sie, als seine Mannschaft, alle einen rechtlichen Anteil daran hätten – und außerdem sogar, dass Grey vorhatte, ihnen seinen Anteil ebenfalls zu überlassen – hob sich die Laune erheblich.

Grey teilte seiner Prisenmannschaft ehrlich mit, dass ein unbeschadetes französisches Kanonenboot, das vom Marinedienst aufgekauft wurde, ihnen etwas in der Größenordnung von 7000 Pfund Sterling einbrächte. Sofort begann jeder Mann, seine 1000 und ein Sechstel 1000 Pfund in seinem Kopf auszugeben, überlegte, in welcher tropischen Kolonie er sich zur Ruhe setzen und welche Art Strandhaus er dort bauen würde. Nur einer der sechs Männer hatte eine Frau, und der sagte, dass er das Gefühl hätte, dass sie ohne ihn in jedem Fall besser dran wäre – nach alledem könnte er es schließlich nicht wagen, nach Frankreich zurückzukehren, oder? Besser für beide, wenn er jetzt ein neues Leben in Tahiti anfinge. Es war allgemein bekannt, vertraute der Steuermann Grey an, dass ein hoher Beamter in Napoleons Regierung 8000 Francs im Jahr verdiente und dass – als Francs-zu-Pfund-Schmuggler – er auf eine Wechselrate von ungefähr 25-zu-eins setzen konnte. Dies bedeutete, dass ihm die Arbeit einer Nacht das Gehalt eines reichen Mannes für die nächsten drei Jahre und mehr eingebracht hatte. Er klopfte Grey auf den Rücken, grinste über das ganze Gesicht und sagte, dass die Arbeit der heutigen Nacht in der Tat eine sehr gute gewesen wäre.

Das Gegrinse hielt immer noch an, als die englische Fregatte – HMS *Phoebe*, 36 – sich auf Rufweite annäherte und ihre Segel reffte. Der Kapitän der *Phoebe*, der an Backbord auf der Leeseite seines Achterdecks stand, rief zu ihnen hinüber – seine Stimme schallte gut vernehmlich über die ruhige See: »FRANZÖSSICHE SCHALUPPE *CLÉMENCE*, HIER SPRICHT DER KAPITÄN DER FREGATTE SEINER MAJESTÄT *PHOEBE*. BEABSICHTIGEN SIE, ZU KAPITULIEREN?«

Grey trat an die Luvseite der hinteren Backbordreling der *Clémence* und rief zurück: »SIE HAT SCHON KAPITULIERT, CAPTAIN, UND ICH HABE SIE IN GEWAHRSAM GENOMMEN – HIER SPRICHT CAPTAIN THOMAS GREY, ZULETZT BEI DER KÖNIGLICHEN MARINE SEINER MAJESTÄT. OB SIE WOHL EINEN KUTTER HERÜBERSCHICKEN KÖNNTEN, UM MICH ABZUHOLEN UND EINE NOTMANNSCHAFT AUFZUSTELLEN, DANN ERKLÄRE ICH IHNEN DIE SITUATION.«

(Wie gut es sich anfühlte, wieder Englisch zu sprechen!)

Grey konnte die neugierigen Gesichter auf dem Achterdeck der *Phoebe* sehen, aber nach einer kurzen Diskussion rief Captain Simms einen Augenblick später zurück: »NA GUT, CAPTAIN GREY – DAS BOOT WIRD IN KÜRZE BEI IHNEN SEIN.«

Und so war es auch. Der Kutter der *Phoebe* brachte ein Dutzend britischer Seemänner herüber, damit diese mit der Schaluppe weitersegelten und – nachdem Grey auf seine heilige Ehre geschworen hatte, dass er die Zuwendungen an seine französische Mannschaft nicht vergessen würde –, brachte er ihn zurück zur *Phoebe*. Dort schlug er den Bootsmannsstuhl aus und zog sich geschickt die Strickleiter hoch, die körperlichen Anstrengungen der letzten Tage kurzzeitig vergessend.

Nun stand er mit den Füßen wieder auf englischem Boden – und auch wenn es nur eine Ansammlung von Eichenplanken war, die auf dem Meer schwammen, für ihn fühlte es sich so heimisch und solide an wie der St. James's Park. Tatsächlich fühlte es sich mehr nach Zuhause an als das letzte Mal, als er gerade mal vor einem Monat auf englischem Erdboden gestanden hatte. Es war ein seltsames Gefühl und er entschloss sich, sich dem nicht zu sehr hinzugeben.

Grey grüßte das Achterdeck und die versammelten Offiziere, dann die versammelten Matrosen – erfreut stellte er fest, dass er ein paar bekannte Gesichter darunter entdeckte – und dann schüttelte er die ausgestreckte Hand von Captain Simms.

»Captain Grey«, begrüßte ihn Simms, »verzeihen Sie mir meine Anmerkung, aber das ist nicht die Uniform, in der ich die Königlichen Marinesoldaten Seiner Majestät für gewöhnlich sehe. Sogar diejenigen, die vom Dienst zurückgetreten sind.«

»Nein«, erwiderte Grey, »das kann ich mir vorstellen. Ich versichere Ihnen allerdings, dass Sie meine Erklärung dafür zufriedenstellen wird. Obwohl ich fürchte – die Pflicht zwingt mich –, dass sie nicht für jedermanns Ohren bestimmt ist.«

Simms zog eine Augenbraue hoch, hatte aber nichts einzuwenden. »Sicher, Captain«, bemerkte er und winkte seinen Steward herbei, »lassen Sie uns in meiner Kabine sprechen. Hansen – bringen Sie uns bitte Tee. Oder ziehen Sie Kaffee vor, Captain Grey?«

»Falls Sie Kaffee haben, Captain Simms, hätte ich sehr gerne einen.«

Grey folgte Simms die Kajütstreppe des Achterdecks hinunter und in dessen große Kabine, mit der dafür charakteristisch schönen Heckfensterfront.

Simms setzte sich an seinen Schreibtisch und forderte Grey auf, den Stuhl ihm gegenüber zu nehmen. Grey setzte sich und begann, umständlich seinen linken Stiefel auszuziehen, der sich – seit er ihn nach dem Kampf um die *Clémence* wieder angezogen hatte – an Greys Haut festgesaugt zu haben schien.

Simms beobachtete ihn mit einem leicht missbilligenden Blick und wagte es, einen Augenblick später zu fragen: »Captain Grey, bereitet Ihnen Ihr Fuß Probleme?«

Mit einem schmatzenden Geräusch gab das Leder schließlich Greys Bein frei. »In diesem Stiefel«, sagte Grey und hielt ihn hoch, »habe ich Papiere von äußerster Wichtigkeit aus Paris. Bevor ich Weiteres erkläre, möchte ich Sie fragen: Wissen Sie, ob sich irgendein Repräsentant von Sir Edward Banks auf dieser Flotte befindet?«

*

Captain Simms akzeptierte tapfer, dass Grey nicht die Autorität besaß, ihn die Papiere, die er hervorgeholt hatte, lesen zu lassen, aber ein paar Schlüsselsätze, die er sagte – »Es gibt doch nichts Seltsameres als weiße Schaumkronen an einem wunderbar wolkenlosen Tag«; »Ich weiß nicht, wann ich das letzte Mal Ouessant bei Tageslicht gesehen habe«; »War das in dem Jahr, als *Prince George* den Thron bestieg?« – gingen in anderes, belangloses Geplänkel über, das Simms Greys Authentizität als einer von Edward Banks' Spionen bestätigte. Grey hatte sie eine Weile lang nicht mehr benutzt; er war froh, dass sie sich nicht geändert hatten.

Da diese Identifizierung nun geschafft war, ließ Simms den Kutter der *Phoebe* erneut zu Wasser – mit seinem ersten Leutnant darin, der einen Brief von Grey mit sich führte – zum Flaggschiff des Blockadegeschwaders HMS *Royal Sovereign*, 100. Simms' erster Leutnant hatte die Anweisung, Greys Brief dem Geheimdienstmann des Flottenadmirals zu übergeben. Weniger als eine Stunde später kehrte der Kutter mit neuen Anweisungen zurück, mit dem Siegel des Admirals, dass die *Phoebe* aus der Formation ausbrechen und sich umgehend, mit aller Eile, zur Sandbank Nore aufmachen sollte, Grey dort dann den Kutter und was er sonst noch brauchen könnte, überlassen sollte, um es die Themse hinauf bis zum Admiralitätsgebäude zu schaffen. Mit ebensolcher Eile.

Zurück in seiner Kabine mit Grey, las Simms die Befehle mit ausdrucksloser Miene. Er rief nach dem Deckoffizier und ließ eine kurze Salve von Anweisungen auf ihn los: »Teilen Sie die Männer in vier gleiche Gruppen ein, lassen Sie alle Segel sowie den Kurs auf Nord-Nordost setzen, weisen Sie die Notmannschaft der *Clémence* an, sie nach Portsmouth zu fahren, und bitten Sie den Hafenadmiral, sie ans Prisengericht weiterzuverweisen.« Außerdem gab er dem Deckoffizier weitere Anweisungen, die ersten und zweiten Leutnants und den Marinekapitän zu fragen, ob sie Lust hätten, sich ihm beim sechsmaligen Glockenschlag zur Nachmittagswache und zum Abendessen anzuschließen, währenddessen, wie er hoffte, Grey dazu verleitet werden konnte, die Geschichte des heroischen Kampfes der *Ruby* gegen die *Diligente* zu erzählen – einer höchst wackeren

Seeschlacht, die bereits in der Form eines Briefes von einem ihrer Passagiere, einem Botaniker, einem Mr Kefauver, bekannt geworden war.

Simms richtete diese letzte Bitte an Grey selbst, der – da er die Zeit zwischen der Zustellung seines Briefs zum Flaggschiff und der Ankunft neuer Befehle vom Admiral auf dem sonnenüberfluteten Achterdeck verbracht hatte – nun endlich trocken, aber immer noch als französischer Leutnant gekleidet war.

»Es wäre mir eine große Freude, zum Abendessen zu Ihnen zu stoßen, Captain«, sagte Grey, »aber ich frage mich, ob ich vielleicht zuerst ein paar Minuten mit Ihrem Segelmacher bekommen könnte, damit er diese Aufmachung in etwas weniger Gallisches verwandeln kann.«

Simms – der eine sehr tiefe Stimme hatte – lachte kurz auf. »Captain, ich versichere Ihnen, dass Ihre Garderobe nichts zur Sache tun wird, unter diesen Umständen. Aber Mr Bradley wird Ihnen natürlich zur Verfügung stehen«; und zu dem Deckoffizier, einem jungen Seekadetten, der langsam nervös wurde, vor Angst, sich nichts mehr merken zu können: »Mr Llwellyn, schicken Sie bitte nach Mr Bradley, ja?«

»Und nun«, sagte Simms und stand auf, »muss ich an Deck. Es gibt viel zu tun. Meine Kabine steht Ihnen zur Verfügung, Captain Grey.«

*

Als Grey beinahe genau einen Tag später an der Westminster Bridge aus dem Kutter der *Phoebe* kletterte, trug er eine elegante blaue Jacke – nun ohne goldene Borten und Marinebeiwerk und mit einer weniger femininen Taille. »Die Franzosen und ihre unsinnigen Schnitte«, hatte Bradley bemerkt, als Grey ihm die Jacke übergeben hatte. »Haben die überhaupt Männer da drüben oder wird ihre Marine ausschließlich von Anhängerinnen der Sappho angeführt?«

Grey stieg die Treppe neben dem Fluss hinauf, blickte einmal über die Schulter und sah den Kutter schon verschwinden, um sich der *Phoebe* auf See wieder anzuschließen – ihre kleine Mannschaft blickte London wehmütig und finster nach und verfluchte das gute Wetter, das ihre Hoffnungen auf einen kurzen Landgang zunichte gemacht hatte. Zum Admiralitätsgebäude dauerte es nur zwei Minuten zu Fuß und zwei Minuten später stand Grey an einem Fenster in Sir Edward Banks' Vorzimmer.

Nachdem er ungefähr 20 Minuten gewartet hatte, sagte jemand »Schau, schau, schau« hinter Grey. »Ich hatte den Eindruck gehabt, dass Sie hier nicht mehr arbeiten.«

Grey drehte sich um und blickte in das breit grinsende Gesicht von Aaron Willys, Sir Edwards Stabschef – dem noch nicht ganz 40-jährigen, aber früh ergrauten Mann, dessen Arbeit es war, das Alltagsgeschäft des Geheimdienstes der Admiralität zu leiten.

Grey ergriff Willys Hand und schüttelte sie kräftig. Sie hatten einander seit mehr als drei Jahren nicht mehr gesehen – aber sie hatten sich, vor vielen Jahren schon, gemeinsam in der Königlichen Marine hochgearbeitet – und ihre Wege hatten sich erst getrennt, als Willys dazu gezwungen worden war, seinen Rücktritt vom Dienst zu erklären, da er wegen bestimmter persönlicher Überzeugungen keinen Offizierseid schwören konnte.

»Eine ziemlich große Diskussion ist darüber entbrannt«, sagte Willys, »ob du nun wirklich nach Amerika gegangen bist oder nicht. Wir haben von einer ziemlich unspektakulären Schlacht zwischen zwei Schiffen gehört, musst du wissen – nichts zu Hitziges, keine Angst –, während der irgendein schäbiger Ex-Marinemann involviert war, der dann in Portugal Reißaus genommen hat und verschwunden ist. Irgendeine Ahnung, wer das gewesen sein könnte?«

»Aaron, wie geht es dir, alter Knabe? Ich hoffe, du verzeihst mir, dass ich mich das letzte Mal, als ich hier war, nicht bei dir habe blicken lassen.«

»Du bist mir keine Erklärung schuldig, Tom. Ich freue mich, dich zu sehen und mich vergewissern zu können, dass du guter Laune bist. Der Alte wird gleich bei dir sein. Er kommt gerade aus dem Parlament. Die Papiere, die du mitgebracht hast, liegen auf seinem Schreibtisch.«

Wie auf ein Zeichen hin erklang das Geräusch

eines kleinen Zinnglöckchens aus Willys' Büro – das Glöckchen war durch mehrere Fäden und Flaschenzüge mit einem Seil an der Wand hinter Sir Edwards Schreibtisch verbunden.

»Geh rein«, sagte Willys. »Wir sprechen später weiter.«

Eine plötzliche, ungewohnte Nervosität ergriff von Grey Besitz, als er nach dem polierten Messingtürknauf griff. Er stieß die schwere Ebenholztür auf und betrat das Allerheiligste von Sir Edward Banks – und fühlte sich einen Moment lang wieder so, als wäre er ein Junior-Agent, der verzweifelt einen guten Eindruck machen wollte.

»Kommen Sie rein, Grey«, sagte Sir Edward. Er hatte sich in seinem Stuhl leicht zurückgelehnt, hielt eine Seite von Greys Raubdokumenten aus Paris in der Hand und überflog sie. Nur für einen kurzen Augenblick sah er Grey an, dann schaute er wieder auf das Dokument, während er ihn zu sich heranwinkte. Banks machte kein Zeichen, dass sich Grey auf den Stuhl ihm gegenüber setzen sollte, also blieb Grey stumm stehen. Sir Edward fuhr ungefähr eine Minute lang damit fort, das Dokument zu lesen, dann legte er es umgedreht auf einen Stapel derselben Papiere und sah auf.

»Dies ist eine Kopie«, sagte Sir Edward und legte eine flache Hand auf die Dokumente, die er gerade fertiggelesen hatte, »Ihres Originals. Ein weiteres Dutzend wird gerade nebenan angefertigt« – er deutete auf das größere Eckbüro, das er manchmal für Sitzungen nutzte, jedoch öfter seinen Sekretären überließ, damit sie ihre Schreibarbeit an einem Ort erledigen konnten, der Sonnenlicht und ein bisschen frische Luft bot.

»Diese Kopien werden von Sonderkurieren an die relevanten Minister und Offiziere verteilt werden, jeder davon mit seinem eigenen, bewaffneten Leibwächter. Eine Notfallsitzung des Kabinetts wird für diesen Abend anberaumt werden. Sie werden dieser beiwohnen und nachdem ich mit Ihnen fertig bin, werden Sie sich mit Willys zusammen für eine Transkription hinsetzen und einen vollständigen Bericht der Geschehnisse abgeben, die mit Ihrer Entdeckung dieser Daten einhergehen und was Sie sonst noch für wichtig befinden.«

Es war seltsam, dachte Grey, sich nun die onkelhafte Gestalt Sir Edwards vorzustellen, die vor einem Monat kurz in Greys Zuhause aufgetaucht war.

»Dies führt mich zu der nächsten Angelegenheit, einem Brief, den ich hier erhalten habe« – Sir Edward nahm ein weiteres Blatt Papier von einem anderen Stapel, unter den vielen, die seinen Schreibtisch übersäten – »datiert auf den 16. Mai dieses Jahres: ›An den ehrenwerten So-und-so, was unser Treffen vom letzten Dienstag betrifft, reiche ich hiermit, wie Sie hoffentlich akzeptieren werden, meinen sofortigen Rücktritt vom Geheimdienst Seiner Majestät ein.‹«

Sir Edward ließ den Brief wieder sinken und sah Grey direkt in die Augen. Einen Moment lang war sein Blick kalt, dann fuhr er fort: »Unter diesen Umständen kann ich ihn nicht akzeptieren und würde Sie bitten, ihn zurückzunehmen, bis sich – zumindest – die Angelegenheiten, auf die Sie unsere Aufmerksamkeit gelenkt haben, erledigt haben.«

Er machte eine Pause und erlaubte seinem Gesicht, einen weicheren Ausdruck anzunehmen.

»Werden Sie das tun?«

Grey zögerte, bevor er antwortete. Vor seinem geistigen Auge sah er, wie sich Boston über dem Horizont langsam in Luft auflöste und sein Neuanfang im Leben gleich mit.

»Das werde ich, Sir Edward.«

»Danke, Thomas«, sagte Banks. »Sehr gut. Das ist alles. Ich werde heute Abend mit Ihnen sprechen.« Und ohne einen weiteren Blick in Greys Richtung widmete sich Sir Edward Banks wieder seiner Arbeit.

Zurück im Vorzimmer wurde Grey erneut von Willys in Empfang genommen, der sagte: »Bevor er dich zu sich hereingerufen hat, hat er mir eine Notiz um die Ecke geschickt, dass dein Büro wiederhergestellt werden soll – ›wiederhergestellt‹ stand da –, in den Zustand, den es vor deiner Beorderung nach Malta hatte. Im Moment gibt es wohl keine Auslandsposten, fürchte ich, Tom, also werden wir dich hier im Büro eine Weile lang ertragen müssen. Vorausgesetzt, du hast zugestimmt, deinen Rücktritt zurückzunehmen.«

»Das habe ich«, sagte Grey. »Obwohl er sich sicherlich nicht auf den Kopf gestellt hat, um mich zurückzugewinnen.«

Willys schmunzelte. »Dann komm«, sagte er. »Wir haben einiges zu erledigen. Ich hoffe, du hast eine gute Stimme. Wie ich höre, hast du eine ganz schöne Geschichte zu erzählen.«

*

Nachdem er die Geschehnisse der letzten zwei Wochen unzählige Male erzählt und nochmals nacherzählt hatte, war Grey erleichtert, als die Regierungsorgane endlich von der Zusammenstellung der Fakten zur Erstellung eines Aktionsplans übergingen. Dies bedeutete natürlich, dass Grey in den weiteren Vorgängen keine Rolle mehr spielte. Ihm wurde der übliche Dank ausgesprochen und außerdem der übliche Wink gegeben, dass es nun an größeren Köpfen als seinem und größeren Männern als ihm lag, zu übernehmen. Greys letzte Angelegenheit in dieser Sache war es, abschließend die Verpflichtung der Admiralität gegenüber den französischen Schmugglern zu erwähnen und ein gutes Wort für den irischen Rebellen Donald Branson einzulegen, von dem Grey fand, dass er sich letztendlich ehrenhaft verhalten hatte. (Grey war sich sicher, dass es bald zu einem Protest bei den Vereinten Iren kommen würde.) Danach wurde Grey entlassen und machte sich dann – am späten Freitagabend – auf seinen Nachhauseweg nach Kent, zu Marsh Downs, wo ihn als Erster Fred begrüßte.

»Und wo ist der Rest vom Schützenfest?«, fragte Grey, nachdem er den Hund ein paar Minuten lang kräftig an den Backen, hinter den Ohren und am Bauch gekrault hatte. »Haben Canfield und Mrs Hubble denn schon neue Posten angenommen?« Grey hatte versucht, die Situation seines Hauses und des Haushalts von seinem Geschäftsmann Pater in Erfahrung zu bringen, aber ein Kollege in dessen Büro konnte ihm lediglich mitteilen, dass Mr Pater »ein paar Tage lang« weg sein würde und dass noch kein Datum für die Auktion von Marsh Downs festgelegt worden wäre. Grey hatte dem Kollegen gesagt, dass er diese von der Agenda streichen und Pater einmal bei Grey vorbeikommen sollte, falls er jemals wieder aus Buttle's herauskommen sollte. Der Kollege sagte, dass er das tun würde.

»Oh, Mr Grey!«, rief Mrs Hubble aus und beantwortete Greys Frage an Fred. »Ach, ich wusste es doch, dass Sie das nicht machen würden. Meine alten Knochen haben es mir verraten.«

»Mrs Hubble«, sagte Grey und stand auf, zur leichten Verwunderung des Hundes, der das Gefühl hatte, noch nicht angemessen gekrault worden zu sein, »wie schön, Sie zu sehen. Ich hatte schon befürchtet, Sie wären fort.«

»Oh, nein, Sir«, entgegnete Mrs Hubble. »Sir Edward hat uns schon vor Wochen mitgeteilt, dass er die Absicht hätte, das Haus, falls es zur Auktion freigegeben werden würde – was er sehr stark bezweifelte –, zu kaufen und uns als Angestellte weiterhin zu behalten.«

»Ach, wirklich?«, sagte Grey. »Hat er das tatsächlich.« Ach, dieser alte So-und-so. »Also ist Canfield auch noch hier.«

»Das ist er, Sir, das ist er bestimmt. Soll ich ihn holen?«

»Nein, das wird nicht nötig sein, Mrs Hubble, ich kann ihn selbst suchen gehen. Aber wenn Sie mir etwas zu essen zubereiten könnten, stände ich für immer in Ihrer Schuld.«

»Ach, aber natürlich, Sir – möchten Sie denn etwas Besonderes?«

»Nein, Mrs Hubble, mir ist alles recht – jedes warme Gericht ist mir willkommen.«

»Sehr gerne, Sir.«

»Und wenn Sie mir sagen könnten, wohin Canfield unterwegs war?«

»Ich glaube, Mr Canfield ist am Ufergarten, Sir – er meinte, dass dort ein paar widerspenstige Kletterpflanzen wären, die man einmal zurechtstutzen müsste.«

»Danke Ihnen, Mrs Hubble.«

Grey betrat den Vorraum, wo er endlich Jean-Anne d'Aumonts Stiefel gegen seine eigenen austauschen konnte. Er ging hinaus in den Garten, Fred folgte ihm auf dem Fuß. Es war ein warmer, beinahe heißer Sommerabend und die Gärten waren in guter Verfassung: überall Blüten und eine erfreulich hohe Blätterdichte an den verschiedenen Rhododendronbüschen.

Fred lief voraus und Grey konnte nicht anders, als sich wegen seines ständigen Kommens und Gehens zu fragen, ob der Hund nicht vielleicht auch noch auf Paulettes Rückkehr wartete. Was sollte er sonst denken? Als Welpe, der zwei Monate vor Greys Berufung nach Malta Teil eins Wurfs gewesen war – und Grey war immer noch überrascht, dass der Hund sein Gesicht wiedererkannte –, war es Paulette gewesen, mit der der kleine Irish Setter die meiste Zeit verbracht hatte und die Tränen in den Augen gehabt hatte, als sie entschieden hatten, dass Fred noch zu klein war, um die Überfahrt nach Malta anzutreten. Nun rannte Fred aufgeregt im Garten herum, den Paulette mit Freds Mutter an ihrer Seite geplant hatte. Dies war Canfields Hündin Lydia. Lydia war gestorben, während die Greys auf Malta gewesen waren; ein Brief von Mrs Hubble an Paulette hatte sie über ihren Tod informiert und Paulette war auch darüber in Tränen aufgelöst gewesen. Grey fragte sich, ob diese sich überschneidenden Tragödien für den ungestümen Hund überhaupt von

Bedeutung waren, der nun irgendein unsichtbares Eichhörnchen anbellte. Als Welpe, als er noch kaum die Augen öffnen konnte, hatten Fred und seine Geschwister (die alle eine gute Partie gemacht hatten und nun auf verschiedenen Anwesen in der Nähe wohnten) eine traurige Diskussion über die Zukunft ausgelöst.

Grey hatte einen Korb mit den fünf Welpen hinaus in den Garten getragen, damit sie bei Paulette und ihrer Mutter sein konnten, die gemeinschaftlich daran arbeiteten, Erde umzugraben und Blumenzwiebeln zu pflanzen. Grey hatte einen Tag zuvor seine Beorderung nach Malta erhalten und war seitdem gereizt. Es war eine Beförderung, sicherlich, aber eine, von der er sich wünschte, dass er sie ablehnen könnte. Hier stand er nun mit einem neuen Haus, in dem er nicht wohnen würde, und einer neuen Frau, mit der er vielleicht ebenso wenig zusammenleben würde – da er das Gefühl hatte, dass es gefährlich wäre, sie mitzunehmen, sie aber darauf bestand, dass Malta selbst im Krieg nur eine Nebenrolle spielte und sie ihn sowieso nicht alleinlassen würde. Und noch dazu: neugeborene Welpen als zusätzliche Bereicherung.

Grey hatte den Korb neben ihrem Arm abgestellt, sich auf eine Bank gesetzt und ihr zugesehen. Paulette pfiff während sie arbeitete, mit einer Schaufel in der einen Hand und ihren Blumenzwiebeln in der anderen. Natürlich müsste sie mit nach Malta kommen. Vielleicht wäre es gefährlich. Aber wie sollte er sich von ihr trennen? Sie hatte natürlich recht: Es war albern, es überhaupt in Betracht zu ziehen. Schließlich betraf es sie beide. Wohl oder übel.

Auf der anderen Seite, wusste er, da er an die Stelle eines Dienststellenchefs im Zentrum des Mittelmeeres aufstieg, was für eine Art von Arbeit ihn in Italien und Dalmatien und an der Adriaküste erwartete. Vielleicht auch in Ägypten und Tunesien. Er spürte ein aufgeregtes Kribbeln – ja, sicherlich würde das die spannendste Zeit in seinem Leben werden. Aber das Kribbeln vermischte sich mit Sorge um seine selig pfeifende Frau. Er hatte eine plötzliche Vorahnung, dass sie als Kriegswitwe enden würde. Er würde sich auf eine Zeit einstellen müssen, während der viel größere Gefahren auf ihn lauerten, als er sie bisher gekannt hatte. Denn da wären nicht nur die Gefahren, die ein einsamer Einsatz mit sich brachte – er wäre auch eine primäre Zielscheibe von dem Tag an, an dem er in Valletta von Bord gehen würde.

»Was wirst du machen, falls ich getötet werde?«, fragte er auf einmal – und wünschte sich sofort, dass er seinen Gedanken nicht laut ausgesprochen hätte.

»Ich würde komplett zerbrechen«, sagte sie trocken und klopfte sachte die Erde über einer Zwiebel fest.

»Na ja, natürlich«, sagte Grey, der sich jetzt auf die Unterhaltung einließ. »Aber was würdest du danach tun, was mit dem Rest deines Lebens anfangen?«

»Darüber will ich nicht sprechen«, sagte Paulette.

»Ich finde, das sollten wir aber«, sagte Grey, stand von der Bank auf und setzte sich auf den Rasen neben seine kniende Frau. »Das müssen wir irgendwann. Vielleicht hätten wir das schon längst tun sollen.«

»Was willst du mich fragen, Tom? Ob ich noch mal heiraten würde?«

»Würdest du denn?«

»Was für eine dumme Frage«, empörte sie sich, lehnte sich von ihm weg und hob ein neues Loch aus.

»Na ja, ich will nicht sagen, dass ich mir das wünschen würde ... aber ich muss gestehen, dass ich mir wünschen würde, dass du glücklich bist; wirf ab die nächtge Farbe, und so weiter; dass du nicht für immer die Wolken über dir hängen lässt.«

»Ich will nicht darüber sprechen«, sagte Paulette mit mehr Nachdruck. »Dir wird nichts passieren. Was für ein Unsinn. Solange du nur vorsichtig bist – und ich möchte dich daran erinnern, dass du geschworen hast, vorsichtig zu sein.«

Sie legte einen schmutzigen Finger auf seine Stirn und machte ein kleines Kreuz. »Du weißt, was mit Schwurbrechern geschieht.«

»Aber du musst auch versprechen«, beharrte Grey, »glücklich zu sein. Wie armselig aufrichtig du mich gemacht hast! Aber versprich es und dann müssen wir niemals wieder darüber sprechen.«

»Na gut, mein Herz, ich verspreche es. Und jetzt

lass mich in Ruhe.« Sie küsste ihn auf die Wange. »Und lass die Welpen hier.«

Vor drei kurzen Jahren, dachte Grey, und schaute Fred an, der ein totes Eichhörnchen im Maul hatte.

»Guter Junge«, sagte Grey. »Guter Hund. Was für ein vortrefflicher Gefährte du doch bist, Freddy.«

Zusammen gingen sie die Feuchtwiese hinunter, wo Grey Canfield sehen konnte, der sich ein paar Kletterpflanzen widmete.

»Mr Grey!«, rief Canfield, als er die beiden erblickte. »Ich wusste, dass Sie zurückkommen würden. Mrs Hubble hat es die ganze Zeit über gesagt. Sie meinte, sie fühle es in ihren alten Knochen. Und ich habe noch nie erlebt, dass sich ihre alten Knochen getäuscht hätten.«

»Es ist schön, wieder hier zu sein, Canfield, sehr schön sogar«, begrüßte Grey ihn. »Ich wollte Ihnen das hier zeigen.«

Grey schwang sich die Girandoni vom Rücken und hielt sie mit ausgestrecktem Arm Canfield hin, damit dieser sie in Augenschein nehmen konnte.

Canfield besah sie sich neugierig von vorne bis hinten.

»So etwas habe ich noch nie gesehen, Mr Grey … Wofür ist das Behältnis am Ende?«

»Luft!«, verriet Grey.

»Luft, Sir?«

»Ja – Druckluft – das ist eine Windbüchse, eine ›Girandoni‹ aus Österreich. Sie ist ein Mehrlader!«

»Nein! Das gibt's doch gar nicht! Ich habe noch *nie* einen Mehrlader gesehen«, begeisterte sich Canfield, der die Girandoni nun sehnsüchtig betrachtete.

»Dieses Gewehr kann 22 Schuss in 22 Sekunden abfeuern, Canfield. Dieses Rohr entlang des Laufs ist ein Röhrenmagazin; 22.46-Kaliberkugeln. Man lädt sie mit diesem Hebel hier in den Lauf.«

»Bemerkenswert, Sir! Was ist ihre Schussweite?«

»Sie schießt auf 150 Yards genau. Würden Sie es gerne einmal ausprobieren?«

»Das würde ich sehr gerne, Sir. Darf ich?« Grey gab Canfield das Gewehr, der – weil er in seiner Aufregung nicht wusste, was er damit tun sollte – Grey seine Heckenschere in die Hand drückte. Grey lachte und machte die Schere ein paar Mal auf und zu, wie man es immer mit solchen Sachen machte.

»Mr Grey!«, rief Mrs Hubble von oben vor dem Haus. »Ihr Abendessen ist fertig!«

»Danke, Mrs Hubble, ich bin schon unterwegs!«, antwortete Grey und hängte die Schere in den Ast eines Maulbeerbaums. »Bekommen Sie auf jeden Fall erst einmal ein Gefühl dafür, Canfield, und dann, nachdem ich gegessen habe, helfen Sie mir, den Druckluftkanister wieder aufzufüllen.«

»Natürlich, Mr Grey – danke!«

Grey klopfte ihm auf die Schulter und ging zurück zum Haus. Als er den Vorraum durchschritt, waberte ihm der Geruch von frischgekochten Eiern und gebackenem Käse entgegen und er hörte Schritte auf dem Kieselsteinpfad, der zum vorderen Teil des Hauses führte. Einen Augenblick später klopfte es laut und vernehmlich an der Vordertür.

»Ich gehe schon, Mrs Hubble«, rief Grey und ging an der Küche vorbei.

Die Tür ging auf und jemand Unerwartetes stand davor: ein junger Abgesandter aus Sir Edwards Zirkel.

»Es tut mir leid, dass ich Sie um diese Zeit am Abend belästigen muss, Mr Grey«, begann der Abgesandte, »aber Sir Edward lässt ausrichten, dass er gerne in der Admiralität mit Ihnen gesprochen hätte.«

Grey fühlte ein aufgeregtes Prickeln auf seiner Haut. Aha. Er hatte seine Arbeit also wieder.

»Lassen Sie mich ein Behältnis für mein Abendessen finden und ich bin Ihr Mann.«

Historische Anmerkungen

Die Idee, mit einer historischen Anmerkung zu enden, habe ich von dem großen Bernard Cornwell gestohlen – Autor der Sharpe-Bücher, die von einem Gewehrschützen in den Napoleonischen Kriegen erzählen. Es bereitet mir immer eine besondere Freude, herauszufinden, wie genau Richard Sharpes Abenteuer mit Fakten untermauert sind – und obwohl Thomas Grey, wie Sharpe, erfunden ist, ist vieles der Geschichte um ihn herum wahr.

Als der Friede von Amiens am 18. Mai 1803 endete, plante Napoleon wirklich eine Invasion in Großbritannien und behauptete, dass er »nur einen günstigen Wind« bräuchte, um »den französischen Fahnenadler auf den Tower von London zu setzen.« Er fing wirklich an, eine Invasionsflotte an der französischen Nordküste zu bauen und – im Juli 1803, kurz nachdem die Geschichte von ›Jagd nach Vergeltung‹ aufhört – begann Großbritannien, seine südliche Küste dagegen zu stärken. 50 neue Bataillons, ungefähr 50 000 Männer, wurden zu einer Heimatfront-»Reservearmee« aufgestellt und ab dem Herbst 1803 hatte King George Pläne entworfen, um zu garantieren, dass er nicht länger als eine halbe Stunde brauchen würde, um selbst zur Schlacht zu schreiten, falls eine Invasion erfolgen sollte.

Der Verein der Vereinigten Iren war eine echte Organisation; ihre Mitglieder arbeiteten mit und wurden von den Franzosen unterstützt und 1803 planten sie einen weiteren Aufstand gegen die englische Herrschaft in Irland. Im Juli 1803 zwang eine Explosion ihrer geheimen Munitionsdepots sie jedoch dazu, die Rebellion zu beginnen, noch bevor die Vorbereitungen dafür abgeschlossen waren; folglich wurde sie niedergeschlagen, bevor sie überhaupt richtig begann.

Soweit möglich, sind die kleineren Details von ›Jagd nach Vergeltung‹ ebenso realistisch. Das Girandoni-Luftgewehr existierte exakt so, wie beschrieben und war genauso bemerkenswert, wie Grey und d'Aumont es fanden. Es würde nie eine Hauptrolle in den europäischen Kriegen spielen – dafür aber eine interessante in der amerikanischen Geschichte: Meriwether Lewis nahm eines mit auf die Lewis und Clark Expedition. In seinen Tagebüchern schreibt er oft darüber, dass er es benutzte, um die Leute »zu verwundern«.

Die Gesetze und Verbote des Kartenspiels Bassette sind alle echt; Louis XIV war wirklich von den verblüffenden Geldsummen, die seine Adligen verloren, dazu gezwungen, nicht nur Bassette zu verbieten, sondern auch Höflingen Bestechungsgelder anzubieten, um geheime Spiele auszurotten.

Das Café des Aveugles gab es tatsächlich; sein Menü war auch echt, obwohl es in Wirklichkeit zu dem nahe gelegenen Restaurant Véry gehörte, und stammt – in all seinem Prunk, beinahe wortwörtlich – aus Mr Richard Phillips englischer Ausgabe von 1804 von Mr August von Kotzebues *Travels from Berlin, Through Switzerland, to Paris, in the Year 1804*. Es war zu schön geschrieben, um abgeändert zu werden.

Weniger erfreulich ist, dass die wilden republikanischen Ehen echt waren, genau wie die revolutionären Prohibitionen des Glockenläutens und der katholischen Gewänder. Erfreulicher dahingegen ist, dass die Geschichte von Jacques-Louis David und Maximilien Robespierre auch wahr ist. Ebenso ist die Geschichte der Franzosen in Malta und der Zollmauer um Paris und der Verbreitung von Schmugglertunneln darunter wahr. Der Vorgang des Champagner-»Rüttelns« wurde wirklich im frühen 19. Jahrhundert von Veuve Cliquot erfunden und seitdem wurde die Technik schon bald von allen anderen Champagner-Weingütern übernommen; ich kann nur annehmen, dass Spionage dahintersteckte.

Sir Edward Banks ist erfunden, aber er hat einige Gegenstücke im echten Leben, und Spionage hat tatsächlich eine große Rolle in den Napoleonischen

Kriegen gespielt, wobei sowohl Großbritannien als auch Frankreich Quellen und Agenten über ganz Europa verteilt hatten. Allerdings liegt die größte Freiheit des Buches darin, dass die Spionagearbeit in die Hände des britischen Marinedienstes und des Geheimdienstes gelegt wird, die 1803 beide noch nicht wirklich existierten – deren Vorläufer allerdings schon.

Ich hoffe, das verdirbt es nicht für euch. Denn schließlich ist es eine fiktive Geschichte.

Danksagung

In den Schreib- und Herstellungsprozess waren viele Leute involviert, ohne die dies immer noch ein namenloser Zettelstapel auf meinem Schreibtisch wäre. Der Erste war mein Bruder Dan, der von Beginn des Schreibens an *Jagd nach Vergeltung* ein unabkömmlicher Leser und Ratgeber war. Ebenso unabkömmlich beim Lesen und Ratschläge erteilen war mein Agent, Warren Frasier, dem ich auf ewig dankbar sein werde, dass er mein Manuskript vom Stapel genommen hat, um ihm eine Chance zu geben.

Star Lawrence, mein Lektor, ist ein literarischer Gigant, der eine Reihe der wichtigsten Bücher dieser Generation lektoriert hat, Belletristik wie Sachbücher. Neben *Der Sturm*, *Die Kunst zu gewinnen – Moneyball*, *Blind Side – Die große Chance*, *The Big Short – Wie eine Handvoll Trader die Welt verzockte* etc. hat er Patrick O'Brians Aubrey-Maturins-Reihe lektoriert, welche die Inspiration zu *Jagd nach Vergeltung* war und einfach meine Lieblingsromanreihe ist. Anmerkungen von Star zu meinem Roman zu erhalten, war wie Tipps von Enzo Ferrari zu rotem, italienischem Sportwagen-Design zu bekommen.

Ich stehe tief in der Schuld von W. W. Norton, dafür, dass sie mich veröffentlichen, von allen, die dort arbeiten und an diesem Buch mitgearbeitet haben, den unschätzbaren Nneoma Amadi-obi eingeschlossen, der alles koordiniert hat, das hervorragende Team der Projektleiterin Rebecca Homiski und die Korrektorin Amy Robbins und eine Legion von Setzern, Gestaltern, Herstellungs- und Marketing-Leuten, ohne die *Jagd nach Vergeltung* immer noch ein Word-Dokument voller Schreibfehler irgendwo in einem Posteingang wäre.

Außerdem stehe ich tief in der Schuld von Patrick O'Brian, meinem besonderen literarischen Helden. Keine Liste der besten Autoren des 20. Jahrhunderts kann ohne ihn vollständig sein; auf den besten Listen steht er weit oben. Und ich möchte anerkennen, dass ich auch bei Ian Fleming in der Schuld stehe: dem geliebten Erfinder von James Bond, unterschätzten Autor und mit großen Einfluss auf mich. Auf eine bestimmte Weise ist *Jagd nach Vergeltung* eine Hommage an ihn sowie an O'Brian.

Großen Dank schulde ich auch den vielen großartigen Schreiblehrern, die ich über die Jahre hinweg hatte. (Wenn ich jemanden hervorheben müsste, wäre es Charlie Rubin, einer meiner Professoren und außerdem ein guter Freund.) Aber letztendlich hat mir mein Vater beigebracht, wie man schreibt. Er war unnachgiebig und achtete darauf, dass ich um Stilelemente, den Grundsatz »in der Kürze liegt die Würze« und die Gefahren von Adverbien wusste. Darüber hinaus arbeitete er, mit meiner Mutter zusammen, unermüdlich daran, dass ich mich in Geschichte, Kunst und Wissenschaft bildete, ohne die kein Autor jemals über die erste Seite hinauskommt. Sie waren die besten Lehrer (und Eltern), die man sich wünschen kann. Deshalb widme ich dieses Buch ihnen. Aber ich fand, dass sie auch eine offizielle Danksagung verdient haben.

Zuletzt muss ich ein paar großartigen Freunden danken, die immer zum Lesen und Korrekturlesen bereit waren, ohne die dieses Buch nicht fertiggestellt worden wäre. Im Besonderen: Allison Holcomb, Steve Socha, Beth Christenberry, Monica Mierzejewski, Nimisha Jain und Anthony »Tony Nickels« Nicholaysen, MD. Sie sind ein gutes Beispiel für die besten Freunde, die ein Junge haben kann.

Und ganz zuletzt: Da ich dies einige Zeit, bevor es veröffentlicht wird, schreibe, würde ich gerne diese Gelegenheit ergreifen, um den New Jersey Devils, New York Mets und Kyle Busch für alle gewonnenen Meisterschaften von 2020–21 zu danken. Immer weiter so, Jungs.